KB001957

달이 이끄는 이세계 여행 13

아즈미 케이

주요
등장인물
시키
본래는 「리치」라고 불리는
해골형의 언데드 몬스터. 마코토와
계약함으로써 사람의 모습이
되었다.
아베리아
마코토의 강의를 듣는 학생 중
하나. 시키에게 연심을 갖고
있지만…….
진
마코토의 강의를 듣는
학생들의 리더 역.
쿠즈노하 상회 취직을
열렬히 희망.

토모에
본래는 「신(蜃)」이라고
불리는 용. 마코토와
계약함으로써 사람의
모습을 지니게 됐다.
미오
본래는 거대한 거미. 마코토와
계약해서 사람의 모습을
지니게 됐다.
미스미 마코토
본작의 주인공. 부모 관련의
사연으로 이세계에
소환되어버린 비운의
고등학생. 롯츠갈드에서
갑자기 인기 강사가 됐다.
에마
아공의 여러 잡무를
지휘하는 수완가 하이랜드
오크. 화나면 무섭다.

마족령
스텔라 요새
왕도 우르
제도 루이나스
리미아 왕국
그리토니아
제국
학원 도시
롯츠갈드
아이온 왕국
로빈
보즈다
황금가도
로렐
연방
츠이게
나오이
끝의 황야
세계지도

프롤로그

라이도우, 미스미 마코토가 마족의 나라에서 마왕과 대면 중이던 무렵에 쿠즈노하 상회 롯츠갈드 지점은 무척 분주했다.

이유는 단순하다. 일손 부족.

마코토의 종자 중 하나이자 이 지점의 실질적인 책임자라고 말할 수 있는— 시키가 주군의 수행원으로 자리를 비운 데다가 주문 접수 및 배달부에 매장에서는 점원 노릇까지 맡아주는 라임 라떼가 밀명을 받아 역시나 출장 중이라는 것이 영향을 끼쳤다. 라임은 현재 마코토의 종자인 토모에의 밀정으로서 임무를 수행 중이다.

쿠즈노하의 점포는 계속 확대 중이며 가게 평판도 날마다 좋아지기만 했다. 늘어나는 손님 숫자를 점원들이 미처 감당하지 못하고 있는 형편이었다.

물론 대규모 계약 및 회합 출석으로 인한 일시적인 일손 부족에 대비하는 체계는 미리 갖춰 놓았지만, 그럼에도 일상 업무가 돌아갈락 말락 하는 아슬아슬한 상황에 처한 것은 분명했다.

"곧, 이제 곧 가게 문 닫을 수 있어. 하지만 더는 못 버텨. 나는 조퇴할……."

"잠꼬대냐, 에리스. 오히려 분신을 더 늘려라. 라스트 스퍼트다, 손님이 밀려든다."

저녁을 앞둔 한때.

오늘도 손님 쇄도라는 복을 누리는 쿠즈노하 상회에서 까무스름한 살갗을 가진 숲도깨비 소녀 두 사람이 마치 동시에 복수 존재하는 것 같은 발놀림으로 접객에 힘쓰고 있었다.

어떻게든 버텨보고자 힘을 쥐어짜는 장신의 아쿠아와 남은 시간에 절망하는 조그마한 몸집의 에리스.

둘 다 비틀비틀하는 모습이다.

"하하하, 아쿠아. 난 이미 바짝바짝 메마른 걸레짝이다. 쥐어짜봤자 아무것도 안 나오지. 이 이상 접객 필살기를 연발한다면 코스모가 고갈될 거다."

"봐라, 네 단골이 왔군? 웃어야지, 웃어라."

"으, 어서 오십시오~!! ……헉, 몸에 밴 기술이 저절로!"

소녀들에게 유일한 위안은 상회의 주인 라이도우가 정한 하루의 판매량이었다.

끝이 있기에 끝남을 기대할 수 있다.

만약 무제한으로 상품을 팔아야 하고, 매일같이 폐점 시각까지 가게를 열어야 했다면 이미 두 사람은 과로로 몸져누웠을지도 모른다.

상인 특유의 후각이 아직은 둔함에도 이번에 마왕 알현을 위한 외유에서 라이도우가 정해 놓았던 판매량은 우연하게나마 한 가지 기준을 제대로 달성했다. 종업원들의 하루 체력을 아슬아슬한 지점까지 깎아 낸다는 의미로.

"이제 한 시간만 버티면 재고가 떨어진다. 기합이다, 에리스. 바짝바짝 말라 찢어질 만큼 쥐어짜라. 그다음에, 마시자. 다 같이 마시자.”

“하다못해 라임, 그 녀석이라도 있었다면.”

“토모에 님의 명령으로 지금쯤 로렐 연방에 있겠지. 헛된 바람이다.”

“……결정했어. 오늘은 바나나브리즈 라임을 마실 거야.”

“라임이 개발한 칵테일인가. 그 녀석 의외로 이것저것 재주가 많던데. 도련님께서 이름을 붙인 술이니까 어쩌면 원형이 남아 있을지도 모르겠군.”

“……맥주잔으로.”

“뻗어도 안 챙겨준다. 어쨌든 한 잔은 같이 마셔주지. ……오늘은 아공에서 마시는 건가. 음, 열심히 하자.”

“여, 여섯 번째는 안 돼. 이제 깨어날 수밖에 없어, 궁극의 코스…….”

“거참, 잠꼬대는 관두래도. 앗, 어서 오십시오~! 오늘은…… 네, 그러시군요, 항상 찾으시던 것은 아직 시기가 이른지라 이쪽을 한 번 봐주시는 게 어떨까요?”

“라임, 나쁜 놈! 꼭 비싼 선물 사 와라!”

투덜투덜 불평을 입 밖에 꺼내면서도 두 사람은 접객을 담당한다.

이제 막 해가 떨어진 참인데도 재고 소진으로 인한 폐점을 기대해도 될 만큼 쿠즈노하 상회는 번성하고 있었다.

◇◆◇◆◇

"에취!"

"어머나, 라임. 감기야?"

"아니, 누가 내 흉을 보는 것 같군."

"흉 정도면 다행이지. ……밤마다 열심히 놀러 다니잖아. 조만간에 어디 여자한테 불쑥 찔리는 건 아니겠지?"

"놀면서 용사님 파티라고 티를 내지는 않는다. 폐를 끼치지는 않아."

기와지붕의 일본풍 가옥 및 토벽을 세운 건물들이 늘어서 있는 — 다만 전통적인 일본의 양식과는 어딘가 다른 감각의 — 거리를 남녀가 나란히 걷고 있었다.

남자는 라임 라떼.

쿠즈노하 상회의 일원이며 지금은 리미아 왕국의 용사와 함께 행동하고 있다.

여자는 오토나시 히비키.

이 여성이 바로 리미아 왕국에서 보유하고 있는 용사 본인이자 마족과 전쟁을 치르고 있는 휴만 측의 희망이 된 존재였다.

일본에서는 쿠즈노하 상회의 주인인 라이도우, 미스미 마코토와 선후배 관계였던 인물이기도 하다.

"딱히 여자와 놀면 안 된다고 단속하려는 것은 아니야. 사고만 안 치면 딱히 상관없다는 생각이라."

"흐음, 젊은 여자치고 마음이 꽤 넓군. 그런데 정작 파티의 형씨들은 편하게 놀러 다니는 모습을 못 봤다만?"

"우디는 가정이 있고 아내분한테 홀딱 반했거든. 벨더는 애당초 노는 데 관심이 없어 보이고. 아마 여성 경험도 아직 못 가져본 것 같던데. 뭐, 내가 나서서 권하거나 할 부분도 아니니까."

"……벨더 형씨의 이유는 그게 전부는 아닐 텐데?"

"역시…… 아는구나? 아마도 나를 좋아하는 것 같아. 좋아해주는 게 기쁘긴 한데……. 마음을 받아줄 생각은 전혀 없거든."

"아주 단호하군……. 차라리 얼른 차버리는 게 자비롭지 않나?"

"본인이 고백을 하면 제대로 거절해줄 거야. 먼저 마음을 눈치채서 갑자기 차는 건 서로 찝찝하지 않을까? 벨더도 제대로 각오를 하고 스스로 말을 꺼내서 깔끔하게 끝을 맞이해야 괜히 미련을 갖지 않을 테니까. 남자는 다들 비슷하지 않나?"

"……착한 거냐, 독한 거냐. 뭐, 나하곤 상관없지. 얘기 꺼내고 민망한데 알아서 해라."

라임은 두 손을 하늘로 향하며 어깨를 으쓱거렸다.

"응, 알아서 할게. 오늘은 미안하게 됐어, 이렇게 끌고 나와서."

"괜찮다. 형씨 두 명이 풍토병으로 뻗었는데 별수 있나."

"우디도 벨더도 운이 안 좋았어. 아니면 라임이 행운아인 걸까?"

"내가 행운아인 건 틀림없군. 그러니 지금도 살아 있고 쿠즈노하 상회에서 일하고 있지."

"상회 이야기…… 물어봐도 돼?"

"좋을 대로 해라. 대답은 별로 못 해주겠지만."

"……그게 뭐야. 애당초 롯츠갈드와 츠이게에서 장사를 하는 너희가 왜 이곳에 있는 거야?"

히비키와 라임이 걷는 저편에는 중앙에다가 난간을 설치한 긴 돌계단이 이어지고, 그 너머에 한층 더 커다란 푸른색의 신전이 우뚝 서 있었다.

두 사람의 발걸음을 보아 저곳이 목적지임을 알 수 있겠다.

"우리 나리한테 로렐의 높은 분이 아주 열렬하게 제안을 해서 말이야, 이쪽에도 가게를 내는 게 어떻겠냐고. 딱 잘라 거절은 못 할 판이라 내가 예비 조사를 나온 셈이지. 너희와 같이 다니는 건 그냥 우연이다?"

그렇게 둘러댔을 뿐 라임의 진짜 목적은 히비키 파티의 동향 조사였다.

물론 미련하게 들키는 사태를 피하기 위한 표면상의 이유는 빈틈없이 준비했다.

분명 실수는 하지 않았다.

"높은 분 누구? 혹시 이름은 뭐야?"

"어이쿠, 마치 심문 같군. 사이리츠라는 사람이다. 당사자한테 확인하는 건 알아서 할 테면 하고. 아무튼 내가 왔다는 것만 비밀로 부탁하자. 예비 조사를 온 사실이 알려졌다간 또 나리한테 염화라든가 편지가 왕창 쏟아질 테니까. 너, 나리의 학교 선배이기도 했다지? 조금은 후배를 도와줘도 벌은 안 받지 않겠냐?"

"사이리츠……. 흐음, 알았어. 네 이름은 꺼내지 않을게."

"잘 부탁한다."

"선후배 얘기를 하자면 나도 후배의 손을 빌리고 싶을 때가 있긴 하거든?"

"그래도 선배니까 한 번은 억지로 참아라. 나리도 이미 꽤 버겁게, 버겁도록…… 고생을 하고 있으니까 말이지."

"……딱한 후배구나."

두 사람은 대화를 계속하면서 폭이 넓은 돌계단을 한 걸음씩 올라갔다.

그 옆을 끊임없이 수많은 사람들이 오가고 있는지라 이 앞쪽의 신전을 찾는 참배객이 얼마나 많은지를 한눈에 알 수 있겠다.

"그건 그렇고…… 로렐은 정령 신앙이 진짜 활발하구나. 분명, 물의 정령이었던가? 아무리 봐도 여신을 대할 대보다 신앙이 더 돈독한 것 같아."

"강한 힘을 가진 데다가 상위 정령은 여신보다 출현 기회가 많아. 서민들에게 신앙의 대상으로 모자랄 게 없다. 게다가 말이 좋아서 정령 신앙이지 정령은 모두 여신을 섬기는 부류에 들어가니까 실질적으로는 여신 신앙이나 똑같지 않겠냐."

"꽤 자세히 아는구나."

"오, 좀 똑똑해 보이나? 좋아, 정령 이야기를 하나 더 해볼까. 과거에 마족이 대침공을 감행했을 때 마족에게도 힘을 보탰던 흙과 불의 정령은 지난 행적 때문에 아정령이라고 불리기도 하지. 두 정령은 인간 사이에서도 아인 사이에서도 아직까지 신앙을 가지고 있는 부류는 적다. 뭐, 드워프야 아직껏 흙의 정령을 굳게 신앙하고 있기는 한데 대장일 솜씨가 워낙 뛰어나니까 여신도 눈을 감아주고 있는 느낌이군."

"……대단하네, 별걸 다 아는구나. 쿠즈노하 상회는 그냥 평범한 종업원도 이 정도 지식은 갖고 있어야 받아주는 거야?"

"글쎄다……. 우리는 굳이 따지자면 뛰어난 재주 하나를 존중하는 경향이 강하니까 딱히 박식한 사람이 아니어도 눈에 띄는 특기를 갖고 있다면 들어올 수 있을걸?"

"그러면 나도 입사해볼까. 미스미 군 연줄로."

농담으로도 진담으로도 해석할 수 있는 표정을 짓는 히비키에게 라임이 쓴웃음을 지은 채 답했다.

"연줄은 특기가 아니잖냐. ……용사 노릇이 전직을 생각해야 할 만큼 블랙인가?"

"아주 새카매. 상대도 환경도 최악에 가까워. 뭐, 고달픈 만큼 보람이 있다는 게 문제인가? 그만둘 수가 없거든. 겸업은 좀 힘들겠지? 상회에 이익을 가져다줄 점원이 될 자신은 있는데."

"우린 겸업 금지다."

"어머, 아쉬워라……. 후유, 드디어 도착했구나. 애고, 계단이 참 높네. 그나저나 치야가 하는 수행이 슬슬 끝난다는 말을 들었는데 어떻게 생각해?"

히비키는 지금 막 오르기를 마친 계단을 뒤돌아보며 지긋지긋하다는 듯이 눈길을 준다.

"이런 정도로 숨이 거칠어지면 수행이 부족한 거다. 어떻게 생각하냐고? 난 딱히 꼬마 무녀가 여기서 뭘 하는지도 알지 못하는데 뭐라고 말을 하겠어. 네가 데려왔으니 같이 왔을 뿐이지."

"……진짜 치야가 뭘 하고 있는지 몰라?"

"……그래, 아무것도."

"……좋아, 모른다고 치고 넘어가줄게."

"몰라, 좀 믿어줘라."

"후후."

농담을 주고받으며 히비키와 라임은 신전에 들어갔다.

신분 확인과 간단한 신체검사를 마치고 두 사람은 신전 안 공간으로 입장했다.

두 사람이— 더 정확하게는 히비키가 오늘 이곳을 방문한 까닭은 파티의 동료이기도 한 로렐의 무녀 치야가 오늘 수행을 끝낸다는 소식을 들어서였다.

어린 나이임에도 의지할 수 있는 동료를 직접 맞이하고자 온 것이다.

본래는 같은 파티 멤버인 우디 및 벨더가 동행했을 터이나 두 일행은 지금 아파서 드러누운 상태다.

그래서 히비키는 로렐에서 만났던 남자, 쿠즈노하 상회의 종업원이라고 소개를 했던 라임에게 동행을 요청했다.

어째서 이 남자를 데려왔는지는 히비키 본인도 분명하게는 알지 못했다. 다만 혼자서 가는 것은 위험하다고 직감을 했을 따름이다.

요청을 하러 갔을 때 라임은 용사의 갑작스러운 방문에도 놀란 기색이 없이 여행길의 친구로서 같이 가주겠다며 선뜻 수락했다.

토모에가 명한 용사의 동향 조사를 수행하자면 거리를 좁히기 위한 다시없을 기회였으니 당연한 판단이었다고 말할 수 있겠다.

"그래서? 꼬마 무녀가 수행을 해서 어떻게 강해지는 건데?"

"응. 비밀이야."

"가능하면 자기 안위를 지킬 수 있는 종류의 성장이라면 고맙겠군."

"고맙다겠니? 무슨 뜻으로 하는……!!"

라임의 불가해한 발언을 듣고 일순간 의아해하며 시선을 준 히비키의 얼굴에 문득 팽팽한 긴장감이 치달았다.

"깨달았나?"

"뭔가, 이상해."

"이상하다? 뭐, 직감만 의지해서 하는 말이라면 대단한 거다. 무기는 미리 빼 놓고."

라임은 방심하지 않고 허리에 찬 카타나에 손을 얹은 채 히비키가 등에 멘 검을 시선으로 가리켰다.

"적? 하지만 로렐은 마족의 침공을 받은 전례가 지금껏 한 번도……."

"글쎄, 마족인지 뭔지는 알 수 없다만. 아무튼 공간이 격리된 것은 분명하군. 지금 이곳은 이계라든가 이공간이 된 셈이다."

"공간 격리? 결계가 발동됐다는 말이야?"

"맞아. 다만 상당히 거창하군. 신전의 방어 기능 같지는 않아. 신전 내부에 오랜 시간을 들여 무엇인가 수를 썼다는 느낌이다."

라임은 침착하게 상황을 분석했다. 쿠즈노하 상회에서 척후 역할도 담당하는 인재인 만큼 이러한 사태에서도 당황하거나 우왕좌왕하지는 않았다.

가장 먼저 이변을 파악한 뒤 누구보다도 빨리 사고하기 시작했다.

"앗?! 그럼 치야가!"

"그래, 위험에 노출되었을 가능성이 높군. 방금 전 어떤 힘을 얻게 되냐고 물어봤던 이유가 이거다."

"느긋하게 떠들지 마! 힘을 빌려줘, 당장 움직여서 구출할 거야!"

"……그래, 『빌려주마』. 지금 한 말은 잊으면 안 된다?"

"알아, 빚이라고 생각해도 좋아. 언제든 갚을게."

"아니, 아니야. 너무 호들갑스럽게 받아들이지 마. 꼬마 무녀가 어떤 힘을 얻을 예정이었는지 대강 알려주면 충분하니까. 일단 궁금한 게 생기면 어떻게든 꼭 알고 싶어지는 성격이라서 말이지."

"그럼 이동하면서 얘기할게. 넌 전위가 맞지?"

히비키는 라임의 카타나를 보고서 이미 판단을 마친 듯했다.

"맞아. 옆쪽에 세워 놓아도 등 뒤에 세워 놓아도 자기 할 일은 꽤 하는 편이다, 나는."

라임의 답을 기다리지 않고 쿵, 소리를 내며 히비키가 목제 문을 걷어차 부숴버렸다.

복도를 바라보면 지나온 공간과는 달리 묘하게 왜곡되어 일렁거리는 광경이 확인된다.

"그럼 따라와. 뒤쪽도 옆도 다 맡아주면 좋겠어."

"알겠다. 우선 오른쪽과 왼쪽, 어디로 갈 테냐? 꼬마 무녀가 있는 위치는 알겠지? 용사님."

"왼쪽. 그리고 날 부를 때는 히비키면 돼. 『용사님』이라는 말은 뭔가 낯간지럽거든. 사실 똑같이 싸움터에 서는 사람한테는 별로 불리고 싶은 호칭이 아냐."

"히비키인가. 좋다, 원하는 대로 불러주는 게 어렵진 않지. 자, 가자고."

"그래. 호른!"

힘찬 외침에 반응하여 히비키가 허리에 두른 은띠에서 멋진 털을 가진 늑대가 출현했다.

"으앗?! 소환하려면 미리 말 좀 해라. 깜짝 놀랐잖냐."

"어머, 미안해. 임시 멤버와 다니는 경우가 거의 없어서 미처 신경을 못 썼어."

히비키는 살짝 머리를 숙여 사죄한 뒤 늑대에게 말을 건넸다.

"치야가 있는 곳으로 갈 거야. 혹시 뭔가 알아내면 가르쳐줘."

의사소통이 가능한 듯 늑대는 주인의 말에 고개를 끄덕여서 답했다.

즉각 달려 나가는 두 사람과 한 마리.

라임이 말했던 대로 신전은 분명 이공간, 던전과 같은 장소가 되어 있었다.

본래 구조와 다른 복도가 쭉 이어진다거나 평소에 잠가 놓지 않는 문이 안 열린다거나. 게다가 본래였다면 신전 내부에는 절대 없어야 했을 마물의 부류까지 출몰하는 상황이었다.

그것들은 모두 적대적이었으며 앞길을 서둘러야 하는 히비키와 라임에게 가차 없이 들이닥쳤다.

"꽤, 여유롭게 싸우는구나! 역시 평범한 종업원은 아닌가 봐, 라임!"

"뭘, 타국의 예비 조사를 맡을 만한 실력은 있을 뿐이지. 그보다

저 늑대도 제법이고 너 또한 용사라는 이름에 부끄럽지 않은 힘이다. 다시 봤다고!"

두 사람은 거듭 들이닥치는 마물에게 막혀서 머뭇거리기는커녕 거의 다 일격으로 베어 넘기면서 오히려 점차 속도를 올려 전진하고 있다.

라임은 가끔 히비키에게 시선을 돌려 관찰하며 뒤에 딱 붙어서 따라갔다.

숨이 흐트러지지도 않은 채 자신의 속도에 따라붙는 데다가 마치 호흡을 읽는 것처럼 칼을 휘두르는 라임을 보고 히비키의 머리에 한때 어깨를 나란히 하고 싸웠던 동료의 환영이 떠올랐다. 그러다가 과거의 벗— 나바르는 이미 돌아올 수 없는 곳으로 떠나갔다고 자기 마음속에 되뇌며 히비키는 미련을 떨쳐 냈다.

"오, 보아하니 여긴가?"

커다란 문 앞에서 걸음을 멈춘 히비키에게 라임이 물었다.

"……허억, 허억."

'이 녀석, 대단해. 숨도 거의 안 흐트러졌어. 게다가 내 움직임을 방해하지 않게 위치를 잘 조정해줬지. 정말 나바르 같아……. 아니, 분명히 더 고수야…….'

선두에 서서 달려온 것은 히비키였다. 그런데 뒤에서 바짝 따라왔던 라임이 전혀 피로에 허덕이지 않는다는 게 우선 놀랍고, 아울러 여러 몸놀림이며 카타나 쓰는 솜씨에 감탄하게 된다.

"잠시 쉴 테냐? 꼬마 무녀도 아마 무사한 것 같군?"

“…….”

숨을 가다듬으며 히비키는 묵묵히 고개를 옆으로 흔들었다.

‘게다가 나 스스로도 마찬가지야. 분명 본래의 나 자신보다 강해진 듯한 느낌이었어. 이 사람이— 라임이, 힘을 끌어내줬나? 설마, 아마도 아니긴 할 텐데…….’

한 차례 힘껏 숨을 내뱉었다.

시선을 위로 올리면 그곳에는 라임의 등이 있다. 어째서인지 히비키에게는 저 등이 무척이나 커다랗게 보였다.

“그나저나, 마음의 눈? 심안이랬나? 그런 능력만 갖고 용케도 잘 버티는군. 혼자 전투를 하는 재주는 별로 없어 보였는데 말이야, 꼬마 무녀는.”

라임은 도중에 히비키에게 들은 무녀의 새로운 능력을 언급했다.

히비키가 라임에게 가르쳐준 치야의 능력 이름은 심안. 달리 말하자면 마음의 눈이다.

대상의 진실된 모습을 문답무용으로 꿰뚫어 볼 수 있으며 무녀만이 가지는 능력이었다.

다만 히비키는 라임에게 한 가지 사실을 숨겼다.

사실 심안은 부작용 비슷하게 획득한 능력이라는 것.

치야의 전체적인 능력을 강화하는 것이 이번 의식을 치르는 목적이었고, 그 과정에서 심안이라는 능력도 획득하게 된 격이다.

가장 중요한 능력 강화에 대해서는 가르쳐주지 않았다.

“그건…… 아니야, 어서 가자!”

히비키는 하마터면 라임에게 전부 다 털어놓을 뻔했다가 아슬아슬하게 말을 되삼켰다.

분명 현재는 협력 관계에 있어도 라임 라떼는 쿠즈노하 상회의 일원이다.

히비키가 보는 쿠즈노하 상회는 몹시 위험한 존재인지라 모든 것을 밝히기에는 위험하다는 생각이 들어서였다.

"예이."

라임이 커다란 문을 열자 그곳에는―.

"아!!"

무릎 꿇고서 두 손을 맞잡고 눈을 꾹 감은 채 기도 올리는 치야, 아울러 소녀를 지키는 굳건한 장벽이 보였다.

그리고 장벽을 둘러싸고 있는 세 명의 마족.

"마족인가. 흠, 뭐지. 아무래도 이게 계획적인 건은 아니란 냄새가 풀풀 풍기는군……. 어설퍼. 어울리지도 않고."

라임이 중얼거렸다.

숨을 헐떡거리며 마술을 구축하고 있는 저 소녀가 무녀라는 것은 라임도 곧장 알아봤다.

또한 소녀의 주위에는 무녀의 호위로 짐작되는 인물들이 무참한 모습으로 쓰러져 있다.

모양새가 너무 허술한 광경인지라 라임은 뭔가 돌발 사태가 있지 않았을까 예측을 한 셈이었다.

"잠깐……. 그런가, 심안인가. 심안을 습득하면서 무녀가 뜻밖의 진실을 직시했고, 그 탓에 마족들 셋이 황급하게…… 행동에 나섰던 건가? 그렇다면 이 구도도―."

아주 약간의 정보로 순식간에 상황을 추측하는 라임.

다만 냉정했던 사람은 라임뿐이었다.

"감, 히!!"

"윽?!"

오른편에서 분노에 찬 목소리를 들은 라임은 히비키를 돌아봤다.

장식용 은띠가 갑자기 빛을 발하며 히비키의 온몸을 감싼다.

다음 순간, 기이한 힘의 고조와 함께 히비키의 모습이 홱 사라졌다.

그렇다. 토모에에게 훈련을 받은 라임의 눈에도 히비키는 흡사 사라진 듯 보였다. 등에 치달리는 싸늘한 감촉을 느끼며 라임은 숨을 삼켰다.

"캬아앗!!"

"……진짜냐."

전방에서 들린 비명으로 라임은 히비키의 위치를 파악한다.

이미 히비키는 치야가 쳐 놓은 장벽의 곁에 가 있었다. 또한 주변의 바닥에는 마족 세 명이 나동그라졌다.

의도한 대처가 아닌 반사적으로 방어를『시도』했던 세 번째 표적만이 운 좋게도 비명을 지를 수 있었다.

다른 두 명은 반응할 겨를조차 없이 단칼에 두 동강이 났다.

비명을 허락받은 한 명도 명백하게 치명상이 되는 일격에 당한 상태다. 단지 즉사가 아니었을 뿐 별다른 차이는 찾아볼 수 없다.

곧 입으로 대량의 피를 쏟아 내더니 마지막 마족도 죽음에 이르렀다.

장내에 정적이 돌아온다.

'이런, 난감하군. 숨은 붙여서 정보를 캐내는 게 상식일 텐데…….
히비키에게 저 무녀는 몹시 특별한 존재인가 보군. 그렇다면 여차
할 때 견제 용도로 쓸 수도 있겠어. 실제 인질을 잡진 않더라도 암
시만 주면 행동이 둔해질 테지. 그건 그렇고…… 터무니없는 속도
다. 당연히 반응 못 하지. 까딱하면 나도 일순간에 끝장났겠어. 미
리 볼 기회가 생겨 다행이군. ……저 어마어마한 차림새를 포함해서
말이지. 흘린 식은땀보다 더 눈 호강을 했네. 감사, 감사다.'

라임은 어린 무녀의 존재 및 소녀가 전개했던 강력한 장벽과 또
한 히비키의 행동 전부를 기억에 담아 놓았다.

추가로 히비키가 가진 비장의 수단일 가능성이 있는 초고속 이
동…… 아울러 그때 몸에 걸쳤던 정말이지 노출도 높은 의상까지도.

"괜찮아?! 치야!!"

"히비키 언니! 와줬어! 와줬구나!!"

앳된 목소리가 들린 동시에 장벽이 흐슬부슬 무너져서 사라지고
히비키와 치야가 서로 얼싸안는다.

"다행이야! 안 늦게 와서 정말로 다행이야! 힘들었지, 이제 괜찮
아."

"무서웠지만 분명 구하러 와줄 거라고 믿었어! 그래서 줄곧 장벽
만 치고 열심히 버텼어!"

어린 치야의 이 같은 대처는 정말 침착했으며 용감했다고 말할
수 있겠다.

선불리 공격을 시도하는 것보다 실수를 범할 가능성이 낮을뿐더
러 확실하게 더 오래 생존할 수 있다.

다만 상대를 배제하지는 못하는 터라 최종적인 생존율은 구조를 어느 정도로 기대할 수 있느냐에 따라 달라지겠지만.

치야는 구조가 오는 쪽으로 도박을 했고 멋지게 승리를 거둔 셈이었다.

"감동의 재회 중 미안한데 말이다. 일단 귀가하는 게 좋지 않겠나? 피투성이가 된 제단에서 젊은 아가씨 둘이 얼싸안고 우는 모습이 좀 보기 딱하거든."

"윽, 확실히 맞는 말이네. 라임, 오늘은 정말 큰 신세를 졌어. 고마워."

"별로, 보상은 제값을 쳐서 받았으니까 잊어도 된다. 너무 호들갑 부리면 서로 피곤하잖냐. 사례가 부족하다 싶으면 저녁 식사는 네가 사든가. 그거면 된다. ……음, 뭐 하나? 무녀 아가씨?"

"……숲을 가꾸는 큰 나무. 게다가…… 용과 단비."

갑자기 치야가 흐릿한 눈빛으로 라임을 보고 가만히 중얼거렸다.

"……으응?"

"치야?"

어리둥절하는 두 사람에게 아랑곳 않고 치야는 잠꼬대처럼 계속 말한다.

"무척, 안심이 되는 사람……."

"히비키. 꼬마 무녀가 많이 지쳤나 보다. 얼른 보고를 마치고 쉬게 해줘라. 이러니저러니 해도 아직은 어린아이잖냐."

"그러게. 그렇게 할게. 치야, 일어설 수 있어?"

"응, 괜찮아. 언니는……. 언니다. 대단해, 아무것도 달라지지 않아.”

“……어? 그러니?”

“응!”

무슨 이유인지 치야가 기뻐하면서 웃는지라 히비키와 라임은 의아해하며 얼굴을 마주 바라봤다.

세 사람은 평범한 공간으로 돌아온 신전 제단에서 나와 신관용 대기실로 향한다.

“아차차. 내가 여기에 있으면 이래저래 귀찮아질 테니까 먼저 실례한다.”

잠시 상념에 잠긴 채 걷기만 하던 라임이 대기실 부근에서 불쑥 얼굴을 들어 올렸다.

“잠깐만, 너도 어엿한 당사자잖아!”

“라임 씨!”

“없었던 사람으로 치고 공적은 둘이 알아서 챙겨라. 저녁 식사는 기대하마. 나는 숙소에 먼저 가 있지. 이따가 보자. 히비키, 무녀 아가씨.”

라임은 재빨리 말을 마친 뒤 두 사람을 놓아두고 달려 나갔다.

“꼬마 무녀의 심안이라는 능력은 정신 방어와 관계없이 뭔가를 들여다보는 것 같군. 이것도 보고해야겠어. ……젠장, 벌써 누님한테 정기 보고를 할 시간이잖아! 빨리 사람들 안 오는 곳으로 가야겠군!!”

로렐 연방에서 라임은 조금씩 히비키와 관계를 쌓고 있었다.

의도치 않게 이번 사건에서 히비키와 깊이 친교를 맺었다는 것을 라임은 아직 깨닫지 못했다.

1

마족령 방문을 마친 나― 미스미 마코토가 아공에 돌아오고 하룻밤.

어제는 이상한 꿈을 꿔서 기분도 최악이었다.

깨어난 뒤 곧장 버릇처럼 활을 쏘니까 잠깐 개운해졌지만, 다 쐈더니 또 우중충한 감각이 돌아왔다.

마력을 진탕 소모한 후유증일까, 아직도 머리가 살짝 무겁다.

저택에 돌아오니 현관에 토모에와 시키가 있었다. 또 다른 종자 미오는 보이지 않았다.

"좋은 아침~."

두 사람에게 인사를 하며 머리를 빙글빙글 돌려봐도 별 변화는 없다.

"좋은 아침입니다, 도련님. 아직 안색이 조금 안 좋아 보입니다만……. 도련님께는 활이 약인가 봅니다그려."

내 손에 들린 활을 보고서 토모에가 쓴웃음을 지었다.

시키도 눈치챈 것 같았는데 얼굴에 티는 안 내고 살짝만 꾸벅거렸다.

"좋은 아침입니다, 도련님."

"약이기도 하고, 자신의 일부 같기도 하고. 신님이 자중하지 않아도 괜찮다고 말씀도 해주셨으니까."

"오늘은 강의 예정은 없다고 시키에게 말은 들었습니다만, 이후에 어디로 가실 예정이신지요?"

"응? 아니, 아직 안 정했어. 가게에 잠깐 얼굴을 비출 생각이기는 한데……. 이게 전부야."

"그러면 이후에 잠시 시간을 내주실 수 있으시겠습니까? 아공에 다소 변화가 발생했다는군요."

"—음. 그럼 곧바로 옷 갈아입을게. 미오는 먼저 가 있는 거야?"

아침 식사는 나중에 하자.

아공에 무슨 일이 생겼다면 최우선으로 알아야 한다.

복도를 걸어 나아가며 뒤따라오는 토모에에게 물었다.

"아뇨? 오늘은 웬일로 일찍 일어나더니 말입니다, 그릇을 보고 온다며 엘드워의 도자기 가마로 갔습니다."

"그릇……. 아, 요리에 쓰는. 이제 도예도 아공에서 일상이 됐구나. 일부 사람들의 취미로 끝날 거라고 생각했었는데 의외야."

엘드워, 엘더 드워프에게 가마 제작을 맡겨서 도자기를 굽자—꽤 예전에 토모에가 내놓은 제안이었다.

그런데 지금 와서는 도자기 식기 자체는 물론이고 아공에서 도예 취미가 널리 인기를 모으고 있다.

하이랜드 오크, 미스티오 리자드, 아르케, 고르곤, 익인. 어느 종족에서도 마음에 들어 하는 사람이 나왔다는 게 무척 재미있다.

초기에는 금속 식기와 목제 식기가 주류였던 아공의 생활상도 요즘 들어선 거의 다 도자기 식기를 쓴다. 식기를 자기 손으로 만들어 쓰는 것이 일상으로 자리 잡았다.

나는 방에 돌아와서 옷 갈아입기를 마치고 다시 두 종자를 거느린 채 외출 준비를 했다.

걸어가면서 시키가 입을 열었는데 또 도자기 이야기였다.

"도자기는 상회에서 인사 및 계약을 할 때 선물 용도로 대단히 요긴하게 쓰이고 있습니다. 지금 시점까지는 유사품이 나돌지 않는 것을 보건대 바깥에서는 마술을 쓴 재현에 고집하고 있나 봅니다. 저희 입장에서야 희소가치가 유지되니 고맙긴 합니다만, 비록 제작 방법을 가르쳐주지는 않았으나 딱히 숨기지도 않았는데……. 한심할 따름이군요."

시키는 일찍부터 『도자기의 가치』에 주목해서 쭉 중요시했다. 거래 상대나 큰손에게 주는 선물로 도자기를 채택했는데 뜻밖에도 무척 호평이었기에 요즘은 쿠즈노하 상회의 대명사 비슷하게 인식되고 있다.

암거래로 높은 가격이 붙은 도자기도 있다던가.

상회의 매장에서도 단골 한정으로 엘드워, 숲도깨비, 시키가 손수 제작한 그릇을 손님에게 나눠 주고 있다.

참고로 나는 엘드워가 만든 그릇이 가장 완성도가 높다고 생각하는데 무슨 이유인지 아쿠아와 에리스, 시키가 만든 그릇이 오히려 손님 다수에게 인기였다. 그러자 경쟁심을 불태운 엘드워가 더욱 실력을 끌어올리니까 일부 호사가들이 높이 평가한다는 뭔가 좀 아리송한 선순환(?)이 생겨나고 있다.

으음~ 시키도 말했듯이 우리는 제작 방법을 일절 밝히지 않았지만, 딱히 의도해서 숨겨 놓지도 않았거든.

그러니까 왜 아직껏 흉내를 못 냈는지 의아하다는 생각이 든다.

"뭐, 조만간 왕국이랑 제국에서는 유통이 되지 않을까? 거기에는 나와 똑같이 일본 출신의 용사가 있잖아."

게다가 로렐에도 우리 쪽 세계의 지식이 있고, 일부는 이미 실용화되었으니까 한참 전부터 도자기에 주목했어도 이상할 게 없기는 하다.

"동감입니다. 뭐, 저희 방식이야 이미 널리 알려졌지요. 이제 와서 어디에 뭐가 퍼진들 딱히 난감할 까닭은 없습니다."

"그러게. 아무튼, 토모에? 변화가 뭐야?"

시키와 나누던 도자기 이야기를 일단락 짓고 본래 주제를 확인했다.

"예. 익인이 올린 보고에 따르면…… 북동쪽 방향에 뭔가 **거대한 호수**가 보인답디다."

"호수?"

지형지물이 늘어났다는 뜻인가?

아공에 큰 변화를 불러일으킬 만한 사건은 분명 없었는데. 자연스럽게 호수가 형성되었다기에는 아무래도 하루는 좀 많이 짧지만…….

아공(이곳)이라면 가능한가?

아니, 거대하다는 표현을 쓸 크기인데 설마 아니겠지.

"예. 처음 보았을 만큼 커다랗고 끝이 안 보인다더군요. 시야 전체가 물인데 맡아본 적 없는 냄새가 바람에 실려 날아온다는 설명으로 짐작하자면……. 실제로 보기 전이니 확신까지 할 수는 없습니다만."

"끝없는 넓이에다가, 냄새? 어라라, 설마."

"예. 저도 혹시나 싶어서 지금 막 시키를 데리고 상황을 보러 가려던 참이었습니다. 안 그런가? 시키."

토모에가 말을 건네자 시키도 고개를 끄덕거렸다.

"저는 최근에 짬을 만들어 미오 님과 항구 도시에 다녀왔습니다. 바다는 익숙하지요."

역시 두 사람도 나와 같은 생각을 떠올리는 것 같았다.

"바다인가."

"그렇게 짐작할 수 있겠지요. 익인에게 바다인가 물어봤더니 그게 무엇이냐고 오히려 되묻더이다. 바다를 알지 못하는 겝니다."

"그나저나, 바다라니……. 딱히 도련님께 종자가 늘어난 것도 아니잖습니까. 단순히 넓어지고 이대로 끝이라는 생각은 도저히 들지 않습니다. 어떠한 조짐인지도 모릅니다."

확실히 시키의 말이 맞다. 이제까지 아공은 내 마력의 증가에 따라 확장되어왔다.

하지만 새로 커다란 지형지물이 나타난 전례는 없었다.

그런 사건이 일어나는 것은 미오나 시키와 같이 종자로 거둔 인물이 새롭게 추가되었을 때뿐이다.

요즘에, 최근에 가장 큰 변화를 찾아보자면 마족령에서 데리고 온 마왕의 자식 『출신』인 사리 정도인가.

마족이 처음 받아들인 종족이기는 한데 별 대단한 힘도 없는 소녀가 한 명 추가되었다고 큰 변화가 발생할 것 같진 않거든.

사리 이상의 실력을 가진 다른 아인이나 마물, 휴만이 들어왔을 때도 아공에 딱히 변화는 없었으니까.

"아무튼 빨리 확인하고 싶네. 토모에, 장소는 알아 놨지?"

"물론입니다. 일단 주민들 모두에게 접근하지 말도록 전달했습니다."

"좋아, 가보자. 전이 가능하지?"

"예."

토모에가 곧장 안개의 문을 열었다.

설마 위험한 상황이 있을 것 같지는 않은데 처음 겪는 사태다. 살짝 경계심을 품으며 안개에 들어갔다.

그리고—.

쏴아아, 파도 소리가 귀를 울렸다.

새하얀 모래사장, 저편에서 너울거리는 물, 물, 물.

온통 푸른색을 띤 풍경과 한없이 뻗어 나가는 수평선.

남국 여행 카탈로그에 실어도 될 만한 멋진 해변이 펼쳐져 있었다.

"……."

차마 말이 안 나왔다.

진짜로, 바다.

난 막상 가본 경험이 없는 해외 리조트 비슷한 모양새이기는 한데 어쨌든 바다라고 확신을 했다.

그냥 경계심도 풀어버린 채 파도가 치는 곳까지 가서 물을 한 번 할짝인다.

나한테는 독 종류가 거의 안 통한다는 것이 실제 증명됐으니까 만에 하나 못 마시는 물이어도 괜찮을 거야.

응, 짭짤하네.

바닷물입니다.

토모에와 시키도 똑같이 따라 하더니 고개를 끄덕거린다.

"진짜, 바다가 맞네."

"바다군요, 묘하게 잔잔합니다만."

"틀림없습니다."

츠이게와 가장 가까운 항구 도시에서 이것저것 일을 하고 있다는 시키는 어쩐지 조금 흥분한 것 같다.

계(界)로 현재 위치와 바다의 규모를 탐색했다.

섬이 몇몇 개, 또한 상당히 먼 곳에 안개의 벽이 있었다. 다만 겨기서는 시야에 안 들어올 만큼 무척이나 멀었다.

신기루 도시에서 여기 오려면……. 글쎄, 마차를 타면 꽤 걸리겠지.

1개월이나 2개월. 서두르면 줄일 순 있겠지만, 수송 계획을 세우려면 몇 개월 단위는 각오하는 게 좋겠다.

아, 무의식중에 마차로 물자를 옮긴다는 전제에서 생각을 했네.

사람만 이동한다면 조금 더 단축되지 않을까.

특히 하늘을 날아다닐 수 있는 익인이라면 아마 상당히 줄어들 거야.

어쨌든 현실적으로 이곳과 왕래를 하는 수단은 전이 가능한 체계를 갖추는 것이 최고인가.

아공에는 특별히 적이 있는 것도 아니니까 전이진을 설치할 때도 조심해야 할 문제가 없거든.

그러고 보니 모래사장의 한복판에 불쑥 전이로 온 데다가 놀란

나머지 주위도 돌아보지 않은 채 곧장 바다로 다가갔으니까 모래사장의 폭이 얼마나 넓은지도 미처 확인을 안 했다.

그런 생각으로 육지 방향을 돌아본다.

"—앗?!"

계를 이용한 탐지로 대강 파악은 했었지만, 실제 광경을 목격하니까 몸이 굳어졌다.

하얀 모래사장이 쭉 이어지다가 저편에 드문드문 초목이 조금 자라나 있는 토지가 보인다.

단숨에 관광 명소가 될 만한 근사한 해변 건너편의 풍경이라기에는 조금 살풍경하다.

하지만 내가 놀란 이유는 이게 아니었다.

우선 하나는 계에 전혀 반응하지 않은 물체가 저곳에 있었다는 것.

다른 하나는 주위에 흩어져 있는 나무들의 형태였다.

텔레비전으로 한 번 봤던 게 전부이지만, 잊을 수 없는 형태의 수목이 자라나 있었다.

토모에는 아직 나무에 주의가 쏠리지는 않았지만, 물체의 존재는 알아차린 것 같다.

"음, 저곳에 뭔가 서 있습니다. 간판? 아공에, 간판?"

나는 토모에가 막 지적한 계에 반응하지 않는 — 그러나 눈에 잘 보이는 — 입간판에 가까이 다가갔다.

이번에는 상당히 경계했다.

마력체를 전개한 뒤 곧이어 계를 강화로 전환한다.

한 발짝, 한 발짝 다가가다가 간판에 쓰인 내용을 읽을 수 있는 거리까지…….

“……엥?”

저절로 얼빠진 목소리가 나와버렸다.

토모에와 시키도 이쪽으로 달려온다.

모래를 찰 때마다 꾹꾹, 경쾌한 소리가 나서 어쩐지 긴장감이 없었다.

뭐, 전혀 긴장을 할 내용이 아니니까.

마지막까지 다 읽자 간판은 일순간 강한 빛을 발하며 똑바로 위로 날아갔다.

마치 불꽃놀이처럼.

……애고.

『또 마력이 성장했구나, 마코토. 이것은 내가 주는 선물이다. 형님(츠쿠요미)께 조금 도움을 받긴 했는데 진짜배기 바다다! 참고로 아직은 중간 단계이고 대흑 영감의 선물은 조금 더 나중에 나타날 거다. 앞으로도 정진해라. 그리고 이 간판은 네가 다 읽으면 불꽃으로 바뀐다. 의미는 없다.　　　스사노오.』

이런 문장이 쓰여 있었다.

그러고 보니 스사노오 님을 비롯해서 신님 일행이 아공에 왔을 때 선물이 어쩌고저쩌고 말씀을 했지.

최근에 내가 이상한 꿈을 꾼 이유도 대흑천 님이 남기고 간 선물 때문이랬는데 보아하니 한 번 정도는 또 휘둘리게 될 것 같구나.

아직 뭐가 어떻게 될진 알 수 없지만, 아마도 더 마력을 성장시켜서 아공을 확대하면 알게 되는 구조인가…….

아무튼, 바다.

엄청난 깜짝 선물인데.

부자가 섬이나 성을 선물한다는 얘기는 종종 들어봤는데 바다를 받는 건 정말이지 희귀한 경험 아닐까.

조금 뒤늦게 축제를 알리는 듯한 불꽃의 소리가 펴엉~ 하늘에서 울려 퍼졌다.

"도련님, 무슨 일입니까?"

"어디 다친 곳은 없으십니까?"

안 다쳤냐고 걱정해주는 시키한테 왠지 미안했다. 불티 하나도 안 맞고 끝났으니까.

"어, 괜찮아. 으음, 신님이 바다를 주고 가셨어."

"……."

"……."

"아무래도 이 바다는 그냥 편하게 쓰면 된다나 봐. 문젠 없겠네."

"바다가, 받는 게 되는 물건이었군요."

"아무리 아공이라지만……. 비상식적입니다."

토모에는 석연치 않은 모습으로 고개를 갸웃거렸고, 시키는 조금 갈라진 목소리로 답했다.

어쩐지 시키가 말한 『비상식적입니다』라는 대답에는 나까지 포함된 것 같은데.

마음은 이해할 수 있지만……. 제발 참아줄래.

"아무튼 저 나무를 보면 말이지, 간판에는 딱히 안 쓰여 있었는데 아마 아테나 님도 거들어주신 게 아니려나."

내가 무심코 꺼낸 혼잣말에 시키가 반응했다.

"나무? 띄엄띄엄 있는 저 수목을 말씀하시는 겁니까? 분명 특이한 형태이기는 합니다. 역시 도련님의 세계에 있던 나무인가 보군요."

"응. 나도 직접 보는 건 처음이지만 말이야. 형태가 되게 기묘하잖아? 도저히 착각을 할 수가 없어."

"신이 베풀어준 나무……. 즉 신목의 부류에 들어가겠군요. 생각납니다, 신사라는 장소에는 저런 나무가 제법 있다고 토모에 님에게 들었지요."

내 말을 잘못 받아들여서 시키는 저 나무들을 신목이라고 착각했다.

"아니지, 신목은 이렇게 불쑥 나타나는 게 아니라 사연이 있는 나무나 오래 산 나무를 신목으로 높여 받드는 경우가 많았을 게다."

토모에가 시키와 뭔가 토론을 시작할 낌새였다.

뭐, 굳이 안 따져봐도 토모에의 해석이 옳다.

"시키, 그런 의미가 아냐. 내가 아테나 님의 이름을 꺼낸 이유는 그냥 저 나무에서 채집할 수 있는 소재가 옛날에 아테나 님을 믿던 지역에서도 나왔던 것 같다고 떠올려서거든."

분명 그리스나 로마 쪽에서 잘 알려졌던 것 같아, 기억으로는.

"모양은 버섯과 비슷하게 보입니다만."

그렇다. 시키가 표현한 대로 버섯이라거나 줄기의 형태에 따라서는 브로콜리를 연상케 하는 외형이었다.

줄기의 일정 높이부터 잔뜩 자라난 가지가 위쪽에 우산 모양으로 녹색의 잎을 널찍하게 뻗치고 있다.

이름이 무척 인상적이고 영상에서 본 실제 모습이 더욱 기묘했기에 잘 기억이 난다.

막연하게 언젠가 보러 가고 싶다고 생각했었는데 이런 형태로 이루어질 줄이야.

"용혈수(竜血樹)라고 해. 드래곤의 피가 흐르는 나무라는 뜻이야."

"……무척 살벌한 작명입니다그려."

토모에가 약간 떨떠름한 표정을 지었다.

"내가 살았던 세계에서는 용이 아예 없었잖아. 아마도 실제 용하곤 전혀 관계없을 거야. 분명 줄기에 흠집을 내면 나오는 수액이 새빨간 색깔인데 그게 약으로 쓸 수 있었던 것 같아. 그래서 『용혈』이라는 이름으로 퍼졌고, 용혈이 흐르는 나무니까 용혈수……. 별거 아니야."

물론 신님이 진짜 존재했으니까 사실은 용도 어딘가에 있지 않았을까 싶기는 한데, 뭐, 나의 상식에서는 없는 생물이 맞았었고.

실제 저 나무가 용과 관계가 있다면 재미있겠지만 지금은 아무래도 좋아.

확인할 방법도 없다.

"약으로 쓸 수 있는 붉은색 수액, 무척 흥미롭군요."

시키가 이제까지와 다른 눈빛으로 용혈수를 보며 중얼거렸다.

"응. 연고만 만들어 쓰는 게 아니라 사탕처럼 굳는 성질이 있어서 알약으로 정제해서 쓰기도 했다나 봐."

"……제가 조사해봐도 되겠습니까?"

"좋아. 식물 관련이니까 아르케랑 숲도깨비한테도 같이 알려줄래? 충분히 나이를 먹은 나무에서만 빨간 수액이 나오는 걸로 기억하니까 조사할 때 참고해줘."

"나이가 중요하군요……. 명심하겠습니다!"

"도련님, 저는 오히려 바다를 진득하게 조사해보고 싶습니다. 미오도 데려오려는데 괜찮으시겠습니까?"

시키의 만족에 찬 대답에 이어서 토모에도 제안을 했다.

"좋아."

"……다만 바다는 저도 미오도 전문이 아니온지라 말입니다. 가능하면 바다— 더 나아가서 바닷속을 잘 아는 인물이 있다면 좋겠군요."

"맞는 말이네. 그런 사람이 있었던가?"

"딱히 없지요. ……어떠십니까, 도련님. 아공도 꽤 넓어졌으니 오랜만에 또 주민 선정을 하시는 것은."

"새로운 주민인가. 고르곤이랑 익인이 지내는 모습을 보니 너희가 골라내준 사람들이면 딱히 문제는 없으려나……."

"물론 도련님께서 최종 면담은 맡아주셔야 할 겁니다."

윽, 들켰다.

아직 아무런 말도 안 꺼냈는데 들켰다.

전부 떠넘기는 건 힘든가.

음……. 뭔가 잊어버렸던 것도 떠올랐……? 앗!

"알았어, 면담은 할게. 근데 토모에, 저번 면담 때 결국 이주를 안 했던 『작은 사람들』이 있지 않았어?"

"글쎄요, 작은……? 아, 있었지요. 에마가 역정을 내게 만들어서 파투가 났던 요정인지 정령인지 하는 녀석들이.”

“응, 맞아. ……어라? 이름이 뭐였더라? 아, 아…… 아~ 안토니오였나?”

“비슷한 이름이었습니다. 아가 붙기는 할 터인데.”

“그쪽은 어떻게 됐어? 이번에는 물과 관련된 인력이 필요하니까 일단 알아봐줄래?”

“……도련님, 토모에 님. 아르에페메라입니다. 일부 정령을 지배하는 요정족의 변종이지요.”

시키가 대화에 끼어들어서 알려줬다.

아, 맞아. 아르에페메라, 생각났어!

무척 떠들썩했다는 기억밖에 안 났거든.

“오, 아르에페메라였던가. 쪼끄만 녀석들이라는 기억밖에 안 나더구나.”

토모에도 비슷비슷한 건가.

누가 담당을 맡았었더라? 사소한 부분은 역시 생각이 안 나는걸.

“고마워, 시키. 아르에페메라구나. 그럼 토모에는 후보 찾기를 시작해줘.”

“……아뇨, 웬 후보 찾기입니까. 이주 희망자는 충분히 넘쳐납니다만? 이미 줄을 쭉 서 있으니 저희가 문만 열어주면 곧바로— 뭐, 이렇듯 별일 아니오니 시간이 많이 걸리지는 않습니다. 종족마다 상세 조사를 실시한 뒤 저희가 몇 차례 면담을 하는 정도이니까요……. 머지않아 도련님께 최종 면담을 부탁드리게 될 겁니다.”

“……넘쳐난다고? 그렇구나. 종족의 숫자라든가 규모는, 뭐, 민고 맡길게."

토모에와 시키가 바로 염화를 시작했다.

그런 두 사람을 가만히 둔 채 나는 다시 바다를 본다.

보면 볼수록 옷을 벗어 던지고 뛰어들고 싶어지는 해변이었다.

밤이 온다면 별하늘과 달빛도 꽤 기대할 수 있겠지.

이렇게 넓은 곳이니까 일부 구역을 개인 휴양지로 받아서 써도 불만은 안 나올 거야.

기대감이 부푼다.

그건 그렇고……. 새로운 주민에다가 연구 소재인가.

또 할 일이 한가득 생겼구나.

아마 롯츠갈드에 가면 리미아 방문 이야기도 나오겠지. 분명 리미아의 사람들은 어떻게든 확답을 받아 내려고 기를 쓸 것이다. 내가 요즘 들어서 여기저기 외부 활동을 다녔고 제국에 다녀온 것도 물론 소식이 퍼졌을 테니까 딱히 거절할 구실이 없어.

그런데 막상 언제쯤 갈 수 있으려나.

미오와 선배가 덜컥 마주쳤을 때 별로 분위기가 안 좋았다는 것을 떠올리면 미오는 두고 가거나 아님 선배가 없을 때 슬쩍 방문했다가 후닥닥 복귀하고 싶단 말이지.

시기를 잘 골라서 일정을 확인해야겠네.

오늘은 하루 쉬었다가 내일부터 또 활동에 나설 생각이었는데 좀 여유를 부린 것 같아.

평화로운 바다를 바라보고 있는 와중에도 파도가 철썩거리며 밀려올 때마다 자꾸자꾸 할 일이 떠올라서 쓴웃음을 짓게 된다.

응, 오늘부터 일하자.

굳이 서둘러서 롯츠갈드에 가야 할 이유는 없다고 한가한 말을 할 때가 아니야.

그러고 보니 토모에한테 들었던 말에 따르면 상위 용 루토가 많이 약해졌다는 것 같던데.

그 변태, 마족령에서는 아주 대형 사고를 치고 도망갔잖아. 과장 안 하고 힘을 모조리 쏟아부어서 브레스를 날린 반동으로 드러누웠다던가.

진짜 제대로 된 바보다.

병문안(?)이라도 가서 잠깐 얼굴이나 구경할까.

나는 한숨을 한 번 쉬고 아공의 바다를 뒤로했다.

2

활기가 있다.

아니자, 살기가 있다?

다음 날, 나는 아공의 도시 교외에 있는 훈련장으로 불려 갔다.

웬일로 하이랜드 오크 에마가 험악한 표정을 짓고 있었다.

토모에나 시키와 같이 있을 줄 알았는데 상황도 그렇고 표정도 그렇고 예상과 뭔가 다른걸.

에마 이외에는 오크가 몇 명, 미스티오 리자드 몇 명과 아르케가 보인다.

그리고 작은 요정이 대략 수십 마리에서 백 마리쯤 에마와 대치하는 듯한 모양새로 떼를 지어서 공중에 떠 있었다.

아, 맞아.

그래그래, 분명 안토키노, 이게 아니라, 아르…… 아르에페메라!

그나저나 아공의 주민들은 행동이 참 빨라.

벌써 쟤네를 데려왔구나.

……설마 벌써 바다의 종족도 면담 대기 중인가?

에이, 설마.

“에마, 쟤들은 아르에페메라 맞지? 뭔가 분위기가 묘하네?”

일촉즉발이라고 말해야 할까.

예전에 쟤네랑 에마가 실랑이를 벌인 적이 있었던 만큼 뭔가 불길한 예감이 든다.

“도련님, 오셨군요! 특별히 묘한 분위기라 할 상황은 아닙니다. 이 녀석들의 태도가 『여전히』 달라진 것이 없는지라 잠시 설교를 하려던 참이었을 뿐이죠…….”

말을 건네자 에마는 표정을 단속하며 내게 인사를 했다.

“여전히? ……오히려 예전하고는 분위기가 많이 달라진 것 같은데?”

분명 쟤들은 머리가 둘 달린 개 마물— 리즈 떼에게 쫓겨나서 아공으로 이주를 희망했었는데 면담 중 에마의 노여움을 사서 보류 처분을 받았지.

“우선 리즈를, 이후에도 몇몇 위협을 물리쳤다면서 건방을 떠는 것뿐입니다.”

그래서인가?

임금님의 태도는 어쨌든 간에 뒤쪽에 있는 녀석들에게서 일종의 살기가 흘러나오고 있다. 누군가 지목해서 쏟아 내는 게 아니라 그냥 주위에 흩뿌리기만 하는 식이다.

갑자기 군대처럼 바뀌었다고 할까, 토모에의 신병 훈련소를 처음 겪은 뒤 일부 녀석들이 쏟아 내는 분위기와 비슷한 느낌이었다. 쓸데없이 살기등등하다.

"아공의 왕! 우리들의 이름은 아르에**레**메라다! 아공의 왕은 한 번 면담을 했던 종족의 이름도 잊어버리는가!"

"엥? 아르에레메라? 아, 그렇군요. 제가 실례를 했습니다."

설마 시키조차 정확하게 기억을 못했던 건가. 되게 떠들썩한데도 존재감은 옅은 종족이구나.

"도련님, 어찌 사과를 하십니까. 이딴 것들을 부를 호칭은 날벌레로 충분합니다. 쓸데없이 거창한 이름이 아깝지요."

에마는 무척 신랄하다.

분방한 태도가 심기를 건드린 걸까.

"전혀 아깝지 않다! 우리야말로 요정의 왕! 왕이 무례하니 신하도 무례하구나, 오크 여자! 약속한 대로 리즈를 물리쳤는데 어째서 우리에게 연락을 주지 않았나! 네가 약속을 진작 지켰더라면 우리는 이렇게나 많은 동포를 잃어버리지도 않았을 것이다!"

꽤 많이 날아다니는 것 같아 보이는데도 의외로 많이 줄어든 건가.

원래는 몇 명 정도였더라.

기억이 안 나네.

"어머나, 건방지게도 요정의 왕을 자처하는 주제에 유치하게 구는 꼬락서니가 참 유쾌합니다. 제가 말했던 내용을 벌써 잊어버린 겁니까. 저는『리즈를 물리치고 다시 한 번 이곳으로 와라』라고 말했답니다? 리즈를 물리쳤다면서 왜 다시 이곳에 오지 않았던 거죠? 저는 당연히 전부 다 잡아먹혀서 멸망해버린 줄 알았는데요."

"이곳에 올 방법을 어찌 알겠나! 치사하구나, 오크 여자!"

에마와 아르에레메라의 설전이 이어졌다.

"그걸 안다면 예전에 분노를 못 이기고 뛰쳐나가기 전에 어떻게든 리즈를 쫓아내는 데 성공한다면 꼭 다시 연락을 주십시오, 라고 저희에게 말을 남기는 게 맞을 텐데요? 너희처럼 시끄러운 것들이 삼백이나 있으면 아공의 다른 주민들에게 민폐입니다. 마침 딱 알맞게 줄었군요, 우후후후……."

까맣다.

새까만 에마가 있다.

아공에 자력으로 오라는 말도 안 되는 소리를 꺼내다니.

신님도 아니고 말야.

그때 재네가 뭐라 떠들었는지는 기억이 안 나는데 이번 면박은 진짜 뼈아팠겠다.

나도 에마가 화내지 않게 조심해야겠어.

주위를 둘러보니 다른 종족도 쓴웃음을 짓고 있었다.

일부 오크는 핼쑥한 표정이었는데 설마 에마한테『다음 단계』가 또 있는 걸까. 가능하면 다른 변신을 또 보고 싶지는 않네.

그나저나 에마는 재들을 잘 아는구나.

이름이 틀렸다는 것도 알았던 눈치이고, 숫자까지 다 파악하고 있었다.

원래 삼백이었다면 지금은 대강 3분의 1로 줄어들었다는 말이잖아.

상당히 큰 피해다.

"어째서 우리에게 제대로 알려주지 않았던 거냐, 아공의 왕!"

에마는 당할 수 없다고 판단했는지 이번에는 나를 지목해서 물고 늘어졌다.

"네? 왜 저한테 따지세요."

"우리를 돌려보냈던 것이 너다! 으음, 으음…… 아공의 왕!"

……엥?

앗. 설마, 쟤도 내 이름을 잊어 먹었나?

에마 이름도 안 불렀잖아.

뭐야, 피장파장이었네.

"감히, 하필이면 또 도련님을 물고 늘어지다니……. 정말, 훗, 우후후……. 저번과 마찬가지로 미오 님께 또 면담을 부탁드릴 생각이었는데 전혀 필요가 없겠군요. 조금은 동정해서 이주를 다시 검토해주려는 마음이었는데 말이죠."

"우리는 시련을 극복했다! 원래 살았던 풍요로운 숲도 가증스러운 보라색 구름에 휩쓸려서 독늪이 되어 살 장소도 없어! 네가 뭐라고 하든 우리는 반드시 이곳에서 살 테다!"

오, 거만한 태도는 안 흔들리는구나.

개인적으로 이렇게 자유분방한 부류는 먼 곳에서 본다는 조건을 달면 좋아하는 편이다. 텔레비전 속 사람은 전부 재미있잖아?

아공은 넓은 곳이니까 적당히 살 곳을 찾아 생활하는 정도라면 딱히 상관없을 것 같기는 한데.

바다까지 생겨서 솔직히 파악하기가 귀찮은 수준으로 넓어지기도 했고.

……그런 생각을 하던 중 에마가 마침 내 머릿속을 읽은 것처럼 입을 열었다.

"……그래요. 그럼 원하는 대로 해보시죠. 숲을 좋아했던가요. 어느 숲이든 가서 살아보세요."

이제껏 보인 태도를 떠올리면 의외이기도 하고, 평소 같았다면 일일이 나한테 허락을 구했을 텐데. 에마가 자기 혼자서 결정하는 모습은 보기 드물다.

"그 말!! 절대로 잊지 마라!!"

"단 저희는 당신들에게 전혀 신경을 쓰지 않겠습니다. 정 도움을 받고 싶다면 전원 바닥에 엎드려서 빌어야 할 겁니다. 그럼『고려』는 해주도록 하죠."

에마의 의미심장한 충고에는 아예 귀를 기울이지 않은 채 아르에레메라가 떠들어 댔다.

"다들 들어라! 우리는 새로운 거처를 얻었다! 좋아, 저쪽 숲으로 간다!! 서둘러 집을 만들어라! 음식을 모아 오너라~!"

『오~!!』

"……."

눈 깜짝할 새에 아르에레메라가 일제히 날아갔다.

꿀벌의 이사 같기도 하네.

잿네가 떠나가는 광경을 지켜보다가 힐끔 곁눈질로 에마를 쳐다본다.

무척 흐뭇해하며 만면에 미소를 짓고 있었다.

어째서인지 등줄기가 오싹오싹해서 나는 슬그머니 눈을 피했다.

“자, 여러분. 업무에 복귀하시죠. 바다라는 생경한 지역까지 나타났으니 아공은 앞으로 더욱더 바빠질 겁니다.”

“그, 그러게.”

분위기를 바꾸려는 듯이 손뼉을 치며 재촉하기에 나와 다른 사람들 모두 고개를 끄덕거려서 에마에게 답했다.

“도련님, 바다를 거처로 삼아 생활하는 종족, 또는 그것이 가능한 종족의 목록이 제출되었습니다. 추후에 더 늘어나긴 하겠습니다만, 일단 훑어봐주실 수 있으실까요?”

“응. 알았어.”

“시키 님은 모래사장 근처의 지역을 개척해서 항구를 만들자고 말씀하시더군요. 우선 엘더 드워프 장인을 몇 명 차출하여 보내드렸습니다. 바깥의 항구 도시에 나가 있는 장인들도 아공에 배가 필요하다는 소식을 듣고 복귀하는 중입니다.”

오, 다들 하루도 안 쉬고 곧바로 일을 시작하는구나.

자꾸 내일부터, 내일부터 한다며 뒤로 미루는 나로서는 믿기 어려운 속도였다.

에마는 같이 있던 각 종족에게 척척 지시를 내렸다.

방금 전까지 일어났던 충돌은 전혀 느껴지지 않는 산뜻한 태도 전환이다.

“있잖아, 에마. 아까 아르에레메라 말인데.”

"네, 무엇이 궁금하신가요?"

그럼에도 나는 신경이 쓰이는 것을 물어봤다.

"왜 선뜻 이주를 허락한 거야? 꽤 화를 냈잖아."

도저히 허락할 만한 분위기가 아니었던 데다가 아무 사죄의 말도 없었다.

그런데 에마가 대체 왜 잠자코 받아줬나 의문이었다.

"도련님 앞에서 주제넘은 짓을 저질렀습니다. 대단히 죄송했습니다."

에마가 민망해하는 표정을 지으며 머리 숙였다.

"아니, 난 상관없는데. 아무튼 이유가 뭐야?"

"……도련님. 저번에 토모에 님이 아공에 던져 넣었던 황야의 마물이 어떻게 되었는지 알고 계십니까?"

"리즈 같은 녀석들?"

"예."

"분명 늑대랑 곰이랑, 또 소에 멧돼지 등등한테 다 죽어 나갔다고 말을 들었어."

"예, 맞습니다. 거의 전멸입니다."

생태계가 조금도 달라지지 않았다는 보고를 받았더랬지.

"……."

"……."

에마는 설명이 다 끝났다는 듯이 이쪽을 보고 있다. 으음……?

"저기? 뭐가 맞다는 거야?"

"도련님께서 비호해주지 않으시는 부류, 즉 저희와 다른 세력으로 간주되는 『저것들』은 마물과 별 차이가 없습니다.”

마물과 차이가 없다, 요컨대…….

“고작 리즈를 위협으로 여기며 이 짧은 기간에 절반 이하로 숫자가 준 유사 요정족, 게다가 지능도 저런 꼴이니 늑대 공의 충고도 무시할 테죠. 저는 시답잖은 거짓말 따위 지껄이지 않으니 저것들이 또 절반 정도로 줄고 돌아와서 엎드려 절을 한다면……. 후후, 고려는 해줄 겁니다, 고려는.”

우와아……. 새까만 에마를 넘어가서 심연의 에마다.

“아공은 분명 낙원입니다. 황야처럼 종족 간 투쟁이 벌어지지도 않고, 또한 쟁탈에 떠밀리지 않아도 되는 광대한 토지가 있습니다. 다만 아공에도 규칙은 있는 법이죠. 규칙을 지키지 않고 설치려 하는 무법자는 자연스럽게 도태될 것입니다.”

“아공의 규칙 말이지.”

느낌이 잘 오지 않았다.

“힘이나 비호. 어느 하나도 갖추지 못했다면 이곳은 낙원이라 말할 수 없습니다. 특히 이곳에 본래 서식했던 짐승의 영역을 침범하는 어리석은 짓을 저지른다면…….”

에마는 또 강렬하게 미소를 띤다.

낙원이 아닌 아공인가.

일본에서 게임이니 인터넷이니 여러 오락에 둘러싸여 살았던 나로서는 조금 지루한 측면도 있는 곳이지만, 다른 주민들은 진정한 낙원이라며 진심으로 우러나오는 말을 꺼낸다.

그러니까 나도 이곳은 풍요롭고 살기 좋은 장소라는 생각만 갖고 있었다.

그런데 에마의 말을 잘 들어보니까 관점과 입장을 바꾸면 이곳도 마냥 낙원은 아닌가 보다.

생각도 하지 못했다.

역시 어렵다. 이렇게『다른 입장에서 본다』는 것이.

웃는 표정이 무서운 에마에게 건네받은 목록으로 시선을 옮겼다.

반어인이랑 인어랑 말미잘이랑 막 웃기려는 것처럼 생선의 몸에 사람의 팔다리가 곧장 자라난 종족까지.

쓱 봐도 물과 관련된 종족의 자료가 깔끔하게 철되어 있다.

조만간 토모에와 시키도 추천을 해줄 테니까 여러 의견을 듣고 생각해볼까.

바다는 넓어.

아예 전부 다 살아도 괜찮겠지.

마족 소녀 사리는 별을 보고 있었다.

여러 상념이 뒤섞여서 생각이 정리되지 않는 복잡한 감정에 휩싸인 채.

어딘가 멍한 눈빛으로 소녀는 밤하늘을 올려다본다.

"차원이 하나, 둘, 셋, 넷…… 아예 달랐어."

나직하게 중얼거렸다.

아무도 들어주지 않는 혼잣말은 조용히 사라져 갔다.

"할 일은 달라지지 않았는데도 못 움직이겠어."

이렇듯 머뭇거리며 행동에 나서기를 주저했던 경험은 이제까지 한 번도 없었다.

항상 고찰한다. 결론을 내린 다음에는 곧장 행동으로 옮긴다. 그것이 사리의 방식이었다.

이제껏 누린 자신의 지위를 내던지고 예속의 몸이 될 것을 홀로 결의했을 때도, 실행을 위해 행동할 때도 사리는 단숨에 해냈다.

그 결과가 지금이다.

다음 한 수로서 사리는 라이도우의 품에 더욱더 깊이 파고들고자 움직여야 한다.

그런데 이 장소, 아공으로 인도를 받아 들어온 뒤에— 사리는 줄곧 라이도우와 이렇다 할 접촉조차 못하는 처지였다.

별하늘 바라보는 시간만 자꾸 길어지는 것이 지금 사리의 상황이다.

"설마 라이도우가 이계의 왕이었다니."

사리는 별하늘을 올려다보며 중얼거렸다.

라이도우 본인의 인식과는 큰 차이가 있었지만, 이 같은 인식이 오히려 사실과 가까웠다.

놀랍게도 라이도우는 아공이라고 불리는 공간 전체를 소유하고 있었다.

이곳은 확대를 거듭하고 있으며 지금도 광대한 대지 및 하늘과 바다가 존재하기에 이미 하나의 『세계』라고 불러도 될 만한 상태였다.

아공은 내부 인원의 도움을 받아야만 들어올 수 있다. 또한 주민들은 자유롭게 왕래가 가능하다.

사정을 자세하게 알 리가 없는 사리가 봤을 때 라이도우는 이세계의 왕이자 자신이 살아온 세계에 최근 방문한 외인이다. 사리의 심정을 감안하여 꾸밈없는 표현을 선택한다면 『침략자』일지도 모를 존재다.

그렇게 생각하면 이들이 여신과 은근한 대립 관계에 있는 이유도 충분히 납득할 수 있겠다.

다만 사리는 의문을 느끼게 된다. 이것은 라이도우가 휴만이라는 사실과 모순된다는 생각이 들기 때문에.

혹은 이세계에도 휴만은 존재하고 있고, 여신과 비슷한 존재에게 비호를 받는 것일까.

이 가정이 옳다면 아공이라는 세계에는 어째서 라이도우 이외에 휴만이 아무도 없단 말인가?

여신을 대체하는 존재는?

이렇듯 결론이 나오지 않는 의구심에 얽매인 채 사리는 요즘 한동안 제대로 된 행동을 하지 못했다.

"아무튼 라이도우의 마음에 깊이 들어가는 게 먼저야. 나를 친밀한 존재로 받아들여준다면……. 라이도우라면 『그런 사소한 이유』로도 마족에게 칼을 휘두르지 않을 구실이 될 테니……."

라이도우는 철저하게 정에 따라서 움직인다.

그것이 사리의 판단이었다.

따라서 라이도우의 곁에 머물면서 무탈히 정을 쌓아 나간다면 마족은 분명하게 안전을 확보할 수 있다.

외부에서 냉정하게 라이도우를 관찰하며 얻은 결론이며 대상을 잘 파악했다고 말할 수 있겠다.

……완벽한 분석이라 평가하기는 어렵겠지만.

다만 이것은 사리에게 끔찍한 깨달음 또한 주었다.

라이도우는 까딱 잘못되면 대국을 전혀 돌아보지도 않고 친밀한 누군가에게 부탁받았다는 이유만으로 국가나 종족을 멸망시킬 수도 있다는 것.

만약 마족에게 깊은 증오를 품은 누군가가 라이도우의 친우, 혹은 연인이 되는 사태가 벌어진다면.

단 하나의 이유만으로 라이도우는 마족을 적으로 간주할 가능성까지 있다.

시기, 외교, 경제, 어떠한 문제도 전혀 아랑곳 않고.

용사와 여신에 더하여 라이도우까지 적이 된다면 마족은 절멸한다.

아공을 보고 사리의 확신은 더욱 강해졌다.

"완전한 자급자족. 강대한 종족이 여럿 혼성되어 있는데도 대단히 원활하게 기능하는 군대. 우리보다 분명 몇 단계는 더 높은 기술력. 행군을 필요로 하지 않고 언제든 어디에서든 전투를 개시할 수 있는 데다가 철수도 자유로운 전이 능력. 게다가 라이도우와 측근들의 황당하리만큼 높은 개체 전투 능력……."

억지로 약점을 찾아보겠다면 숫자인가.

사리가 본 바로 아공에는 인구가 썩 많지 않았다.

토지은 비옥한데도 부자연스러울 만큼 주민이 적었다.

그 이유를 사리는 아직 알지 못한다.

하지만 세계 최대의 세력으로서 아무리 숫자로 우위를 점하는 휴만일지언정 이렇게나 싸우는 데 나쁜 조건이 넘쳐나는 상대를 적으로 두고 감당할 수 있을 것이라 생각되지는 않았다.

만약 사리의 아버지인 현 마왕 제프가 라이도우와 아공의 정보를 정확하게 알고 있다면 과연 어떻게 대응할지 상상해본다.

"다소 불리한 조건이어도 동맹을, 맺어야겠지. ……상회 상대가 아니라 국가처럼 대우하는 내용이 될 거야."

덧붙여서 사리가 마족의 지도자였다면 즉각 아공 이주를 요청했을 것이다.

그것은 사리가 아직 종족에 대해 아무런 책임도 없는 입장이며 아울러 마족 중에는 드물게도 휴만에게 직접적인 증오를 품지 않은 부류이기 때문이었다.

라이도우가 허락만 해준다면 가장 희생이 적고, 평화로운 미래를 기대할 수 있는 훌륭한 제안이다.

어떤 의미에서는 종족의 장래를 가장 잘 고려한 제안이라고도 말할 수 있겠다.

하지만.

"틀림없이 가족들부터 다수가 반대할 거야. 게다가 나 자신이 암살당할 위험도 있고. 휴만에 대한 증오는…… 곧 마족의 의사. 마왕이라면 종족의 증오를 저버리는 결단은 절대 불가능하니까. 적어도 폐하는 그것이 진정 마족의 뜻이라면 멸망의 길인 줄 알면서도 철저 항전을 선택하겠지……."

사리는 서글픈 표정을 짓고 있다.

현 마왕 제프를 생각할 때 이따금 떠오르는 것은 훌륭한 왕이란 과연 어떠한 존재냐는 의문이었다.

몇 가지 유형은 있을 터인데 제프는 백성의 의사를 반영하여 실현하는 유형의 왕이다.

그것을 위해서라면 자신 개인의 의사 따위 기꺼이 묵살한다.

그런 점에서 제프의 행동은 한없이 단순했다.

휴만을 쳐부수고 마족에게 번영을— 이게 전부다.

또한 두 목표는 한 쌍이었다. 불가분하며 뒤집을 수 없다.

마족이 번영을 누림으로써 휴만을 아래에 두는 것도 보복의 한 가지 형태라고 사리는 생각한다만, 마족 다수의 의견은 전혀 다르다.

그들은 휴만의 피를 바랐다.

"혹은 휴만을 쳐부수려는 마족의 방침에 라이도우가 찬동해준다면 다른 길도 있어. 가능성은 너무나 낮겠지만."

결국 생각은 정리되지 못하고.

그런 때였다.

"사리, 안에 있어?"

방 바깥에서 사리가 절대 흘려들어서는 안 되는 목소리가 울려 퍼졌다.

"앗!! 네, 들어오세요, 도련님."

문을 연 인물은 사리가 일평생을 건 주인. 몸소 계약을 체결하여 모시게 된 상대다.

사리의 고민을 전혀 모르는 라이도우는 무척 자연스러운 모습으로 방에 들어왔다.

수행원은 아무도 데려오지 않았다.

"몸이 안 좋은 것 같던데 괜찮아?"

"괜찮습니다. 익숙지 않는 환경이라 조금 혼란스러웠을 뿐이니까요. 걱정을 끼쳐드려 대단히 죄송했습니다. 뭔가 볼일이 있으신가요?"

"사리한테 일을 좀 맡겨보려고."

"무엇이든 따르겠습니다. 노예 신분인 제게 이렇게까지 배려를 해주시는 만큼 기탄없이 말씀해주십시오."

이것은 거짓 없는 본심이었다.

실제 사리는 본인이 각오했었던 대우보다 상당히 좋은 조건하에 지내고 있다.

노예 신분을 이유로 일을 강요당하지도 않고, 지금까지는 거의 손님과 다를 바 없는 대우를 받아 지내왔다.

임시 조치이더라도 사리에게는 믿기 어려운 상황이었다.

"좋아, 알았어. 내일 아침에 면담을 맡아줄 종족이 있어. 뭐, 직접 만나서 이것저것 요청이나 이야기를 듣고 정리해주면 돼."

"예? 저야 괜찮습니다만 그런 업무를 제가 맡아봐도 되는 걸까요?"

대강 설명을 들었을 뿐이나 청소 및 잡무와 같은 노예다운 일과는 명백하게 다른 듯싶다.

따라서 사리는 재차 확인했다.

"응. 일손이 부족하거든. 게다가 사리는 어느 정도 예비지식도 있을 것 같다고 시키한테 말을 들어서."

“……요컨대 쓸 만하다는 말씀이시군요. 알겠습니다. 업무를 맡겨주실 만큼 믿어주셔서 기쁩니다.”

“그치만 배반 못 하잖아? 계약을 해서 제한도 있고.”

라이도우는 의아해하며 고개를 갸웃했다.

“네. 배반할 마음도 없고 배반이 아예 불가능합니다. 하지만……그래도 뭔가 샛길이 있진 않을까 의심하지도 않으시는군요. 주인님으로 정한 인물이 그릇이 큰 분이시니 저는 행운아입니다.”

“……샛길이라. 생각도 못 해봤네. 굳이 생각을 할 필요도 없고.”

“그런, 건가요?”

“그런 거야. 애당초 그런 짓 하면 사리는 내 적이지? 죽음을 각오하면서까지 나를 모시겠다고 온 데는 이유가 있겠지만, 굳이 배반을 하는 시점에서 전부 망치는 거야. 머리 좋은 사리가 미련한 행동을 할 리가 없어.”

“……”

“나는 머리 쓰는 쪽에는 별로 재주가 없어서 말이야. 배반은 적, 공헌은 아군. 단순하지? 어렵지 않게, 간단하게 정리하고 싶어.”

끔찍한 말을 입에 담는다고 사리는 생각했다.

“예를 들어서, 말입니다만. 도련님을 위해서 『언뜻 배반으로 보이는 공헌』을 했을 경우는 어찌 되는지요?”

“내가 공헌이라고 알아채면 아군, 못 알아챈다면 적이겠네.”

라이도우는 거침없이 답했다.

“……”

사리는 차마 말을 잇지 못하며 생각 이상으로 눈앞의 남자가 무시무시한 사고방식을 가진 인물 같다는 정보를 추가했다.

"응? 왜 그래?"

"아뇨. 지금 말씀은 꼭 명심하겠습니다."

"응? 그래. 아무튼 만나줘야 할 종족 말인데."

"예."

"여기로 이주하고 싶다는 종족 중 로렐라이라는 사람들이 있어. 원래는 마족이었는데 바다에서 생활하는 동안에 거의 다른 종족이 된 것처럼 달라졌다더라. 들어본 적 있어?"

"……로렐라이요?!"

"다행이다. 아는 종족인가 봐."

"아득히 먼 옛날, 활로를 찾아 바다로 자취를 감췄던 마족 일파의 중심에 로렐라이라는 일족이 있었다는 말은 들어봤습니다. 다만, 이미 전멸했을 거라고 생각했습니다……."

"그럼 그 사람들이 맞겠네, 외모도 마족이랑 비슷하고. 꽤 추운 바다에서 지냈다는 것 같은데 마침 인연이 닿아 여기로 이주를 희망한다고 연락받았어."

"이주라고요?!"

"그래서 면담을 해야 할 텐데 종족의 정보를 정리한다든가 요청 사항을 파악한다든가 사전에 조사할 게 이것저것 있잖아? 그 업무를 부탁할게."

"……이곳은 이종족의 이주도 받아들여주는 건가요?"

"응. 뭐, 상황에 따라 달라지지만. 이번에는 바다에 사는 사람들 대상으로 접수를 받은 것 같던데?"

"받은 것 같다……? 도련님께서 내린 명령이 아닌가요?"

"으음, 그렇게 되나? 자질구레한 부분은 알아서 하게 맡기니까. 아공은 되게 넓잖아? 아마도 전부 내 소유이기는 한데 도무지 실감이 안 들어서. 살고 싶은 사람이 있다면 면담한 다음 최대한 받아주자는 게 내 본심인데 실제는 이래저래 복잡한 게 많아서 신경을 꽤 써야 하거든."

"……그렇, 습니까."

"사리도 조만간 어딘가에 집을 지어달라고 하자. 로렐라이의 이주가 결정되면 아예 그쪽에 가서 같이 지내는 것도 괜찮지 않을까? 원래는 같은 종족이기도 했고."

정말이지 속 편한 발언인지라 사리는 잠시 넋이 나갔다.

어쨌든 이 남자가 아공의 왕이다.

"네, 네엣……. 저기! 조사 임무, 빈틈없이 맡아 처리하겠습니다. 내일 아침부터 수행하면 되는 걸까요?"

"응, 잘 부탁해. 고르곤이랑 오크를 보좌로 붙여줄 테니 편하게 해봐."

'……감시? 아니면 순수하게 선의? 라이도우 이외에 다른 누군가가 세운 방침일 가능성도 있어서 진짜 의도를 파악하기 어려워.'

"사리?"

"아, 죄송합니다! 배려에 감사드립니다, 도련님."

"그래, 푹 쉬어."

"안녕히 주무십시오."

사리는 아직 라이도우의 본명을 알지 못한다.

아무도 가르쳐주지 않았다.

라이도우 본인은 어쨌든 간에 주위의 요인들은 신용해주지 않는 상황이다.

사리는 확신하지는 못 했지만 머지않아 시험대에 오를 것이라는 예감은 갖고 있었다.

준비가 되었든 안 되었든 간에 이제부터 겪을 모든 상황이 자신에게는 삶의 고비가 될 테니 오로지 마음을 굳게 다잡을 따름이었다.

◇◆◇◆◇

"아, 시키. 로렐라이 예비 조사 말인데, 전에 얘기한 대로 사리한테 부탁해 놨어."

"감사합니다, 도련님. 이제부터는 차차 업무를 맡아야 다른 주민들에게 눈총을 받지 않겠지요. 본인도 고마워할 겁니다."

사리에게 로렐라이의 조사를 부탁하고 돌아온 뒤 시키와 만나 말을 걸었다.

"여자아이라고 나도 좀 조심했었으니까. 덕분에 좋은 계기가 생겼어. 고맙다는 말은 오히려 내가 해야지."

"송구합니다."

"그나저나, 저거 뭐야?"

별생각 없이 시키의 시선을 따라간 곳에 에마와 아르에레메라가 있었다.

다만 언제나 둥실둥실 날아다니는 아르에레메라가 지면에 내려와 있다.

별일이네.

무심코 시키에게 상황을 물었다.

"아, 보시는 바대로입니다. 아르에레메라는, 뭐라 말씀을 드려야 할까요. 극히 일부나마 도련님과 닮은 부분이 있지요."

"으음?"

말의 진짜 의도를 알 수 없어서 되물었다.

"주거지를 찾아서 숲을 산책하던 중 첫날 늑대들이 사는 숲으로 돌입했다더군요."

"……우와아."

불쑥 그곳에 들어간 건가.

진짜 불운한 녀석들이네…….

아, 닮았다는 게 그런 뜻이야?

"제대로 된서리를 맞아 저 꼬락서니입니다. 모두가 도련님처럼 위기를 극복할 수는 없는 법이지요……. 뭐, 저것들은 상식적이라고 말할 수 있겠습니다."

"잘 보니까 바닥에 넙죽 엎드려 있네. 아, 맞다. 에마가 말을 했었지. 아하……. 임금님을 비롯해서 높은 사람들이 바닥에 바짝 엎드렸구나."

"아뇨, 종족 전원입니다."

아이고, 얼마 전 봤을 때보다 숫자가 더 줄어들었구나.

늑대와 맞붙어서 승부를 할 실력은 없었을 테니. 에마의 예측이 적중한 셈이다.

"……늑대한테 꽤 많이 당했나 보네."

"완전히 겁에 질려서 다시 도망쳐 나왔습니다."

아공의 늑대는 황당하게 강하다. 애당초 아공의 생물 자체가 하나같이 무척 강한 것 같은데 그중에서도 육식 동물은 특히 더 강하다.

늑대라면 지금 시점에서는 최강 수준이지.

본격적으로 싸운다면 오크나 리자드맨도 위험하지 않을까.

숲과 집단 전투의 전문가라는 느낌?

늑대 무리와 처음 조우했을 때는 진심으로 내 방어 능력이 튼튼해서 다행이라고 생각했었잖아.

그건 그렇다 치고 늑대와 이야기를 나눈 것은 돌이켜봐도 감동적인 경험이었어.

언제나와 같이 대화가 통하는 사람은 나뿐이었지만.

뭐, 늑대는 똑똑하니까 대화는 못 나누더라도 몸동작으로 뜻하는 바가 충분히 전달된다.

먼저 충고나 경고의 뜻을 분명하게 전한다는 거지. 문제는 받아들이는 쪽이 알아차릴 수 있냐는 것. 아르에레메라는 아마 깨닫지 못했나 봐.

"……에마가 용서해줄까?"

추이를 지켜보면서 작은 목소리로 시키에게 물었다.

"용서를 운운하기 전에 아르에레메라 녀석들은 더 이상 에마 앞에서 얼굴을 들지 못할 겁니다."

"……그러고 보니까, 시키? 아르에『페』메라가 아니었어."

"대단히 죄송합니다. 날벌레의 이름 따위 기억에 담아 두기도 어렵군요."

선뜻 인정해버리네.

굳이 해명을 할 일도 아니라는 건가.

"시끄러운데 존재감은 옅은 종족이구나, 재네들."

"동감입니다."

"아, 맞다. 재네가 살던 숲 이야기는 들었어?"

"분명 보라색 구름에 휩쓸렸다고 했지요."

"그 사건, 혹시 자세하게 알아?"

"예. 대단한 재해는 아닙니다만, 황야에서는 제법 빈번히 발생하는 현상입니다. 두껍게 쌓여서 겹친 검보라색의 구름이 같은 색깔을 띤 비를 동반하여 아래쪽 땅을 독으로 가득 채우곤 합니다."

독비를 뿌리는 구름인가, 위험하겠네.

황야에서 지내던 때 마주치지 않아서 다행이다.

두껍게 쌓여서 겹친다는 것은 적란운 비슷한 형태이려나.

게다가 보라색이면⋯⋯ 꽤 박력 있겠어.

"골치 아프겠네."

"대책을 세우고자 해도 피난밖에 도리가 없는지라 주둔 기지 따위가 진행 경로 위쪽에 있으면 완전히 괴멸됩니다. 다만⋯⋯."

설명해주던 시키가 잠시 말을 머뭇거렸다.

"다만?"

다음 설명을 재촉한다.

"토모에 님에게 말을 들었습니다만, 그 보라색 구름은 기상 현상이 아닌 사실은 생물이라더군요."

"생물? 구름이?"

내 상식과 동떨어진 말이라 잘 이해가 되지 않았다.

"작은 가스 형태의 생물 군체라던가요. 보통은 썩 대단한 위협이 못 됩니다만, 일정 수 이상 모이면 확 팽창되어 재해가 된다고 말씀하셨습니다. 과연 장구한 시간을 살아온 분답게 박식하시더군요, 토모에 님은."

"가스 생물……? 역시 잘 이해가 안 되네."

"어쨌거나 생물인 이상 생명을 갖고 있겠지요. 즉 죽여서 쫓아내는 것도 가능성 있는 대응법이 아니겠냐는 생각을 잠시 해봤습니다."

"그렇구나. 확실히 생물이라면 죽여서 막을 수 있겠지."

"물론 군체라는 특수한 존재 방식 때문에 하나하나는 자잘한 알갱이이거나 눈에 보이지 않을 만큼 미세한 가스임을 감안한다면 죽이는 것도 현실적이지는 않습니다. 게다가 아공과는 별 관계가 없는 이야기이니 굳이 연구를 할 필요는 없겠지요."

"한 번 보고 싶은걸. 시키는?"

"사실은…… 저 또한 흥미는 갖고 있습니다. 할 일이 산더미인지라 지금은 움직일 수 없습니다만."

"으음, 그럼 토모에나 미오한테 부탁해볼까. 샘플로 가져오면 좋을 것 같아."

"두 분도 바쁘실 듯합니다만……. 익인에게 부탁하는 것은 어떠신지요? 딱히 물어본 적이 없었습니다만, 어쩌면 보라색 구름에 대하여 뭔가 아는 것이 있을지도 모릅니다. 하늘과 관련된 현상이니 잘 알고 있겠지요."

"역시 시키야. 응, 한번 물어볼게!"

혹시 재미있는 특성이 있다면 학원에서 강의를 할 때 써먹어도 될 거야. 취급이 어려워서 바이오해저드가 발생할 우려가 있다면 관두겠지만.

금방 리미아에 가기는 가야 할 텐데 일단은 아공이랑 학원에서 할 일부터 미리미리 끝내 놔야지.

"학생이 듣는 강의에 교보재로 활용하는 것은 아무래도 무리가 있지 싶습니다만……."

"역시 시키야— 앗, 언제 독심술을 익혔어?!"

"주군의 심중을 헤아리는 것은 집사의 기초 스킬이라고 모리스 공이 말하기에 습득해봤습니다."

습득해봤습니다? 무슨 소리야. 불가능해, 보통은.

게다가 모리스 씨……. 렘브란트 상회의 집사도 정말 대단하구나.

"노력가구나, 시키."

"황송합니다."

아예 학원의 강의 계획도 시키한테 싹 떠넘길까, 잠깐 생각을 했다.

"와~ 장관이네. 저게 못된 짓 하고 나니는 보라색 구름이구나."

이곳은 황야의 어느 곳.

하늘을 올려다보면 멀리 저편에 진짜 보라색을 띤 적란운이 있다. 마치 뜸질을 하는 것처럼 크기도 높이도 멋진 형태였다.

푸른 하늘에 보라색 구름은 진짜 압권이구나.

"상당히 대규모로군요. 발생 장소도 그렇고 진행 방향도 그렇고 이번에는 제법 큰 피해가 발생할 것 같습니다그려."

지금 보라색 구름이 떠다니고 있다면 보고 싶다고 말했더니 굳이 익인에게 부탁할 필요도 없이 토모에가 곧바로 출몰 구역을 조사해서 나를 데려와줬다.

"장소? 여기가 황야 어디쯤인데?"

"꽤 동쪽에 치우친 곳입니다. 앞에 보이는 산맥이 황야와 다른 지역을 가름하는 표식이지요."

토모에는 깎아지른 듯한 산맥을 가리켰는데 당연히 건너편이 보이지는 않았다.

"동쪽……. 그럼 츠이게하곤 상관없는 건가. 기지도 없는데 피해가 어디에 발생하는 거야?"

"로렐 연방이지요. 산맥 너머가 바로 로렐의 영토입니다. 분명…… 지도에서는 제법 중요한 장소도 큰 도시도 위치하지 않습니다만. 숲과 강, 몇몇 마을은 있을 테니까 그곳들은 피해에 노출될 겁니다."

"황야는 정말 넓구나. 로렐하고도 닿아 있었어."

지도에서 황야를 정확하게 묘사하지는 않으니까 여태 몰랐네.

"산맥으로 차단되어 있잖습니까, 로렐 쪽에서도 황야와 닿아 있다는 인식을 갖진 않을 겁니다."

"분명 라임이 가 있는 곳이었지?"

히비키 선배는 현재 로렐 연방에서 체류 중이며 라임은 선배의 동향을 이쪽에 전해주고 있다. 같이 행동하는 중이라 토모에한테 상세한 정보가 들어오고 있다고 했다.

"예. 이제는 슬슬 복귀시킬까 생각하던 참입니다."

"그럼 히비키 선배 파티도 리미아로 돌아갈 무렵인가?"

"예정은 그렇지요. 요 며칠 녀석과 잠시 연락이 안 됐던지라 추측입니다만."

"라임이라면 괜찮을 거야. 선배도 같이 있고."

그 말을 듣고 토모에는 살짝만 떨떠름한 표정을 지었다.

"그 인물— 히비키는 그리 대단한 인물입니까? 확실히 머리 회전은 제법 빠른 듯싶습니다만, 도련님께서 이리도 치켜세워주실 만한 인물인지는 솔직히……."

"히비키 선배는 진짜 천재거든. 도저히 한 살 위라는 생각이 안 들어. 내 활은 일종의 이능이나 기예의 부류에 속하겠지만, 선배는 정말 뭐든지 다 해내는 사람이니까."

"그 말씀은 다소 과대평가가 아니온지?"

"그런가?"

"분명 뛰어난 측면은 있습니다. 하나 제가 보기에는 오히려 도련님이 훨씬 더 각별한 존재라고 느껴지는군요. 표현하기는 좀 어렵사오나 도련님께서 히비키를 평가하는 마음에는 동경과 같은 감정이 제법 들어가 있는 게 아닌지요?"

"……아마도. 내가 선배한테 품은 이미지가 정말 맞다면 애당초 선배는 굳이 이세계에 올 만한 사람이 아니야. 어떤 사정인지 저번에는 못 물어봤지만……. 뭐, 동경심이 섞여 있는 건 인정할게.”

“도련님께서 히비키에게 의존할 일은 없겠습니다만. 그 인물은 전사가 아닌 오히려 정치가의 재능을 더욱 타고난 듯 보였던 터라, 쓸데없는 걱정일 수는 있겠으나 잠시 충고의 말씀을 올렸습니다.”

“고마워, 토모에. 조심할게.”

뭐, 설마 히비키 선배가 나를 함정에 빠뜨리려고 할 일은 없겠지만 말이야.

왜냐면 함정을 쓸 이유가 애당초 없고.

제국의 용사 토모키라면 모를까, 선배는 분명 괜찮을 거야.

넌지시 토모키를 신경 쓰라고 충고해준 적도 있었고.

“……아무튼 도련님, 구름 구경은 충분히 하셨습니까?”

“불러봐도 반응이 없어. 대화는 불가능한가 봐. 여지는 있을 줄 알았는데……. 뭔가 더 시도를 할 필요는 없겠지.”

“그러면 이만 복귀해도 괜찮을지요? 오후부터는 롯츠갈드에 갈 예정이라 하셨지요. 시키는 한발 먼저 출발했으니 도련님께서도 슬슬.”

“응. 이래서는 강의에 써먹지도 못하겠네. 남은 건…….”

나는 아즈사를 불러내서 화살을 메겼다.

“도련님?”

“가만 놔두면 저게 로렐로 흘러가겠지? 로렐은 일단 이세계인을 받아 정착시켜줬던 나라라잖아. 이럴 때 조금 도와주려고.”

“그렇다면 피해가 발생한 다음 나서야 감사를 받을 수 있을 텐데요?”

"하하하. 뭐라고 할까, 딱히 감사 인사를 받고 싶은 건 아니라서……."

화살을 메긴 뒤 충분히 겨냥을 한 상태에서 토모에한테 답했다.

겨냥을 한 위치는 계를 전개해서 찾아낸 핵으로 추측되는 부분—구름을 형성하는 가스 형상 생물의 밀도가 한층 더 농밀한 일점.

아마 저곳을 쏘아 꿰뚫면 조금은 효과가 있을 거야.

"선행은 언젠가 복으로 다시 돌아온다는 정신입니까?"

"그것도 조금 다른데."

토모에게 한 말은 조금은 비슷하지만 살짝 달랐다.

적당한 말이 없을까 기억을 더듬어 가며 화살을 쏜다.

그러다가 딱 와닿는 말이 떠올라서 나는 입 밖에 꺼냈다.

"아, 맞다. 은혜 베풀기에 가까울 거야."

"은혜 베풀기?"

"다른 세계의 사람으로서 이 세계에 떨어졌던 일본인들을 로렐이 숨겨줬어. 의도는 별개로 치고 덕분에 목숨을 건진 사람이 무척 많았을 거야."

"뭐, 그랬을 테지요."

"그러니까 그런 로렐의 행위에 내가 은혜를 느끼고 대신 갚아주는 셈이지. 내가 받은 은혜는 아니기도 하고, 조금 뒤죽박죽이긴 한데 말이야."

"으음, 먼저 온 일본인이 안다면 과연 기꺼워할까요? 만난 적조차 없고 알지도 못하는 누군가에게 취한 조치에서 은혜를 느끼고 대신 갚아준다는 것은 저로서는 잘 알지 못할 감정입니다. 딱히 보답을 바라지 않는다는 것 또한."

화살로 쏘아 꿰뚫은 장소가 뻥 벌어지면서 그곳을 기점으로 보라색 구름이 흩어져 간다.

뭔가 손맛이 좀 애매한데.

대상을 꿰뚫은 것은 확실하지만 감각이 아무래도…… 가짜 같아.

분명하게 말을 하자면『죽였다는 실감』이 손에 확 전해지지 않는다는 것이 위화감의 원인이었다.

이것은 사수 특유의 감각이다.

하지만 쭉 연결되어 있는 근본은 확실하게 꿰뚫었으니까 큰 재해가 벌어지지는 않을 거야, 아마도.

확인하고 싶어도 시간이 없는데다가 로렐에 뭔가 사건이 터진다면 라임이 보고해주겠지.

그다음 대처해도 괜찮을 거다.

"왜 귀찮게 굳이 나섰는지 나도 더 자세하게는 몰라. 단순히 일본인이 신세를 졌단 생각이 들었을 뿐이라서. 은혜 베풀기도 그냥 가져다 붙인 말이고."

"아직은 저도 공부가 많이 부족한가 봅니다. 더욱 정진해야겠군요. 아무튼 간에 훌륭하셨습니다. 저래서야 대재해로 발전될 나쁜 짓은 벌이지 못할 겁니다."

"—아차차!"

그때 난 무심코 소리 높였다.

"왜 그러십니까?"

"샘플. 시키도 흥미가 있다고 말했었는데!"

"샘플이라면 이미 채집해서 아공에 보내 놓았습니다. 소량이니 별 해도 없을 테지요. 별것도 아닙니다."

"……다행이다~. 그럼 돌아갈까."

"분부대로. 바다로 이주를 받을 녀석들은 도련님의 방안에 따라 선발할 계획입니다. 오늘은 하루 내내 저도 미오도 그쪽에 매달려야 할 테지요. 이것도 말린 정어리를 풍로로 굽기 위해서라고 생각하면 별로 고생이라 할 일도 아닙니다만, 후후후후……."

"겨울 대비로 코타츠랑 귤도 준비해 놔~."

"그쪽은 이미 끝냈지요. 아주 기대됩니다."

자, 오랜만에 롯츠갈드에 가는구나. 진이랑 다른 학생들은 어떻게 지내고 있으려나?

3

문 안쪽에서 「들어오세요」라는 목소리가 들렸다.

안내해준 여성은 답을 확인한 뒤 나에게 인사를 하고 떠나간다.

저번에 만났을 대와 비교하면 조금 쌀쌀맞은걸.

아마 루토가 몸져누워서 활동하는 게 무척 수월해졌을 텐데.

그러고 보니 렘브란트 상회였다면 집사 모리스 씨가 문을 열어서 들여보내주고 본인도 같이 방 안에 들어왔을 텐데 여기에서는 다른가 보다.

이곳은 롯츠갈드의 모험가 길드.

나는 상위 용이자 길드 마스터를 맡은 루토의 병문안을 위해서

왔다.

이 녀석 집무실에는 이전에 왔을 땐 없었던 침대가 떡하니 놓여 있었다.

소파 위치도 달라졌는데 병문안을 온 사람이 앉을 수 있도록 배치를 바꿨겠지.

……뭐, 쓸데없이 넓기만 한 집무실이니까 병실 대신에 쓰는 게 불가능하진 않나.

보안도 제법 철저할 테니 안심할 수 있겠고.

"……집무실에 있다는 소식 들어서 별일 아닌 줄 알았는데……. 여전히 예상을 훽 벗어나는구나, 너는."

잠시 말을 못 잇고 이것저것 생각한 뒤에 난 이 방의 주인에게 말을 건넸다.

임시로 놓아둔 침대 위에서 진짜 환자 같은 차림으로 누운 루토에게.

"병문안 와줘서 고마워, **라이도우 공**. 모험가 길드의 수장 지위에 있는 사람이 이렇게나 한심한 몰골이라서 면목이 없네."

이제 와서 뭘 격식을 차리는 거야.

애당초 어딜 다쳤는데.

루토는 온몸에 붕대를 감았고, 왼쪽 다리는 아예 골절의 정석처럼 석고인지 뭔지 발라서 굳힌 상태로 매달아 놨다.

진짜 그림으로 그린 듯한 부상자 연출이었다.

상당한 중상으로 보이기도 한다.

다만 들었던 바로 이 녀석이 몸져누운 원인은 전력 브레스의 후유증, 이른바 피로다. 붕대는 전혀 필요 없잖아. 그냥 분위기 좀 만들겠다고 힘을 왕창 쏟아부었어.

“휘황찬란한 꼴로 바보짓 하고, 돌아와서는 침대에 누워 부상자 코스프레라니……. 노는 데 진짜 목숨을 거는구나.”

“코스프레는 좀 섭섭한데. 전부 다 진짜로 입은 부상이야, 라이도우 공.”

“전치 1주일짜리 피로라고 들었는데?”

“……라이도우 공. 그건 오래된 정보야. 물론 얼마 전까지는 맞는 말이었지만, 지금 난 자가 진단으로 전치 1개월쯤 돼.”

……자가 진단은 또 뭔데. 진찰은 의사한테 받아.

그러고 보니 이 세계에는 대형 병원이라 불리는 곳이 없구나.

작은 진료소는 있어도 침대 숫자가 많고 의료 스태프가 쭉 모인 시설은 찾아볼 수 없다.

대부분 마술로 치료할 수 있는 데다가 약도 신기하리만큼 즉각 효과가 나타나는 종류가 많기 때문이기도 할 테지만…….

의사인가.

용까지 진찰할 수 있는 사람은 특수할 테니까 제외한다고 쳐도, 음……. 수의사라든가 아인 의사? 이런 인력은 키워보는 것도 재미있겠네. 약국보다 한 발짝 나아간 느낌으로 어떻게 안 되려나.

인재 육성에 시간이 꽤 걸린다는 것을 감안하자면 언제쯤 실현할 수 있을지 장담은 못 하지만, 조만간 제안이나 해보도록 할까.

하지만 막상 육성을 담당하는 사람도, 교육 과정을 짜는 사람도 내가 아니잖아. 아무렇게나 말만 꺼내고 다 떠넘기는 셈이니까 입을

가볍게 열 수도 없겠다. 과연 성과를 거둘 수 있을지도 애매하고.

흠, 뭔가 계기라도 되어주면 좋겠지.

"넌 혼자서 진단도 하냐?"

"물론이야, 라이도우 공. 이래 보여도 어지간한 의사나 신관보다 치료 실력은 뛰어나다고 자부하고 있거든."

그건 그렇고 아까부터 왜 자꾸 어색하게 라이도우 공, 라이도우 공, 반복하는 거야.

평소에는 「마코토 군」인데.

이 자식은 길드장 펄스로 행동할 때나 라이도우 공이라고 부르잖아. 지금은 집무실 안이니까 꾸밀 필요가 딱히 없는걸.

말투도 되게 정상인 같아. 오늘은 또 무얼 꾸미는 걸까.

변태 같은 생각을 안 들어도 되니까 좋기는 한데 좀 섬뜩하다.

"뭐지? 오늘은 막 모르는 사람처럼 말을 하네. 대체 뭘 꾸미고 있어? 루—."

"라이도우 공!"

내가 따져 물으려 할 때 웬일로 루토가 말을 가로막았다.

곧이어—.

"아무래도 두 분은 내가 생각했던 것보다 훨씬 사이가 좋으셨나 보군. 이래저래 수수께끼가 많은 인물이었네만, 이렇게 또 하나가 늘어나버렸어. 아무튼 펄스 공, 아무쪼록 편하게 쉬며 요양하도록 하시게. 대체 인원을 보내는 문제는 사정도 잘 알았으니 받아들이겠소."

—자, 자라 씨가 있었네?!

서둘러 고개 돌린다. 아무도 없는 줄 알고 신경도 안 썼던 응접용 공간의 소파에 상인 길드의 자라 대표가 깊숙이 몸을 파묻고 앉아 있었다.

어째서 자라 씨가 여기에 있는 거야.

"별 대접도 못해드리고 업무 이야기만 나누게 되어 대단히 죄송합니다, 자라 대표. 당분간 잘 부탁드리겠습니다."

"우리의 관계에서 병문안은 단순한 구실일 뿐, 신경 쓰지 마시게. ……펄스 공도 자네도 둘 다 비밀이 많아. 그런 공통점이 서로 마음을 터놓고 지내게 된 계기였을 테지. 그렇다면 나도 비밀을 가질 수 있도록 노력해볼까, 하하하."

…….

"재미있는 농담이군요."

"무얼, 두 분의 협력은 롯츠갈드 재건에 큰 도움이 되고 있다오. 사이좋게 지내주신다면 기쁠 따름이지. 조금 질투하는 마음도 들긴 드오만. 또 봅시다."

"예, 자라 대표도 보중하십시오."

아무런 말도 못하고 나는 대화 나누는 두 사람을 멍하니 지켜봤다.

이렇게 될 줄 알았다면 미리 계를 전개했을 텐데.

애당초 루토가 염화로 가르쳐주면 그만인 상황이었잖아.

앗, 이 방은 루토가 자랑하는 테크놀로지(자칭)인지 뭔지 때문에 염화를 못 썼던가. 나를 초대할 기회가 늘어나서 비밀을 지키기 위해 외부와 차단했다고 뭔가 설명을 들었다는 게 떠오른다. 그런데 무슨 이유인지 그때 루토가 뒤로 손을 돌리더니 방문을 잠그는 장면이 머리에 떠올라서 질겁했었지, 분명.

그렇다고 「라이도우 공, 라이도우 공」이라는 호칭만 듣고 알아챌 수 있겠냐!

이 변태가 불쑥 호칭을 바꾸면 무슨 음모인지 경계하는 게 먼저라고.

자라 씨도 자라 씨야. 기척 숨기는 솜씨가 절대로 상인 아니야. 뭐 이리 능숙해.

'라이도우, 병문안을 마치면 잠깐 보도록 하지. 상인 길드가 아닌 「내 가게」에서 기다리겠네.'

스쳐 지나갈 때 귓속말하더니 대답도 안 듣고 떠나가는 자라 씨.

아, 다음 예정이 결정됐네.

밥 먹고 가게에 얼굴을 비춘 다음에 학원에 갈 예정이었는데.

이러니저러니 해도 이 도시에서는 신세를 진 사람이라서 거절하기도 어렵다.

"루토, 너 너무하지 않냐?"

자라 씨가 나간 뒤 곧바로 불평을 쏟아 냈다.

"이래 봬도 눈치채라고 열심히 티를 내줬는데?"

"애당초 선객이 있었다면 난 그냥 바깥에서 기다리게 놔뒀어야지. 얘기도 거의 다 끝난 분위기던데."

"마코토 군이 지금 서 있는 경지를 생각하면 자라가 있다는 것을 눈치채는 정도는 슬슬 가능했을 테니까 한번 시험해보고 싶었거든."

"시험은 시험 시간에 해줘……. 느닷없이 실전은 너무하잖아……."

"확실히 자라는 뭔가 과거가 있지 않았을까 생각될 만큼 기척을 지우는 게 능숙하지. 다만 탐지를 못 할 수준은 아니야. 고랭크 모험가라면 가능한 수준이니까. 즉 마코토 군도 가능해야 맞지 않을까? 뭔가 탐지에 특화된 마술도 갖고 있는 것 같기는 한데 거기에 의지하지 않아도 할 수 있어야지."

"끙."

"게다가 방금 전에도 한 말이지만, 지금 난 꽤 심하게 다친 상태야."

"들었어. 전치 1개월이라고? 그냥 브레스 쏘고 지친 게 아니었나?"

"……앓아누웠을 때 손님이 왔거든. 악마처럼 웃는 얼굴로 여자가 두 명이나."

"여자?"

루토를 이 지경으로 만들 용맹한 사람이 이 세상에 아직 있었던 건가.

"그 녀석들이 방에서 쉬고 있었던 나를 눈 깜짝할 사이에 멍석말이를 하더니 말야, 깔깔깔 웃으면서 때리고 차고 폭행하더라니까."

깔깔깔……? 무서워라.

이 변태야 당연히 아무 데서나 원한을 사고 다녔을 테지. 그나저나 약해져서 쉬던 때 침입하고 웃으며 폭행하다니……. 평소 행동은 중요하구나.

나도 학원의 학생들한테 조금 친절하게 대할 필요가 있겠어. 요즘 신경도 못 써줬고.

"인과응보, 정말 심오한 말이야……."

"……나한테는 한 조각 동정도 없는 말이구나. 한 명은 네 밑에 있는 사무라이 마니아였는데 말이지."

뭐? 사무라이?

"난 몸도 제대로 못 움직일 만큼 지쳤는데! 웬 사무라이 마니아랑 나이만 먹은 사막 도마뱀이 몽둥이까지 챙겨서 기습을 했단 말이야!"

토모에……. 묘하게 자꾸 루토를 감싸주려는 듯 말을 하길래 뇌물이라도 받았나 생각했더니 이미 분풀이를 마쳤기 때문이었나.

어쨌거나 신세를 진 것은 분명하오니 한 번 병문안을 다녀오시는 게 어떨는지요, 도련님— 은근슬쩍 등을 떠밀더라니.

이 참상을 본 다음 되새기니까 사냥의 성과를 주인에게 보여주고 싶어 하는 충견의 발언으로 바뀌는구나.

그 녀석이 과연 충견 타입인지는 넘어가기로 하자. 오히려 고양이 타입 같기는 한데.

그렇다면 다른 한 사람은 상위 용 세파(細波), 즉 그론트 씨인가.

그 사람은 백색의 사막에서 안 나오니까 내가 알을 가져다줘야 한다는 이야기를 했던 적이 있었지.

루토를 때려주기 위해 롯츠갈드에 올 수 있다면 알도 자기가 직접 가지러 오는 게 서로 편하지 않았을까.

……아니면 사막을 나와 여기까지 들이닥쳐야 했을 만큼 이 변태는 상위 용 사이에서도 민폐를 막 끼치고 다니는 건가?

"설득력이 있어."

"애당초 말이야, 신기가 발동했을 때 네가 진짜 말도 안 되는 최저 확률을 뚫고 맞힌 게 모든 원인이잖아. 대체 어떻게 되어 먹은

뽑기 운이야, 마코토 군?! 근데 토모에 녀석이 뭐라고 한 줄 알아? 「일부러 마족의 도시까지 도련님을 스토킹하는 건가? 도련님께서 쓰러지셨다는군, 어떻게 책임질 텐가?」라고 몰아붙였어! 그론트는 그론트대로 「호호호호」 웃기만 하고! 무섭다고!"

"뭐?! 아니지?! 자기가 1주일 동안 드러누워야 할 만큼 멍청한 공격을 설정한 네가 원흉이잖아?! 애당초 발동시킨 건 내가 아니라 다른 마족이었어! 그다음에 내가 너 때문에 브레스라는 이름의 폭탄을 막는 데 얼마나 고생했는데!"

"네가 없었다면 절대 뽑히지 않았을 거라고 나는 확신하거든! 나도 분위기 멋진 레스토랑에서 새 비서를 한창 꼬시는 중이었는데 강제 소환당했다니까?! 덕분에 비서는 내가 갑자기 도망친 줄로 착각해서 달래주는 데 엄청 고생했어!! 지금 보다시피 침대에 쭉 드러누운 상태였으니까!"

"그딴 게 알 바냐! 나는 네 산탄 브레스랑 기타 이것저것 다 처리해줬다고! 한 발은 멀리 산에 떨어져서 완전 난리가 났어. 나중에 마족들이 조사한 뒤 인적 피해는 없었다고 알려준 덕에 조금은 안심했지만! 도시에서는 수십 명이나 사망자가 나왔다, 이 뻔뻔한 자식아!"

"세계 지도에 주먹 크기로 까맣게 구멍을 만들 위력으로 설정했으니까 그 정도 피해는 당연……. 엥, 수십 명?"

실제는 더 많을지도 모르겠는데 내가 아는 한에서는 맞다!

"그래! 네 브레스랑 앞서 터뜨렸던 포효인지 뭔지 때문에 마족 아이들이랑 노인들 위주로 수십 명이나 사망자가 나왔어! 부상자를 포함하면 자릿수가 두 개는 달라지거든?! 자신이 한 짓을 반성해라, 반성해!"

"어라, 주변 일대가 다 숯덩이가 되었을, 아예 깊숙하게 구멍이 뚫렸을…… 텐데? 홍리(紅璃)의 거처가 무사했다는 말은 들었지만, 마족의 옛날 수도는 전멸한 게 맞지?"

"무슨 헛소리야. 내가 겨우겨우 막아서 없앴다니까. 대가로 픽 쓰러졌지만. 마력이 쩍쩍 바닥나는 감각이라든가 평생 몰라도 되는 경험을 했다, 너 때문에! 왜 내가 너 같은 자식 뒤치다꺼리한다고 기절까지 해야 되냐고. 지금 떠올려도……. 응, 토모에가 아주 잘했네!"

"그 공격을…… 전부 다?"

"그렇다니까, 말했잖아."

"마코토 군."

"뭐야, 왜 갑자기 조용해져."

"어떻게, 없앤 거야."

루토의 분위기가 달라졌다.

뭐라고 할까, 호기심의 덩어리라고 표현해야 할 만한 색채의 강한 광채가 눈동자에 깃들어 있다.

눈알도 꿈쩍을 안 하니까 무서웠다.

"미오가 모아주고 내가 막아서 없앴는데."

"마술로?"

"마력체의 변환인지 뭔지를 썼어. 시키가 영창을 보조해줬으니까 자세한 건 사실 잘 몰라."

창조가 어쩌고저쩌고하는 이야기는 안 하는 것이 좋을 듯해서 얼버무리기로 했다. 몇 가지 진실을 섞어 꾸며서 들키지 않게 설명을 한다.

"마테리아 프리마의 변환……. 혹시 지금도 가능해?"

"말을 하면 좀 들어라, 이 자식아. 시키가 보조를 맡아줬다고 방금 말했지? 지금은 못 해."

"……그런가. 그 공격을, 실질적으로 혼자서, 주위에 피해 없이…… 그런가……."

루토는 뭔가 중얼중얼 떠들기 시작했다. 이건 또 새로운 패턴인데.

어쨌든 다른 사례도 포함해서 할 수 있는 말인데 이 녀석의 새로운 일면은 하나같이 너무 유감스러우니까 발견해도 기쁘지 않다.

아, 맞다. 이 자식한테 다른 볼일이 있었어.

"야~ 살아 있냐? 일단 병문안이랑 겸사겸사 켈류네온에 보낼 모험가 후보 목록을 받고 싶거든. 만들어 놨지? 여보세요~?"

"……마코토 군. 나는 상처 받았어."

"정확하게는 부상을 당했다, 혹은 상처를 입은 게 맞는데? 아무튼 내 이야기를 제대로 들어."

"아니야. 저번에 둘은 내 몸을 상처 입혔지만, 마코토 군은 지금 내 마음을 흠씬 두들겨 팬 거야. 그러니까 상처 받은 게 맞아."

"……있잖아. 이런 말은 좀 미안한데 피차일반이니까 징징거리—."

"그러니까 오늘은 이만 돌아가 줘. 목록은 여기까지 안내해준 여자애한테 맡겨 놨으니까 받아 가면 돼. 꼴은 이래도 대충 만들진 않았으니까 안심해도 괜찮아."

"아, 그래."

"그래. 아까 자라하고 약속 잡았지? 빨리 만나러 가봐."

쌀쌀맞네. 어쨌든 반가운 말이었다.

"알았어. 몸조리 잘해."

"밤에 문 열어 놓을게."

"응, 토모에랑 그론트 씨한테 알려줘야겠네."

이 자식 성희롱 발언도 질리게 듣고 적응이 돼서 가볍게 받아넘겼다.

"……."

"간다."

입을 다무는 루토에게 한마디 건넨 뒤 방에서 나간다.

그럼 자라 씨 가게로 가볼까.

분명 창관이 아니라…… 부동산 가게였지. 그 사람이 「내 가게」라고 말했으니까 이쪽이 맞아.

공식적으로 자라 씨는 창관에 관여하지 않는 사람이니까.

나는 접수처에 있던 누나에게 목록이 든 통을 받아서 바깥으로 나갔다.

모험가 길드에서 나온 뒤 곧장 자라 씨의 가게를 방문한 나는 이미 안면을 익혔을 만큼 인사를 주고받았던 접수처 및 사무실 사람들의 응대에 따라 대표의 방으로 들어갔다.

지금이야 많이 익숙해졌는데 응접실이 아니라 자라 씨의 방에 들어갈 수 있는 상인은 꽤 적다고 하니까 맨 처음에는 의문과 놀라움에 찬 눈빛이 쏠렸더랬다.

"요즘 들어서 외부 활동을 자주 다닌다더군? 지난 사건으로 이름을 날려서 여러 나라의 요인들이 자네를 찾게 되었을 테지?"

인사를 나누자마자 자라 씨는 요즈음 외부 활동이 많은 사정을 간파해서 말을 꺼냈다.

"……짐작하시는 게 맞습니다."

"왜 미련하게 이곳저곳 끌려다니는가…… 타박을 놓고 싶다만, 그리토니아와 리미아는 거절할 방법이 없지. 당분간은 감내할 수밖에. 무슨 일이든 처음에는 눈이 핑핑 돌아가는 분주함을 맛볼 시기가 있네."

오? 또 혼나는 줄 알았는데 오늘은 뭔가 너그럽네.

얼굴이 무서운 만큼 5할은 추가로 너그러움이 느껴진다.

"길드 회의에는 대리가 꼬박꼬박 참석했으니 문제없네. 다만 대리가 시키 씨가 아닌 아인이었다는 것은 놀라웠지. 예전 같았으면 한바탕 실랑이가 벌어졌을지도 모른다. 물론 변이체 사건 이후부터는 이 도시도 아인 차별이 상당히 누그러졌다네. 살아남은 녀석들 중에는 아인에게 구함을 받은 경우도 많잖은가. 언제까지 유지될지는 알 수 없네만."

"그것은 좋은 경향이네요."

"신전 관계자는 별로 달가워하지 않을 터이나 이 도시에서만큼은, 적어도 표면상은 그치들도 호의적이네. 지금 그곳의 꼭대기에 있는 녀석은 제법 말이 잘 통하더군."

신전의 수장인가……. 허스키한 목소리의 여성이라는 기억밖에 안 나는데 제법 뛰어난 사람이구나. 파견을 나온 도시에서 무난하게 일 처리를 능력은 전근이 많은 사람에게는 유용한 자질이다.

"자네가 보낸 대리도 제 몫을 하고 있다네. 그래, 아쿠아와 에리스였던가. 둘 다 날카로운 의견과 재미있는 제안을 다수 내놓곤 하지. 회합에서는 자네보다 저 둘이 출석해주기를 바라는 목소리도 들린다네. 물론 농담조로 꺼내는 말이었으나 내가 보건대 눈은 웃질 않더군."

"……이럴 땐 농담이었다는 말만 해주셔야죠."

"바보 녀석아, 분발을 해라, 분발을. 아쿠아와 에리스에게 창업을 권하는 말도 매번 들린다만, 양쪽 다 즉시 거절하더군. 어찌 된 영문인지 자네는 참 좋은 수하를 두는 복을 누리고 있어. 소중히 대해주게, 아울러 자네 스스로의 성장에도 도움을 받도록 하고."

"예……. 노력하겠습니다."

"렘브란트 녀석에게 부탁을 받은 이후로 쭉 자네를 지켜봤네만……. 딱히 장난을 치는 것 같진 않더군, 자넨. 다만, 오로지 실력이 따라와주지 못한 것이 전부야. 그런데도 주위 환경과 취급하는 물품, 인재, 또한 지나친 행운이 겹쳐 지위만 자꾸자꾸 높아지는 게지. 내 의견을 말하자면 가볍게 공포물일세."

……진짜 동감이다. 단 하나, 행운이라는 부분은 부정하겠습니다만.

이런 소리를 설마 자라 씨한테 듣게 될 줄은 생각하지 못했지만.

"아직도 많이 미숙하고 부족한 것투성이입니다."

"그래, 잘 아는군. 자네를 진정 상인으로서 길러 내자면 주위 사람들에게서 떼어 내어 어딘가 다른 도시의 지점을 맡기는 것이 가장 좋다고 생각하네. 나라면 그랬을 거야. 다만 자네의 경우는「싸우는 상인」이니까 말일세……. 아니지, 매우 온건한 표현이군. 군대 상인, 섬멸 상인, 지뢰 상인. 적당한 말이 잘 떠오르진 않네만 이런 분류이지. 전례가 없어."

너, 너무 신랄한 비유잖아.

전부 다 상인 직업은 완전히 덤 취급이라서 자괴감이 장난 아니야.

"저기…… 아무튼, 제게 용건이 있으시다고요."

더 이상 괴롭힘을 당하면 슬플 테니까 빨리 용건이나 듣고 싶었다.

예전처럼 단지 만나기만 해도 위가 아프던 신세는 이제 벗어났지만, 오늘은 이후에도 학원에 갈 예정이다.

갑자기 생긴 볼일은 후닥닥 끝내는 게 제일이지.

"음, 그래. 용건은 둘. 하나는 이후 재건 계획의 협력 문제. 또 하나는 에스텔과 관련된 문제라네."

재건은 어쨌든 간에 창관에 있는 에스텔 씨?

그렇다면「여성들」과 관련됐겠군.

나한테 딱히 문제가 있단 보고는 안 들어왔다.

예상하자면 에스텔 씨가 자라 씨한테 뭔가 의견을 제시한 것 같은데 뭘까?

"재건 계획의 협력 말인가요?"

"그래. 재건 과정에서 자네가 종업원이며 강의를 듣는 학생들까지 보내준 것이 무척 큰 도움이 되고 있다네. 그래서 확인차 묻겠네만, 이후에도 같은 방침으로 협력을 계속해줄 수 있겠나? 자네가 또 외부로 나가기 전에 확인하고 싶군."

"물론입니다. 재건 도중인 구역도 많고요, 마지막 변이체가 날뛰었던 주변은 아직껏 손을 못 댔잖아요. 그곳은 공원으로 재정비한다는 말을 들었는데 무척 큰 공사가 되겠죠?"

아직도 일손은 많을수록 좋을 거야.

"고맙군. 솔직히 쿠즈노하 상회의 협력은 숫제 재건의 속도를 좌우할 만큼 큰 힘이 되어주니까. 불쑥 나타난 거목 두 그루는 앞으로 학원 도시의 상징으로 삼기에 충분한 존재감이 있지. 우선순위를 올릴 순 없겠으나 가능한 한 빠르게 착수하고 싶은 심정일세."

앞으로 도시 주민들의 휴식처가 되어줄 테니 변이체들도 죽을 장소로 나쁘지는 않을 거야.

공원인 만큼 우선순위는 별로 안 높을 거라고 생각했었는데 지금 재건 속도를 유지할 수 있다면 그렇게 먼 이야기는 아니겠구나.

"그다음은, 에스텔 씨가 지내는 곳에서 뭔가 문제가 일어났나요? 세상 물정을 잘 모르는 아가씨들이기는 해도 말썽을 일으키지는 않을 거라고 생각했는데요."

"문제는 일어나지 않았는데 말이지……. 라이도우 자네, 그 아가씨들을 대체 어디에서 납치해 왔나?"

"……자라 씨. 웃을 수 없는 농담입니다. 저와는 엄연히 친구 사이이고 마을도 좋은 관계를 유지하고 있어요. 그렇게 인연이 닿아 일자리를 알아봐줬을 뿐입니다."

인신매매를 할 리가 없잖아. 내가 하기 싫은 장사를 쿠즈노하 상회에서 할 생각은 전혀 없었다.

안 그래도 마족령에서 데려온 사리 때문에 우울한데.

노예 매매는 나랑 도무지 안 맞는다.

"훗, 농담이다. 설마 창관의 프리 패스를 건네줬더니 일하고 싶다는 여자를 보낼 줄은 생각도 못 했네. 게다가 「이용」을 한 번도 안 하더군? 라이도우, 에스텔이 섭섭해하고 있다네."

"제발 봐주세요. 도저히 짬이 안 나서—."

"여자를 품을 시간이야 바빠도 만들 수 있는 법이지. 정말로 품고 싶다면 말이네만."

"……애당초 에스텔 씨는 창부가 아니라 가게 경영자잖아요?"

"경영자 겸 창부일세. 마음에 든 손님이라면 상대도 하지. 자네에게는 분명 창부라고 알렸을 텐데? 그렇다 해도 실제로 상대해주는 남자는 한 손에 꼽히는 정도이니 자네는 자랑해도 될 걸세."

"어디에 자랑하라고요……. 아무튼 그쪽에 특별히 문제는 없는 거네요?"

"그런 셈이지. 다만 에스텔이 조금 더 인원수를 늘려줄 수는 없는가 물어보더군."

"인원수를요?"

"자네는 소개할 때 아인임을 알려주었네만, 손님들에게는 딱히 아무런 말을 안 하고 휴만 창부인 양 접객하고 있지. 평판이 매우 좋아. 푹 빠지는 손님도 상당히 많고."

마물이라고 밝히면 안 받아줄 테니까 아인으로 둘러댔는데…….

언젠가부터 휴만 취급을 받게 되었나 보다. 이러다가 문제가 생기지 않아야 할 텐데.

"휴만으로서 말인가요. 뭐, 외형에는 눈에 띄는 특징도 없고 말이죠."

"그렇지. 손님 중에는 휴만이 아니면 퇴짜를 놓는 바보도 적지 않네만, 본인이 못 알아봤다면 자기 책임 아닌가. 이쪽에서는 알 바 아니지. 본인이 알고 불평을 한 마디라도 늘어놓는다면 이쪽에서도 성의를 표시한 뒤 휴만을 내놓을 걸세."

이런 대응은 나한테는 없는 발상이구나.

가짜를 내놓거나 속이더라도 알아채지 못한 손님의 잘못이라는 생각.

참고로 이 세계는 손님에게도 안목을 요구하는 것이 의외로 일상이니까 나처럼 기본적으로 진품만 취급하는 상인은 소수파였다.

"호평이라니까 생각났는데요, 혹시 다른 여성들이 질투를 하진 않던가요?"

"그런 부분은 에스텔이 고삐를 잘 쥐고 있다네. 재건이 순조로우니 손님도 늘어나잖은가. 조만간 신규 영업장을 준비하자는 분위기일세. 그러니 마을에서 데려올 만한 인력은 더 없느냐며 에스텔이 독촉을 하더군."

"그랬군요."

"자네가 말했던 대로 아가씨들의 내력은 일절 파고들지 않았네. 그러니까 이렇게 직접 부탁을 하게 된 셈인데, 어떤가?"

"……몇 명이라면 희망하는 사람이 있을 것 같기는 해요. 확인해

보고 가까운 시일 안에 상회의 직원에게 답변을 전해드리도록 지시하겠습니다."

사실은 석화 제어가 일정 이상으로 능숙해진 고르곤을 몇 명인가 롯츠갈드의 창관에 보내 놓았다. 물론 당사자들의 희망에 따라서.

자라 씨의 호출은 이게 이유였구나.

다들 특별히 문제를 일으키지도 않았어. 무척 잘 꾸려 나가는 것 같아.

하지만 석화를 제어하는 게 난관이라 아무나 할 수 있는 일은 아니었다.

지금 시점에서는 고르곤도 상당한 강자가 아니면 아공에서 나오는 것은 어렵다. 개중에서 창관에 대강 절반이, 상회의 외근 담당 및 점원으로 또 대강 절반이 일을 맡아주고 있고.

"부탁하지."

"저야말로 일자리를 만들어주셔서 감사합니다."

"……언제든 똑같은 장사를 할 수 있었을 텐데 자네와 출혈 경쟁을 하지 않아도 되어 나 또한 안심하고 있다네. 게다가 그 아가씨들은 난동 부리는 손님을 제압하는 역할도 맡아주니까 정말 귀하게 모시고 있지. 앞으로도 꼭 우리 가게에서 일해주면 좋겠어. 내가 고마워한다고 자네도 말을 전해주게."

"알겠습니다."

"그리고 그 아가씨들은 쿠즈노하 상회에서 숙박을 하는 것 같던데 지낼 곳이 없다면 이쪽에서 방을 마련해줄 수 있네만? 혹시 풍습이나 환경의 문제 때문에 동거가 어렵다면 창관이 아닌 다른 집을 알아봐주도록 하겠네."

"무척 높이 평가해주시네요."

"나는 자기 일에 긍정적이며 우수한 녀석은 좋아하니까."

……나도 긍정적이기는 할 텐데 특별히 우수하진 않지.

고르곤이 제대로 평가받고 있다는 것을 순수하게 기뻐하도록 하자.

상회에서 일하는 아가씨들도 성실하게 일해주니까 고맙다.

"네, 전하겠습니다. 용건을 전부 말씀하셨다면 전 이만 실례해도 될까요?"

"그래, 할 말은 끝났네. ……한 가지, 그냥 흥미로 묻는 말이네만. 라이도우, 이번에는 바다에서 뭔가 할 생각인가? 이곳은 바다와 무척 먼 곳인데 자네에게 바닷물 냄새가 나는군? 영업 장소가 바다라는 것이 의외군. 겨울 바다는 거칠기만 할 뿐 도저히 장사를 할 만한 곳이 못 될 터인데."

"아, 이건요."

"장사와 관계되는 부분이라면 굳이 이야기하지 않아도 된다네. 캐물을 생각도 없고. 오히려 입단속을 하라고 꾸중을 해야 할 테지."

"……가르침에 감사드립니다. 언젠가 장사를 하게 될지도 모르니 답은 삼가도록 하겠습니다."

"그러면 되네. 자네의 성실함은 이곳에서 장사를 할 때 필히 숨기게. 성실함은 미덕일지언정 곧이 통하는 장소는 적은 법일세."

"네. 이만 실례하겠습니다."

"바쁜 사람을 불러 미안했군. 조심하— 굳이 조심할 필요가 자네라면 아마 없겠으나 골칫거리는 어디에든 불쑥 떨어지지. 영리하게 굴게나."

만날 때마다 매번 설교를 듣는구나, 이 사람한테는.

뭐랄까, 역시 어렵다.

으음, 고르곤 중 지금 바깥으로 나올 수 있는 사람이 몇 명인지 확인하는 걸 추가해야겠네. 바다 관련으로 몇 명은 또 제안을 해 볼 생각이었는데 이런 상황이면 무리겠구나. 정작 아공에서 힘을 들이고 있는 목축이 일손 부족이면 말짱 헛수고인걸.

자, 이제 곧 점심인가. 남은 볼일은 리미아에 연락이랑 학원에 얼굴 비추기.

리미아 쪽은 가게로 연락이 올 테니까……. 먼저 학원에 갈까.

점심시간이면 수업에 방해가 될 걱정도 없고 진이랑 다른 학생들을 찾기도 편하다.

재건 사업에 마구 부려먹는 만큼 조금은 신경을 써줘야지.

강의를 슬슬 본격적으로 다시 시작하겠다고 소식을 전해주는 것이 예의다.

신규 학생 모집 이야기도 미리 행정 담당자에게 알려줘야 매끄럽게 진행되겠지.

다만 학원장이라든가 강사들의 파벌 때문에 귀찮아질 것 같기는 하다. 이 사람들은 안 마주치기를 기도할 수밖에 없다.

조금 무거워진 걸음걸이로 보이는 부분만큼은 완전히 예전 모습을 되찾은 대로에 나갔다.

자, 오랜만에 가는 학원은 어떻게 되어 있으려나.

4

오랜만에 온 학원은 무척이나 묘한 분위기였다.

활기가 있다고 할까, 살기가 있다고 할까……. 뭔가 기시감이 느껴지는걸.

정문에서 제1교사로 이어지는 돌바닥 길은 그야말로 돈 많은 집 아이가 다닐 만한 고상한 분위기를 풍기는 학원의 얼굴.

실기 강의에 쓰는 옥외 시설 및 각종 필드는 전부 안쪽 깊숙한 곳에 있으니까 기본적으로 정문 부근은 거친 기세가 전무했었다.

그런데 지금은 이곳에서도 약간의 전투 소리 및 기합이 든 외침이 작게나마 들려오고 있다.

이것도 변이체 사건의 영향이려나.

내 학생들의 강의는 일단 도시의 재건 작업을 돕는 것으로 대체 중이니까 나 자신이 학원에 갈 필요는 딱히 없어서 거의 얼굴을 비추지 않았다.

시키는 몇 번인가 학원에 보낸 적이 있었지만, 이런 분위기에 대한 보고는 없었지…….

뭐, 조금 시끄러워졌어도 학생들의 의욕이 높아졌기 때문이라면 별문제는 없을 거야.

얼른 행정실에 가서 강의 관련으로 수속을 하고……. 그다음은 내 학생들한테 잠깐 얼굴만 비춰주면 되겠지.

아니, 어차피 내일은 강의잖아. 잠깐 돌아다녀보고 못 만나면 꼭 오늘 만나야 할 필요는 없어.

연락도 행정실을 통해서 전달하면 그만이고.

오래 머물면 그만큼 학원장이랑 기타 등등에게 붙잡힐 가능성이 높아지잖아.

제1교사는 내빈 및 보호자, 그리고 관련 업자가 찾아오는 곳. 여기도 학원의 얼굴 중 하나다.

학생들의 출입은 비록 적지만, 교사는 언제나 깔끔하며 수리 등 관리도 빠르게 이루어진다. 학생이 쓰는 교사도 제법 고급이지만, 여기는 한 단계 위라는 느낌이지.

롯츠갈드 학원의 응접실 비슷한 건물이라고 말할 수 있겠다.

몇 번인가 와본 적이 있어서 구조를 잘 아는 나는 일직선으로 행정실을 방문한 뒤 말을 꺼냈다.

"수고하십니다~."

『!!』

순간, 실내에 있던 관계자들이 일제히 접수처 너머로 나를 쳐다봤다. 이곳의 호화로운 장식과 분위기에도 더는 위축되지 않고 적응한 내가 살짝은 질겁했을 만큼 이상한 분위기가 가득 들어찬다.

무, 무슨 일이야?

"저기~ 임시 강사 라이도우인데요. 강의 내용과 계획을 일부 변경하고 싶어서, 수속을……."

"드디어, 드디어 와주셨군요, 라이도우 선생님!!"

내가 용건을 말하자 접수처에 나와 있었던 사람이 카운터에서 세차게 몸을 내밀며 대답했다.

"예?"

"조수분, 시키 씨에게 라이도우 선생님께서 직접 방문해주십사 몇 번인가 말씀을 전해드렸습니다만, 그때마다 다른 도시에 영업을 나가 있다면서 거절만 당할 뿐……. 저희는 정말 난감했습니다!"

곧장 날 맞이해준 사람 말고도 사무원 몇 명이 접수처에 몰려들어서 나를 쳐다본다.

의미심장하게 째려보거나 안도의 웃음을 짓거나 오열이 새어 나오거나.

반응은 갖가지. 다만 전원이 「난감했다」라는 말에 연신 고개를 끄덕거리고 있었다.

"자꾸 자리를 비우게 되어 죄송합니다. 그리토니아 제국에서 불러서 도시의 바깥으로 나갔을 때 새로운 계약으로 이어질 만한 거래가 있었거든요……. 조금이라도 빠른 게 좋다고 판단해서 또 금방 나가봐야 했어요. 하지만 휴강 신청서는 제대로 제출했을 텐데요?"

분명 시키한테 부탁했었다.

"물론 신청서는 수리되었습니다. 아무튼, 받아주십시오."

마치 이유는 아무래도 상관없다는 듯이 눈앞에 내미는 것은 갈색의 봉투.

상당히 크고 두껍다.

살짝 안쪽이 보였는데 전부 다 서류 같았어.

그치만 이렇게 대강 욱여넣어서 건네는 문서라면 썩 중요한 내용은 아니겠네.

시간 있을 때 조금씩 확인하면 되려나.

그런 내 생각을 꿰뚫어 보았는지 사무원이 곧장 다짐을 놓았다.

“미리 말씀드립니다만 전부 조속히 확인해주셔야 할 필요가 있는 서류뿐입니다.”

진짜?

…이게 다?

“그리고 또 받아주십시오.”

곧장 비슷하게 두께가 있는 한계 가까이 채워 넣은 갈색 봉투가 추가되었다.

쿵, 쿵, 쿠웅.

여섯 개나 있는데요.

“나머지 학원 내부와 관련이 있는 서류는 임시 강사용 대기실의 옆방에 가져다 놓았습니다. 라이도우 선생님께서 직접 확인해주시는 것이 규칙이라 시키 씨에게도 부탁을 드릴 수 없었거든요.”

“……왜 굳이 옆방에 갖다 놨어요? 평소에는 대기실 책상에 놓아두셨죠.”

“……그건 말입니다.”

“네.”

“다 들어가지 않기 때문입니다.”

“예?”

“대기실은 다른 선생님들께서도 쓰는 곳이니까요. 지금 단계에서 옆방은 대강 방 3분의 1까지 서류가 들어찬 상태입니다. 답변을 재촉하는 서간도 있사오니 전부가 개별 안건은 아닙니다만, 저희가 일일이 분류를 할 수도 없는 처지여서 날짜에 따라 정리하는 것이 최대한이었습니다.”

사무원 남자의 눈은「저희는 다른 할 일도 많습니다, 아시죠?」라고 말하고 있었다.

"학원 안팎은 물론이고 도시에서도, 게다가 타국에서도 문의 서류와 염화가 끊이질 않습니다. 하루 업무 중 몇 할이 라이도우 선생님 관련입니다. 지금 행정실은요."

거짓말이지?

"……."

말이 안 나온다. 그냥 마른침을 꿀꺽 삼켰다.

"재건 관련의 임시 업무도 많은 와중에 이런 문의까지 들어와서요. 직접 보셨으니 잘 아시겠지만, 행정 인력을 대폭 증원했습니다. 어쨌거나 이제야 와주셨지요. 서류들은, 모쪼록 갖고 돌아가셔서 오늘부터 정리 및 처리를 부탁드리겠습니다."

"……네, 네에."

"그리고 강의 관련의 수속이군요. 구체적인 내용을 알려주시겠습니까?"

"인원을 좀 추가하고—."

행정실의 전원이 눈을 커다랗게 뜬다. 반응이 되게 극적이네.

"강의 횟수는 줄이려고요."

"어렵습니다."

내가 말을 꺼내자마자 곧바로 단호하게 부정의 답이 돌아왔다.

"어라, 저기요? 강의 횟수를 줄이는 건 절차를 밟으면 분명 가능하잖아요?"

"매우 어렵습니다."

"수강 인원을 늘리는 건 행정실을 통해 모집만 시작하면 끝이잖아요? 잠깐 정지시켰던 걸 풀어서."

"예. 「인원 추가」는 가능합니다. 오히려 특례로 수강 자리의 추가를 인정해도 좋다고 상부에서 통지를 받은 상태인지라 아무쪼록 꼭 현재 상황의 한계까지 팔십 명을 꽉 채워 받아주시기를 요청드리고 싶습니다."

파, 팔십 명이라니.

바보냐, 일본의 학교에서도 한 반은 팔십의 절반이 못 된다고.

교원 자격도 없는 내가 저 많은 인원을 교육하는 것은 도저히 말이 안 되잖아.

부상도 당할 수 있고 위험도 감수해야 하는 실습 형식의 강의다. 당연히 나와 시키가 잘 살펴봐줄 수 있는 소수의 인원만 받는 것이 대전제였다.

"……억지 부리지 말아주세요. 인원을 추가해 봤자 기껏해야 지금의 두 배 정도가 한계라고요. 일단은 네 명이나 다섯 명으로 예정하고 있고요."

"고작 네댓이면 언 발에 오줌 누기입니다, 선생님……."

망했군. 너무 적잖아. 피의 비가 내릴 것이다. 행정실에는 책임이 없다, 행정실에는 책임이 없다, 즉 나한테도 책임이 없다…… 등등. 이런저런 목소리가 들린다. 마치 염불처럼.

"어쩔 수 없어요. 이게 제 한계니까요. 강사로서 강의 중 학생이 죽는 건 바라지 않는다고요. 그나저나 강의 횟수를 줄여달라는 요청은 왜 어렵다는 거죠?"

최악의 경우 죽어도 대충 방법이 있다고 시키는 말을 했었지만.

……대충 살리거나 죽이는 게 가능한 걸까.

“한마디로 말씀을 드리자면 학원 전체의 뜻입니다.”

“학원 전체의 뜻요?”

“학생, 강사, 아울러 운영 관련의 파벌도 포함하여 라이도우 선생님께서 저희 학원에 관여해주시는 정도가 깊어지기를 바란다는 뜻입니다. 권력 다툼 등 이래저래 소란스러운 상황인데도 불구하고 이 같은 방침만큼은 일순간에 가결되었다더군요. 어떻게든 라이도우 선생님께 연줄을 대려고 하는 학생들, 강사들의 의사가 대량의 서류에서 드러나지요. 그런 이유로 여기에 반대되는 수속을 진행하는 것은 대단히 난감합니다.”

“오히려 제가 난감한데요.”

그런 사정은 알 바 아니다.

애당초 임시 강사니까 매주 한 번이면 충분하잖아. 더 이상은 관여하고 싶지 않다고. 오히려 매달 두 번으로 줄이고 싶어서 온 거야.

“만약에 어떤 사정이 있어 꼭 횟수를 줄이고 싶은 생각이시라면.”

사무원은 살짝 주위를 신경 쓰면서 작은 목소리로 내게 속삭거렸다.

“생각이면?”

“담당이 제가 아닐 때로 부탁드립니다.”

“……으음?”

“이 상황에서 선생님의 요청을 수리하는 사무원은 반드시 해고당할 테니까요. 재취직도 어렵고 말입니다.”

그, 그야말로 알 바 아니거든.

"누군가를 해고시킬 각오로 하면 된다는 거죠?"

딱히 상관없는데.

"라이도우 선생님은 절대 좋아서 그런 잔인한 짓을 저지르지는 않을 것임을 저희 일동은 잘 알고 있습니다. 그러니…… 아무쪼록 현상 유지나마 부탁드리면 안 되겠습니까?"

반짝 빛나는 담당자의 눈매.

울지 마! 별로 친하지도 않은데 울면서 하소연이냐!

"유지 말인가요."

"학생을 몇 명 늘려주신다면 그것은 물론 기쁩니다만, 저희는 혹시 가능하다면 최소한 매주 한 번 정도는 임시 강사로서 강의를 맡아주십사 바라고 있습니다."

"아…… 한번 상회로 돌아간 뒤에 생각해볼게요. 강의를 들을 학생 모집부터 다시 시작해주시고요. 아, 맞다. 제 학생들, 진이랑 아베리아가 지금 어디쯤에 있는지 알 수 있을까요?"

큰 기대는 안 하고 물어봤다.

일단 자습용 옥외 필드의 어딘가에 있지 않을까 짐작은 되지만 말야.

"그 학생들이라면 지금 시간에는 식당에 있겠군요."

"그렇군요. 적당히 돌아다녀…… 식당요?"

뜻밖의 답이 돌아왔다.

왜 아는 거야.

"예. 요즘 이 시간이면 식당에서 이래저래 소란스러운 터라……."

"이래저래요?"

"이래저래입니다."

"……일단 가볼게요. 감사합니다."

식당이구나. 조금 늦은 것 같기는 한데 점심시간을 조정한 걸까.

받아 든 서류를 겨우 정리해서 큼지막한 가방에 대충 넣었다.

걷기 불편한 건 참기로 하고, 장소를 알았으니 곧장 식당으로 향한다.

자꾸 쏟아지는 학생들의 시선과 묘한 활기는 변함이 없고.

식당에서 요리 냄새가 풍겨 나와도 마찬가지였다.

"그러고 보니 이곳은 점심을 지나도 정식을 주문할 수 있었지. 먹고 가는 것도 괜찮겠네."

가볍게 생각하며 식당에 들어가서 수강생들을 찾는다.

……찾았다.

긴 식당 탁자에서 마주 보고 앉아 점심을 먹고 있었다.

……주위에 관중을 거느린 채.

왜 식사 자리에 관중이 붙어?

선망, 또는 살기등등한 시선이 관객들에게서 내 수강생들한테 쏟아지고 있는 것 같았다.

덕분에 나한테 시선이 별로 안 쏠리는 것은 좀 고맙다, 뜬금없는 생각을 하던 때—.

갑자기 진의 뒤쪽에서 학생 한 명이 기습을 했다.

"빈틈이 있군, 진!!"

"없어."

뒤를 돌아보지도 않은 채 휘두른 진의 손등이 빠악 소리를 내며 습격자의 안면에 틀어박히자 학생은 사람 울타리 안쪽으로 날아갔다.

"죽어라!"

"너나 죽어, 귀찮네."

곧이어 아베리아는 뒤쪽에서 번뜩인 단검을 피한 뒤 뻗어 온 손에다가 가차 없이 포크를 박아 넣었다.

식당에 비명이 울려 퍼진다.

뭐지, 이 세기말 광경—.

"시프 선배, 저와 사귀어주세—."

퍼엉!

좀 작아도 분명한 폭발음에 의해 분위기를 누그러뜨릴 수 있었을 사랑 고백이 격침되었다.

순식간에 아프로 헤어가 되어 말도 못 하고 허물어지는 고백자.

이런저런 의미에서 용사였는데.

"……."

시프는 말이 없네.

자, 잔인하다. 개인적으로 방금 고백에는 조금 더 상냥하게 대응해주기를 바랐어.

아무튼 진짜 다가가기 어려운 분위기였다.

누가 내 수강생들한테 현상금이라도 걸었나?

힘 있는 귀족과 상인의 자식도 다니는 이 학원에서는 어지간한 억지도 다 통할 테니까 아예 부정은 못 하겠다.

그렇다 해도 가장 난감한 억지꾼이었던 왕국의 대귀족 이룸간드는 더 이상 없다.

나도 학원제에서는 잔뜩 심술을 당했었지.

집요한 방해에다가 반칙 행위가 있었던 것은 명백한데도 당사자가 사망한 이유도 있어 처분은 매우매우 가벼웠다.

정말이지 무서운 곳이라고 생각했다.

내가 보기에는 미쳤다는 생각밖에 안 드는 망나니짓이었는데 정작 이룸간드의 본가인 호프레이즈 가분 영지에서는 평판이 아주 좋았다더라. 그래서 영지의 주민 및 일가친척이 처분을 경감해서 명예를 회복시켜달라고 자꾸자꾸 학원에 압박을 넣었다나 봐.

커다란 귀족이라든가 상인은 대체로 공적인 자리에서 선량한 사람인 양 행세하는 재주가 무척 좋거든.

그런데도 근본은 진짜 음습하다고 할까, 최악이라는 생각이 들 정도였잖아.

리미아에 가면 분명히 이룸간드의 관계자와도 마주치게 될 거라고 생각하니까 벌써부터 우울하다.

히비키 선배가 신세를 지고 있는 나라라지만, 나한테는 정말이지 꺼려지는 곳이야.

"선생님!!"

상황을 살피며 가까이 가던 중 진이 먼저 말을 걸어왔다.

동시에 주변이 확 시끄러워진다.

"한동안 안 오던 동안에 학원이 무척 살벌해졌구나, 진."

학생을 대할 때마다 일단 필담을 할 때처럼 담담하게 말할 수 있도록 신경을 쓴다. 공통어를 막 구사하기 시작한 무렵에는 위엄이 없다거나 박력이 없다거나 무척 타박을 받았지.

필담을 하는 난 담담하면서 차분하고도 묵직한 인상이었다니까 지금은 자기 나름대로 그 인상에 맞추기 위해 연기하고 있는 셈이다.

"방금 전, 보고 계셨습니까?"

"응. 혹시 목에 현상금 걸렸어?"

"설마요. 그나저나 수강생 모집을 다시 시작하신다고요."

어째서 벌써 아는 거야. 방금 막 행정실에서 수속을 하고 온 참인데.

학원의 소문은 광속인가?

"……좀 황당할 만큼 정보가 너무 빠른데? 시키한테 미리 들었어?"

다른 학생들의 인사에 답해주면서 상황 설명을 요구했다.

"아뇨, 행정실의 내부자한테 나온 신용할 수 있는 정보라더군요. 그게 원인으로 **이렇게** 된 겁니다."

"이렇게— 아하, 학원에 감도는 묘한 활기를 말하는 거야?"

하지만 그게 진짜라면 차례가 이상하잖아.

"그건 지난번 사건부터입니다. 학생들이 활발하게 실습과 실전을 수행하게 되면서 롯츠갈드도 분위기가 꽤 많이 바뀌었죠. 비슷한 흐름으로 임시 강사의 증원이니 자습 제도의 개혁이니 이것저것 이루어졌고요."

"와아……."

—아차차. 위엄, 위엄.

근엄한 느낌으로 신경 써야지.

"제가 「이렇게 된 겁니다」라고 드린 말씀은 지금 막 당했던 습격을 가리켜서 한 말입니다. 이런 식으로 주위를 둘러싸는 상황 정도는 예전부터 겪었지만요."

설명을 마친 뒤 진이 관중들을 둘러본다.

용케도 이런 환경에서 식사가 넘어가는구나.

나라면 한 끼니 참아서라도 사양하고 싶다.

"이 녀석들, 라이도우 선생님께서 추가 수강생을 받는다는 걸 알아냈나 봅니다. 다만 추가해 봤자 많아야 다섯 명 정도라면서요? 그러니까 선생님에게 자기들 실력을 보여주겠다는 꿍꿍이인 거죠. 겸사겸사 저희를 박살 내서 자리를 더 만들겠다며 달려드니까 갑자기 스릴 넘치는 점심시간이 된 겁니다."

벌써 인원수까지 알고 있잖아.

무시무시하구나, 롯츠갈드 학원의 소문 퍼지는 속도.

낮말은 새가 듣고 밤말은 쥐가 듣는다— 아니지, 아예 도청기를 달아 놨나 봐.

"높이 평가해주니 강사로서 기쁘긴 한데……. 너무 과열되는 건 난감한걸. 힘을 증명하려면 다른 방법도 있잖아."

"동감이에요!!"

이제껏 조용히 듣고 있었던 내 수강생 중 하나, 아베리아가 큰 목소리로 동의를 표시했다.

"아베리아?"

약간 놀라서 이름 부르자 아베리아는 탁자를 세차게 내리쳤다.

"만약에 진짜 라이도우 선생님에게 좋은 평가를 받고 싶다면 저희가 매일 하는 것처럼 재건 작업이라도 거들면 되는 게 아닌가요!! 그런데! 힘든 일은! 전혀 안 하고! 무식하게 우리를 습격만 하지……! 그게 얼마나, 얼마나 힘든 일인지 알지도 못하면서, 저 멍청한 것들!!"

강의가 끝난 뒤 여유가 있다면 재건을 도우라는 말은 했는데 매일매일 참여했던 건가?

성실하구나, 아베리아. 내 강의 시간만큼만 거들어도 딱히 상관없었는데.

저 발언을 시작으로 내 학생들이 잇따라 소리 높였다.

쿵! 이번에는 이즈모가 탁자를 내리친다. 게다가 주먹을 꽉 쥐고.

살짝 떠는데? 어라, 사실은 많이 아팠나 봐.

"옳소, 옳소! 내가 술사라는 걸 알면 모두들 말하더군. 아주 편리하다고, 쓸 만하다고. 여기저기 마구 끌려다니면서 한계 가깝게 마술을 써야 하는 데다가 이미 저항할 힘도 안 남았을 때 답례라는 구실로 마시지도 못하는 술이랑 기름기가 가득 흘러서 느글느글한 요리를 입에 욱여넣는다! 까딱 잘못되면 고문이나 마찬가지거든?! 이렇게까지 하는데도 정작 재건은 끝나지를 않아. 작업은 언제나 산처럼 쌓여 있어! 편하게 강의나 듣고 작업은 도와주지도 않는 자식들이 질투하는 건 무슨 뻔뻔한 짓이냐!! 편리한 도구 취급을 받고 혹사당하는 술사의 마음을 조금이나마 맛보란 말이다!"

이즈모에 이어서 미스라도 떨리는 목소리로 말했다.

"술사는 그나마 괜찮은 거다. 마력이 떨어지면 끝나잖아? ……난 말이다, 활력 회복이랑 체력 회복을 같이 쓰면서 체력과 마력의 한계까지 육체노동을 한다! 간단한 건물 짓는 방법은 다 익혀버렸어!"

방벽 타입의 검사인 미스라는 체력도 상당히 높고, 서툴게나마 회복 계통의 마술도 사용할 수 있다. 재건 작업 현장에서는 특히 건축 쪽 노동력으로 활약하고 있다고 들은 기억이 난다.

두 사람 모두 그렇게 힘들었다면 매주 두 번이나 세 번 정도로 횟수를 줄이는 게 좋았을 텐데.

강제는 딱히 아니었잖아.

아베리아도 그렇고 다들 성실하구나.

"체력과 마력의 한계라면 나도 마찬가지다."

다음은 다에나인가.

자라 씨 이야기에 따르면 전령이라든가 물자 운반 관련의 일을 돕는다고 했다.

"미스라는 아직 독신이니까 괜찮아. 난 말이야, 작업 끝나고 집에 돌아가면 아내가 하소연한다니까? 어째서 맨날 귀가가 이렇게나 늦냐고, 재건 작업을 돕는 게 학생의 일은 아니지 않냐고, 가정을 더 소중하게 여겨달라고. 기진맥진 지쳐서 귀가하면 아내가 울어……. 진짜 가슴이 미어진다……. 체력과 마력과 정신이 다 한계야."

힘들었다면 이하 동문이야, 다에나.

결혼까지 했는데 자기 가정이 첫 번째잖아. 아내분의 발언이 옳다.

만난 적은 없지만 다에나의 아내분을 동정했다.

모두의 한탄을 들은 뒤 진이 나서서 마무리한다.

"그래도 강의가 끝나면 우리는 재건 작업을 거들어야 하지. 우리는 매일 열심히 버티고 있어. 선생님, 저 헛짓거리나 하는 녀석들은 우리의 이런 처지를 어느 정도는 분명 파악했을 텐데도 전혀 언급조차 안 합니다. 그럼 우리도 추천이라거나 소개라거나 해주고 싶은 마음이 들 리 없잖습니까. 그렇죠? 라이도우 선생님!"

이 묘한 활기와 내 수강생들을 노리는 좀 과한 행동은 이유를 대강 알겠다. 추천도 안 해주겠다면 방해꾼이다, 사라져라, 이런 느낌인가.

하지만…….

"아니, 진. 하고 싶은 말이랑 상황은 대강 알겠는데. 재건 작업 도우미를 억지로 매일매일 하라고 말한 기억은 없거든?"

『…….』

응?

진을 비롯해서 모두가 가자미눈으로 나를 쳐다본다.

유일하게 재건 작업에 대해 아무런 말도 안 했던 시프와 유노—렘브란트 자매만큼은 태연하게 가만있다가 나에게 생긋 미소를 지어주었다.

저 둘도 이따금 육체노동을 하는 것 같지만, 기본적으로 지원 업무를 맡는 경우가 많으니까 대체로 상인 길드에서 이것저것 돕는다고 했지.

렘브란트 씨가 선수를 쳐서 자라 씨하고 합의를 했다던가.

아내분은 다른 학생과 똑같이 대해달라는 당부를 했고, 렘브란트 씨도 표면상은 분명 찬성을 했었는데 말이야. 과연 수완가 상인답다고 말할 수 있겠네.

"유스리 씨한테—."

잠시 이어졌던 침묵을 깨뜨린 것은 나지막하게 새어 나오는 진의 말.

"응?"

"유스리 씨 단 한 사람한테 제대로 박살이 난 다음에……."

거의 오열과 비슷하게 중얼거리는 말을 받아서 이즈모와 미스라도 뒤따라 입을 연다.

"츠바이 씨한테는 접근전으로 끌고 가지도 못한 채 원거리전에서 완패당하고."

"아오토카게 씨한테는 아예 무기를 스치지도 못한 채 전멸했고."

"그 후 강제 회복을 받아서 미스티오 리자드 전원을 상대했던 단체전에서는 무기도 마음도 뚝 꺾여버리고."

고통으로 가득 찬 표정의 학생들이 마치 악몽을 떠올리는 것처럼 각각 당시의 상황을 이야기한다.

아, 재건 도우미 이야기를 꺼냈던 때 앞뒤로 분명히 저런 일이 있었던 것 같기는 하네.

"라이도우 선생님은 손가락 하나도 까딱 못하는 저희에게 말씀하셨죠. 재건 도우미 잘 부탁한다고요. 선생님이 떠나고 시키 씨는 회복이 아닌 마물을 막아주는 결계를 주위에 펼친 뒤 다음에 보자면서 선생님의 뒤를 쫓아갔습니다."

"……."

그랬던가?

잘 기억은 나지 않는데 시키한테 「뒷일은 잘 부탁할게」라는 말만 했을 테니까 자질구레한 대처는 알지 못한다.

그럼 회복을 안 시켜줬던 거네, 시키.

"그날의 밤하늘과 추위는 잊을 수 없습니다. 하루도 빠짐없이 도우라고 뼛속 깊숙이 새겨지는 심정이었습니다……."

멍한 눈빛으로 천장을 올려다보는 진.

아무래도 거하게 오해를 하게 만들었나 보다.

"그런 생각은 털끝만큼도 없었어. 언뜻 보니까 기초 능력이 제법 향상된 것 같은데 잘했다고 치고 넘어가도록 하자. 그리고 학원에 온 김에 직접 알려줄게. 내일 강의는 필드를 확보해 놨으니까 출석할 생각이면 도시 재건 작업에 가지는 마. 오후 강의도 잘 듣고."

"—앗!! 드디어 강의를 해주시는 겁니까?!"

방금 전까지 음울했었던 표정이 싹 바뀌어 학생들이 기대에 가득 찬 눈빛으로 나를 바라본다.

"머지않아 리미아에 가야 하거든. 명색이 임시 강사인데 출발 전에 몇 번은 강의를 해야겠더라고. 학원 측에 좀 민망하기도 하고."

강의라고 해 봤자 수강생들의 현재 상황을 확인해서 다음 과제를 한 두개 제시해주는 것이 전부지만.

이렇게 방향을 잡아주면 각자 전력으로 단련해준다는 것이 내 학생들의 좋은 점이다.

"라이도우 선생님!"

용건은 다 마쳤으니 귀가하려고 발길을 돌렸는데 귀에 익지 않은 목소리가 들려 걸음을 멈췄다.

목소리가 들린 방향을 봤더니 역시 낯선 얼굴뿐.

내 강의에 참가하고 싶어 한다는 관중들인가.

"뭐지?"

계속 강사 말투를 쓰며 물었다.

일이니까 어쩔 수 없는데 되게 피곤하네.

"조만간 학생을 추가 모집하시는 게 맞지요?"

시원시원한 말투의 학생이 한 발짝 앞으로 나섰다. 역시 기억에 없는 얼굴이다.

"그래, 예정으로는 말이지."

"혹시 언제부터일까요? 네댓 명이라는 정보는 정확한가요? 선별 기준은요?"

"……리미아 왕국에 가야 할 일정이 있어서 결정은 더 나중에 한다. 네댓 명이라는 정보는 맞고. 선별은 일단 서류로 걸러 낸다. 희망자는 내가 리미아에 가기 전에 신청서를 제출할 것. 이제 됐어?"

"선생님께서 리미아로 출발할 때까지가 기한이라는 말씀이시죠? 혹시 서류를 심사할 때 어떤 부분을 중요하게 보시나요? 그냥 참고삼아서 여쭤봐도 괜찮을까요?"

군더더기가 좀 있는데 이 학생이 궁금해하는 부분은 알았으니까 단도직입으로 대답해줄까.

빨리 돌아가고 싶거든.

"성적은 적성 이외에는 전혀 안 본다. 또한 신청 서류 이외에 고려하는 외부 요소도 전혀 없고. 그 후 내가 시키와 같이 실제 몸놀림을 보고 판단할 거야. 즉 내 강의를 따라올 수 있는 최소한의 능력을 갖춘 학생인지 판단한다. 이게 전부다."

"감사합니다!"

연줄은 영향이 없을 거라고 가르쳐준다.

말뜻을 알아준 것 같아.

그나저나 망설여지네.

좀 피곤하기는 한데 쭉 이런 캐릭터로 갈까, 차라리 또 필담을 할까.

아니면 인상 따위 관계없이 그냥 편하게…… 이건 안 되려나.

재네랑 딱히 친구 사이도 아니고, 친구가 될 예정도 없다.

일이니까 적당히 선을 그어야겠지.

식당을 뒤로한 나는 대기실로 돌아가지는 않고 옆방이라는 곳을 잠시 들여다봤다.

확실히 서류가 산더미다.

나중에 시키랑 가지러 와야지.

아, 오랜만에 도서관도…… 들를 필요는 없구나.

이미 그곳에 사서 에바는 없잖아. 앞으로는 들르는 횟수도 줄어들겠지.

근사한 도서관을 머릿속에 떠올려본다.

처음 이곳에 왔을 무렵과 달라지지 않은 것 같은데 학원과 나의 관계는 꽤 많이 바뀌었다.

문득 실감이 솟아나서 입가에 미소를 띤다.

이제 볼일은 끝.

일단 바다로— 아니, 아공으로 돌아갑시다.

◇◆◇◆◇

[자, 오랜만에 하는 강의이다만.]

다음 날, 나와 시키는 학원의 옥외 필드에서 학생들과 마주 보고 있었다.

다만 진지한 표정의 학생들보다 우리에게 쏟아지고 있는 대량의 시선으로 자꾸 의식이 이끌리게 된다.

견학하러 온 다른 학생들이 진짜로 많네.

[견학생이 많군.]

다시 필담을 하면서 나는 마술로 공중에 글자를 띄웠다.

[부상을 당하지 않게 물러나주면 좋겠는데.]

견학을 온 학생들에게 큼지막한 글자를 보여준다.

다만 돌아온 것은「괜찮다, 개의치 않겠다」라는 뜻의 대답뿐.

예전 같았다면 대부분 금방 해산했을 텐데 말이야.

뭐, 다쳐도 괜찮다면 딱히 상관할 바는 아닌가.

강의는 행정실에 신청한 내용대로 진행할 테니까.

[다들 열심이군. 뭐, 좋다. 평소와 같이 모의전을 치른 뒤 반성회를 하는 방식으로 진행한다.]

진이 조용히 손을 들었다.

[뭐지? 진]

"상대는 누구입니까? 상대에 따라 저희도 진형 등 작전을 조정하고 싶습니다."

이것저것 고민하면서 예습은 하고 있나 보다. 정말 열심이네.

고등학교 생활을 보내던 시절의 나와 비교하면 부끄러워지는걸.

하지만 이번에는 현역 수준의 평소 실력을 확인하는 것이 목적이니까 예습의 성과는 다음 번 이후부터 활용하도록 하자.

[먼저 전원이 새로운 상대와 대전한다. 그 이후 근접 전투조와 마술, 원거리 전투조, 혹은 너희가 스스로 구성한 파티로 나뉘어 또 모의전을 실시하고 반성과 검토를 한다. 나중에 각자 보고서를 작성해서 제출할 것. 이상이 오늘의 예정이다. 뭐, 정말 평소와 똑같은 강의로군.]

"새, 새로운 상대입니까."

진이 더듬더듬 대꾸하기 전부터 학생들 사이에서 긴장이 치달린다.

과연 경향 분석과 대책 마련도 없이 얼마나 실력 발휘를 할 수 있을까. 한번 찬찬히 살펴본 다음에 또 얼마나 단련시킬 수 있을지를 결정하고 싶었다.

……이번 상대와 대결하면서 찬찬히 살펴볼 만큼 실력 발휘가 가능하다면 이미 합격선에 도달했다고 말할 수 있겠지만.

"설마…… 시키 씨라거나 선생님이 직접 나서는 건 아니시겠죠?"

아베리아가 또 주뼛주뼛하며 물었다.

어라? 고작 세기말 풍경의 학원에서 무쌍을 경험한 탓에 머리가 살짝 익었나?

"저나 도련님께서 상대할 리 없잖습니까. 벌써 자만에 괜히 큰 부상을 당하게 될 겁니다? 아베리아."

“죄송합니다!!”

나 대신에 시키가 말해줬다.

애고, 이러면 더 열심히 굴려줘야겠구나.

[자, 준비해라.]

“라이도우 선생님! 평소와 똑같은 강의라면 기본적으로…… 뭐든 다 가능하다는 말씀이겠죠?”

유노가 거듭 확인했다.

[당연하다. 보유한 모든 수단을 써서 대항해라.]

“알겠습니다!!”

유노한테 뭔가 비장의 수단이 있는 것 같다.

시키의 안내에 따라 학생들이 위치에 서고 진형을 전개한다.

……전위, 중위, 후위로 나뉜 표준적인 대열이었다.

어떤 상대가 뭘 들고 나올지 불분명한 상황. 기책을 선택하지 않는 까닭은 자신들에 대한 자신감의 표출인지도 모르겠다. 그러고 보니 죽기 살기로 달려드는 진형으로 덤비는 짓은 이제 꽤 줄었구나.

좋아, 슬슬 불러볼까요.

두 사람 모두 바쁘니까 시간은 엄수해야지.

염화로 상황을 확인한 뒤 이어서 아공과 연결된 출입구를 열었다.

“……”

“……”

나타난 것은 크고 작은 두 개의 인영.

주위를 둘러보고 상대를 확인하더니 둘은 나에게 가볍게 인사한 뒤 수강생들을 주시하며 태세를 취했다.

견학 중이던 학생들 사이에서는 나의 소환으로 등장한 상대를 보고 놀라거나 깔보는 반응의 말이 몇몇 들려온다.

다만 수강생들은 휘둘리지 않았다. 전력의 경계 태세로 즉각 관찰을 개시한 것 같았다.

“그럼 부탁할게. 에마, 아가레스.”

두 사람을 향해서 작게 중얼거린다.

둘이 고개를 끄덕이는 것을 확인한 뒤 나는 전장이 될 장소에서 물러났다.

이번에 진을 비롯한 내 수강생들을 상대하는 인원은 미스티오 리자드가 아닌 하이랜드 오크.

술사 필두의 에마와 전사 필두의 아가레스.

자그만 여성과 2미터를 넘는 거구의 소유주라는 것을 제외해도 같은 종족이라는 생각이 안 들 만큼 체격의 차이가 크다. 하지만 이래 보여도 원거리에서는 에마가 이기거든.

자, 어떻게 될까.

아니, 몇 분이나 버텨주려나.

시키에게 눈짓을 하자 내 의도를 알아차리고 신호를 외쳐줬다.

“시작!”

그 목소리와 동시에 선수 필승이라는 듯이 진과 다에나가 돌격을 감행한다.

몸 하나만큼 다에나가 빨랐다.

다에나가 학원제 이전부터 습득했었던 마술— 멋없게 단적으로 말하자면 전 능력 강화. 본인은「제2단계」라고 이름 붙였다.

초전부터 팍팍 쓰는구나.

진의 순간 강화와 비교하면 연비는 안 좋아도 전체적으로 대폭 강해질 수 있으니까 꽤 매력적인 술법이기도 하다. 과연 본인도 깨달았을지는 잘 모르겠는데 신체 능력뿐 아니라 마술의 위력 및 주변 감지와 같은 기능까지 빠짐없이 강화되는 것을 보아서 저 마술은 다에나의 오리지널이겠지. 은근히 대단하네.

뭐, 깨달았다면 술사조가 멱살을 붙잡고 가르쳐달라며 윽박질렀을 테니까 아직 아무도 저 술법의 본질에는 다다르지 못했을 거야.

이대로 아가레스가 이동하지 않는다면 진보다 몇 초 빠르게 다에나가 먼저 상대와 접촉하겠네.

한편 중위부터 뒤쪽은 자기 위치를 벗어나지 않은 채 오크를 경계하면서 신속하게 술법 영창을 시작했다.

그리고 같은 전위여도 방패수 미스라는 잠시 상황을 지켜보려는 듯 개시 지점에 머물러 있다.

방심은 안 하는구나.

아가레스는 근육 덩어리 같은 마초인데 에마는 대조적으로 봉제 인형처럼 무해한 외모를 가지고 있다.

처음 본 입장에서는 겁먹거나 깔보기 마련일 텐데 기특한걸.

“짓누른다.”

전방을 향한 채 아가레스가 꺼낸 짤막한 말에 뒤쪽의 에마가 반응했다.

“예. 그렇게 말할 줄 알았습니다.”

직후, 아가레스의 몸을 어두운 붉은빛의 막이 감쌌다.

표면에는 문양이 떠올라서 더한 박력을 연출한다. 그것을 시작으로 수많은 빛이 아가레스의 몸을 감싸며 반짝였다.

그러자 다에나가 반사적으로 속도를 늦추고, 진도 두 손에 검을 쥐면서 대비한다.

아깝다. 지금은 기세를 살려 달라붙는 게 정답이었어.

"흐으읍……."

중장비를 갖춘 아가레스가 숄더 가드를 앞에 내밀고 무기로 쓰는 할버드를 반대쪽 손으로 쥔다. 몸에 힘을 넣고는 숨을 들이마시며 뻔히 티 나는 충전의 자세를 만들었다.

대놓고 이제부터 돌진할게요~ 라고 말하는 것 같아.

"음!"

"다에나, 흩어진다!"

박력에 위축되어 머뭇거리는 다에나를 진이 닦달한다.

판단이 빨라.

"알겠다!"

진이 우려했던 대로 아가레스가 빛을 두른 채 돌진을 개시했다.

오크의 일심전력 돌격.

일반적인 상황이었다면 지금 진의 판단도 충분히 신속했다.

하지만 에마가 건 지원이 차이를 만든다.

켈류네온을 공략할 때 아가레스가 풀장비로 가지고 있는 모든 힘을 쏟아서 날아 돌격함으로써 적진에 가장 먼저 진입하는 무훈을 세웠다는 말을 들었지.

아가레스가 불쑥 날아들면 정말 웃음도 안 나올걸.

좌우로 흩어진 진과 다에나의 사이를 아가레스가 달려 지나가고, 그때 생겨난 돌풍과 에마가 쓴 술법의 빛이 두 사람에게 몰아친다.

"끄엑?!"

"충격파, 게다가, 열?! 윽, 끄윽!! 에랏!!"

직접 닿지도 않았는데 학생 두 사람이 자동차에 치인 것처럼 나가떨어졌다.

떠들 여유가 있는 걸 봐서 진은 스스로 몸을 던졌나? 아마 멀쩡하지는 않겠지만, 전선 이탈을 당할 피해도 아니야.

다에나도 아직 괜찮아 보여. 전 능력 강화의 덕을 본 건가.

그런데 돌진 경로의 앞쪽에 있는 다른 학생들은 어떻게 극복하려나?

아가레스의 공격은 아직 시작되지도 않았다.

다만 묘하다. 아가레스의 움직임이 조금 둔했던 것 같아.

진이나 다에나가 뭔가 손을 썼나?

"미, 미스라……. 잘 부탁할게?"

아베리아가 장벽을 전개하고 미스라에게서 거리를 벌린다.

물음표가 붙은 이유는 아가레스의 공격에 실린 위력을 가늠할 수 없기 때문일까. 게다가 자기 장벽이 거의 장식품과 다를 바 없이 도움이 안 된다는 것을 직감하고 있었다.

이어서 이즈모와 시프도 장벽을 전개해서 미스라를 서포트한 뒤 대피.

시프를 보호하는 모양새로 유노도 물러났고, 남은 사람은 미스라 한 명.

……본인 담당이기는 한데 가볍게 괴롭히는 것 같다는 생각이 드는 구도다.

술사 멤버는 모두 공격용 마술도 이미 발동 직전의 상태에서 유지시키고 있다. 얼마 전에는 찡찡거리며 도전했었는데 이제는 전원 다 성공시킨다는 것도 대단하지.

장전된 마법은 모두 곧 아가레스를 목표로 발동될 거야.

미스라의 비통한 혼잣말이 들려온다…….

“무서워. 진짜 무서워. 엄청 큰 쇳덩어리가 강화 마술을 달고 들이닥친다……. 막아 봤자 뒤쪽의 동료부터 나까지 같이 날려 가겠지. 왜 나는 방벽 역할을 선택해버렸을까.”

“두려움이 얼굴에 드러나는 것은 미숙하…… 음?”

가차 없이 달려들던 아가레스가 문득 미스라의 미묘한 변화를 알아차린다.

“……하지만. 토모에 씨보다는 버틸 만하다!”

달관했나 봐.

확실히 토모에의 특훈보다는 아가레스가 조금 더 버틸 만하지.

선택지가 워스트 아님 배드니까 둘 다 암담하겠지만.

세 명이 중첩한 장벽을 별반 감속도 없이 깨부순 아가레스의 숄더 가드와 미스라가 들어 올린 대검이 묵직하고 낮은 소리를 내며 격돌했다.

평범하게 생각하자면 체격 차이도 있어 미스라가 뻥 날려 갔겠지만……. 과연 고집불통 방어력 일로매진의 미스라답다. 능숙하게 막아 흘려서 버텨 냈다.

상당히 큰 충격과 피해를 받았을 텐데 아가레스를 막아서 버텼다.

토모에가 마음에 들어 할 만한 실력이다. 아가레스가 감탄하며 숨을 내쉬는 것도 이해된다.

아무튼 다음 공격에서 탈락이구나, 이래서야.

"……오호. 훌륭하군. 놀랍다."

담담히 중얼거리는 아가레스.

이미 늦었는데 오크가 공통어를 구사해도 괜찮은 걸까.

리자드맨처럼 과묵함을 고수할 걸 그랬나?

내가 혼자서 걱정하는 동안에 미스라의 옆 방향으로부터 아가레스의 할버드가 날아든다.

더는 못 움직일 테니까 회피는 도저히 어렵겠지…….

"얘들아, 아직이다!!"

시프와 이즈모가 술법을 발동하려 하고, 아베리아가 활에 화살을 메기고 있는 와중에 미스라가 뜻밖의 말로 후방의 움직임을 제지했다.

그리고 충돌의 대미지 따위 없었던 것처럼 대검을 번쩍 치켜들더니 할버드를 막아서 튕겨 냈다.

야, 괜찮냐? 외상을 입진 않았어도 반동이 장난 아니라서 내장에 상당한 타격이 들어갔을 텐데?

미스라는 대미지를 무시— 더 정확하게는 일시적인 통각 마비를 습득해서 학원제 때 아슬아슬한 타격전을 비장의 수단으로 활용했었다.

그런데 방금 공방에서는 저 수법을 써도 몸이 뜻대로 안 움직였을 거야.

도대체 무슨 원리일까.

"지금이다!!"

내가 놀라던 때에 미스라의 목소리가 주위로 울려 퍼졌다.

"으음—."

아가레스가 발밑의 이변을 깨달았을 때는 이미 늦었다.

대지가 물결을 치며 아가레스의 전신에 휘감기더니 에마의 지원 마술까지 취소시키고 움직임을 구속했다.

시프인가.

그렇게 원호를 받은 미스라가 뒤편으로 훌쩍 물러났다.

곧장 바람과 불꽃이 휘몰아치며 거센 불꽃의 회오리바람이 아가레스를 덮친다.

이즈모와 시프의 협력 마술…….

"끙."

아가레스는 간신히 흙의 구속을 뿌리치고 상반신으로 할버드를 휘둘러서 불꽃과 바람을 흩어버리고자 했다.

추가로 아베리아가 정확하게 겨눈 화살도 매섭게 날아들었지만, 이 공격은 할버드에 막혔다.

역시 아가레스야. 맷집이 든든하구나.

그다음은 시키의 특기를 베낀 것처럼 술식을 부여한 화살에서 폭발이 이어졌다.

여기에도 시프가 손을 썼네.

자기 화력을 다른 사람에게 나누어 줘서 더 강력한 공격을 구사한다. 혼자서 합성 마술을 날릴 바에야 연비도 위력도 뛰어나다는 건가.

계속 몰아치는구나.

저 화살은 분명 이룸간드를 해치웠던 수법이다.

아베리아는 완전히 자기 기술로 추가했구나.

잘 생각하면서 싸우고 있기도 하고, 무엇보다 진심으로 이길 작정이다.

예상보다 훨씬 모두가 잘 성장했다.

"술사라고 머뭇거리지는 않는다!"

시선을 돌렸더니 회복에 전념하고 있을 줄 알았던 진과 다에나가 에마를 노리며 달려들고 있었다.

방금 전 「지금이다!!」라고 외친 신호는 진과 다에나도 대상에 포함됐던 건가!

이미 다에나는 영창을 허락하지 않는 거리까지 다가들었고, 진은 조금 떨어진 장소에서 대기하고 있었다.

대단해.

기초 능력도 물론이고 내 수강생들은 진심으로 미스티오 리자드에게 이길 작정으로 쭉 자주 훈련을 해왔구나.

그러니까 불쑥 상대가 바뀌었어도 이렇게 적절하면서 뛰어난 연계를 취할 수 있다.

정말 대단해.

"움직임은 내가 봉한다! 다에나, 마무리해라!!"

진이 뭔가 **잘 보이지 않는 술법**을 전개했다, 아마도.

묘하게 기척이 흐릿해서 잘 모르겠어.

"물론……. 잡았다!!"

다에나의 단검이 에마에게 날아들고, 그리고…… 허공을 가른다.

"……엉?"

"환영?!"

수면에 떠오른 풍경이 파문으로 흔들리듯이 에마의 모습이 휙 사라졌다.

와아, 꽤 볼만한데. 멋지게 싸우는구나.

이런 장면을 견학하러 온 학생들이 소문내주면 내 수강생들은 모두 다 세기말 학원의 패자가 될 수 있겠어.

학원제에서 우승했던 시프는 원래 그랬고.

"제법입니다, 휴만도 얕볼 수 없는 존재군요. 공부가 되었습니다. 그런데, 학생분들? 야전에서는 우선 눈속임 종류의 수법을 의심해야 한답니다? 부자연스러울 만큼 안 움직이는 상대라면 특히 더 말이죠."

『아!!』

목소리는 돌진을 감행했던 아가레스와 조금 떨어진 위치에서 들려왔다.

그곳에 에마가 있었다.

실제 에마는 중간까지 아가레스와 바짝 붙어서 같이 이동했다.

휙 날아갔던 시점에서 진과 다에나는 에마의 실체를 놓친 셈이다.

그나저나 말이 좋아서 눈속임이지 기척까지 딸린 환영을 간파하는 건 절대 만만하지는 않다.

시야가 탁 트인 평지에서도 풍경에 숨어들 수 있다면 이미 단순히 눈속임이라고 불러야 할 기술이 아닌 것 같기도 하고.

해제를 안 해주면 수강생들 수준으로는 못 알아채지.

아공의 만능 마법사 에마 씨는 오늘도 씩씩하고 유능하구나.

이미 에마의 주위에는 마법진이 다수 전개되어 있었다.

끝났다.

진은 보이지 않은 복수의 무엇인가에 얻어맞으며 공중에 떠서 날아다니고, 다에나는 눈 깜짝할 사이에 얼음덩어리 신세가 됐다.

미스라는 발밑이 불쑥 액상화되는가 싶더니 목부터 아래가 파묻힌 상태에서 본래의 딱딱하게 돌아온 대지에 구속당했고, 이즈모는 조용히 벌렁 나자빠진 채 잠들었다.

남은 건 아베리아와 시프, 그리고 유노인가.

어라, 그러고 보니 유노는?

"로켓 키~~~익!!"

……엥?!

술법을 중첩 전개하는 에마를 목표로 하늘에서 「무엇인가」가 떨어졌다.

아베리아와 시프를 마무리하고자 했던 에마는 재빨리 두 개의 술식을 취소시키고 비행체로부터 거리를 벌린다.

맞지는 않은 것 같은데…….

아가레스의 뒤로 물러난 에마.

그리고 낙하지점에 나타난 것은—.

『…….』

모두가 침묵했다.

묘한 물체가 저곳에 서 있었으니까 당연하다.

"어째서 저게 유노의 손에 들어간 거야……."

무의식중에 중얼거리고 말았다.

간신히 쥐어짜 내는 목소리로.

일순간 히비키 선배가 과격 그라비아 버전으로 변신한 모습이 머릿속에 떠올랐다.

하지만, 그것보다도.

눈앞의 진홍색 슈트를 보고 있자니 두통이 일어났다.

유노가 장착하면 붉은색인가.

……아무튼 간에!!

시제품은「딱 하나」가 아니었던 거냐? 미오!

갑주 종류와는 명백하게 다른 방어구, 어딘가 미래적이며 생물과 같은 조형의 장갑.

상공에서 쭉 가속을 받아 대지를 상당히 파헤쳤을 만큼 사나운 기세로 낙하했는데도 쌩쌩한 쓸데없이 높은 내구력. 게다가 웃기는 기술 이름과 어울리지 않는 뛰어난 공격력.

온몸에 특촬 취미를 거침없이 드러낸 슈트— 내가 리미아에서 장착했던 뒤에 두 번 다시 안 입겠다고 다짐한 물건이 눈앞에 있었다.

"쿠즈노하 상회에서 제작한 장비도 사용 가능한 거죠? 선생님. 저 이거 마음에 들어요! 메인 장비예요! 장착할 때 마력이 잔뜩 필요해서 조금 난감하지만요."

제발…… 살려줘.

"자, 간다! 어머님의 비장의 서적과 교환해서 손에 넣은 이 힘으로 성과를 낼 거야. 더는 물러날 데가 없어!"

도망갈 데도 없을걸.

후우우우우우우우.

나는 한숨을 한 번 내쉬고, 동시에 현장으로 걸음을 들여놓았다.

아가레스는 구속을 풀고 빠져나왔고, 에마도 다시 태세를 갖췄다.

저 둘에게 맡겨 놓아도 괜찮겠지만— 아니, 역시 지금은 내가 나서야겠지.

시키도 두통이 일어나는지 이마를 부여잡고 있다.

심정이 엄청 이해된다.

[유노. 출처는 미오겠지?]

"네. 미오 님이에요. 베렌 씨를 통해서 받았습니다! 범용 공격형 전신 갑옷 시작품『중장』이에요!"

중장……?

중장비인가.

아무튼 저거 진짜로 중장비처럼 쓸 수 있거든? 하다못해 재건 작업에 써라.

엘더 드워프 베렌도 관여했다면 성능을 충분히 억제해줬을 거라고 믿고 싶지만!

어쨌거나 보기만 해도 내가 고통스러워!

[어머님의 책은, 무엇을 가져왔지?]

책은 돌려주고 미오한테는 설교다.

"로렐 지방 요리 고찰 전 4권이에요. 먼지가 잔뜩 묻어 있었거든요……. 비장의 책이 아니라 사장된 책이었죠."

유노의 흥분 상태가 살짝 진정됐다.

이제부터 내가 할 행동을 추측할 수 있기 때문이었을까.

아무튼 안 봐줄 거다?

[유노.]

"네, 네엡."

[반성!]

헬멧을 때린다.

때린다.

때린다.

때린다.

"꺄앗~! 선생님, 묻혀요! 묻힌다고요!"

[어두운 데서 반성해라. 이대로 파묻혀라.]

끄앙~ 비명이 들려와도 무시.

더 힘줘서 때린다— 아니, 묻는다.

무사히 유노가 말뚝처럼 지면에 박혔다.

끝.

"에마, 미안한데 미오가 갖고 있다는 요리책 찾아서 챙겨 놔. 돌려줄 테니까."

"앗, 네."

전투 모드가 완전히 해제된 에마가 즉각 대답해줬다.

확실히 노력은 인정한다.

모두 꽤 강해졌어.

게다가 전투 중 나도 어떠한 원리인지 못 알아본 기술이 다수 있었다.

한 가지 재주라는 기준에서는 학생 수준을 벗어났다고도 말할 수 있겠지.

자기 적성에 맞는 장비를 마련한 것도 올바른 방향이다.

다만 난 굉장히 무시무시한 생각을 떠올리고 말았다.

저 시리즈, 설마 이쪽 세계에 몇몇 개 유출된 건가?

크레인이라든가 삽이라든가 더 있는 건가?

그렇다면 무시무시한 오염이 시작될지도 모른다.

어떻게든 회수해야겠어.

전부 회수해야지. 손쓸 도리가 없어지기 전에.

"저기, 도련님."

"시키?"

"리미아 왕국에서 연락이 왔나 봅니다. 상회로 복귀하시지요. 반성과 검토는 제가 맡아서 진행하겠습니다."

"리미아……. 리미아구나. 솔직히 지금 좀 정신없기는 한데……. 알았어."

모의전 도중부터 환성조차 사라지고 넋을 잃은 채 열심히 주시하던 견학생들이 나를 발견하자 길을 열어준다.

설마 리미아 왕국에는…… 없겠지.

괜찮겠지?

자꾸 불안해져서 상회로 돌아가는 내내 우울했다.

◇◆◇◆◇

"결국 약속을 잡아버렸어……."

리미아에서 온 연락은 예상했던 내용과 똑같았다.

대놓고 방문 일정을 정하는 것.

가능한 한 빨리 — 선배가 로렐에 있는 동안에 — 슬쩍 다녀오고 싶다는 내 의견은 멋지게 분쇄되었다.

이것저것 준비를 많이 해야 한다면서 상대방이 제안한 일시는 전부 꽤 나중이었다.

아마 가장 빠른 날짜여도 선배는 리미아에 복귀했을 거야.

그럼 미오는 남겨 두고 다녀와야겠지.

다행히 바다가 생긴 덕분에 심심하진 않을 거야. 그게 위안이다.

"뭐, 가는 날짜가 정해진 건 잘된 일이잖아. 귀찮은 일 하나 끝낼 수 있고."

일부러 입 밖에 소리를 내서 좋은 일도 있다며 자신을 타이른다.

리미아에 가면 귀찮은 나라 방문은 끝이다.

아이온 왕국은 렘브란트 씨가 잘 달래줬는지 따로 호출은 없다.

로렐 연방에는 흥미가 있어서 오히려 한 번은 가보고 싶었어.

신전 쪽은 여신이 얌전하게 지내고 있어서인지 역시 조용하고.

세상은 평온무사하게 흘러가누나.

그런 느낌이다.

조금만 더 견디자.

그건 그렇고 생각보다 얘기가 빨리 끝났다.

내가 금방 타협했던 게 이유이긴 하지만.

수강생들의 성장을 더 자세히 살펴보고 싶은 마음도 있지만, 지금 또 학원으로 돌아가려니까 내키지 않아.

응. 아공의 업무나 확인하도록 하자.

책상 서랍에서 처리해야 할 서류를 꺼냈다.

지금 진행하고 있는 업무들 중에 내가 봐야 할 것은 시키가 따로 정리해주니까 편하다.

자료를 훌훌 넘기며 살펴본다.

"일단 바다에 보낼 종족은 대강 결정됐네."

이번에는 내가 면담을 하기 전 각각 담당자를 붙인 다음에 일정 기간 서바이벌을 해보기로 했다. 체험 기간처럼.

서바이벌, 뭔가 심각하게 들리는 말인데 결국은 직접 생활을 해보자는 뜻이다.

바다라고 말은 한 마디로 해도 환경은 제각각이잖아. 저마다 종족에 맞는 환경을 찾은 뒤 실제 아공의 바다에서 생활할 수 있을지 시험해볼 예정이다. 종자들은 시험관 겸 조언자 역할이고.

그 기간에 어지간히 심각한 짓을 저지르지 않는 한 쫓아내진 않는다.

"육지에도 적응 가능한 종족이면 이상적이겠지만……."

너무 과하게 바라는 것 같기는 하네.

단순하게 대형 수생 마수는 당연히 육지와 인연이 멀다.

예컨대 인어는 하반신이 물고기니까 아무리 인간 비슷하게 생겼어도 제대로 걷지 못한다는 것은 한눈에 알 수 있겠지.

한편 종족적으로 마족의 아종에 해당된다는 로렐라이는 인간형이 기본 모습이라서 바닷속보다 바다 위 생활을 더 많이 하니까 지금 시점까지는 여유롭게 적응하고 있다.

물고기에 사람의 팔다리가 달린 우스개 같은 종족도 육지를 달려 다닐 수 있다. 게다가 종족 명칭이 해왕, 시 로드라던데 존재 자체가 만담 같다는 생각이 든다.

그 밖에도 이른바 반어인과 꼭 닮은 사하긴이라는 종족은 조금 서툴기는 해도 육지에서 움직일 수 있었다.

다만 저 사람들은 육지 생활보다도 머리 위쪽에 달린 빤짝빤짝 빛나는 접시가 인상적이었지.

캇파냐고. 바다 캇파냐고…….

아무튼 간에 수륙 양용의 종족이 항구를 관리하면서 바다 온리의 종족과 교류를 갖는 것이 내 머릿속에 있는 이상적인 형태다.

그다음은 항구랑 우리 집이 있는 도시가 교류를 가지면 괜찮겠지.

뭐, 세세한 부분은 토모에랑 시키한테 맡긴다.

"인어에 로렐라이에 사하긴에 해왕(시 로드). 해마(켈피)에 해대사(바다 이무기)에 청월(블루 문)에……."

순서대로 확인해봐도 꽤 많았다.

열 종족 이상이야.

딱히 이주 숫자에 제한이 있진 않으니까 아공의 바다에 적응만 잘 해준다면 전원이 넘어와도 상관없다.

그리고 다른 종족에 티 나게 적의를 드러내지 않는다면.

바다는 넓으니까 얼마든지 자기 구역을 확보할 수 있어.

원래부터 있는 다른 생물의 먹이가 될 것 같다면 포기해야겠지만.

전 종족과 면담을 할 수 있을까, 아니면 하나도 안 남을까.

……아니, 후자는 좀 난감하니까 열심히 버텨주면 좋겠네.

5

"대체 뭘 하는 거냐."

라임 라떼는 야영지로부터 조금 떨어진 장소에서 나무에 기댄 채 조용히 독백했다.

롯츠갈드에서 상회 근무를 하던 무렵보다 꽤 길게 자라난 머리카락을 만지작거리는 모습에서 라임의 당혹감이 언뜻언뜻 드러나고 있었다.

'거참, 제정신인가. 이래서는 진짜 파티원이라도 된 것 같잖아.'

로렐 연방에서 궁지에 처했던 무녀 치야를 용사 히비키와 구출한 이후 라임은 쭉 이들과 행동을 함께해왔다.

물론 처음에는 상사인 토모에의 명령에 따라서 정보 수집을 하기 위함이었다.

그런데 어찌 된 영문인가, 지금 라임은 이 파티에 깊이 녹아들었을 뿐 아니라 로렐에서는 용사 히비키에게 정식으로 의뢰를 받은 임무에 참가까지 하지 않았는가.

지금 라임은 홀로 인기척 없는 밤중의 숲에 있었는데 짐승도 마수도 접근하지 않는다.

이 숲에서 사는 생물들은 모두 언뜻 보았을 때 나무에 기댄 채 무방비하게 흡연을 즐기고 있는 이 남자가 강자임을 인식했기 때문이었다.

짐승들이 가진 야생의 직감이 라임에게 평온을 약속해주고 있었다.

'……분명하게 말해서 지내기는 편해. 수십 년 같이 활동한 동료와 있는 것처럼 아득한 기분이 든다.'

라임이 오래된 동료와 같이 지내는 듯한 감각을 느끼는 데는 이유가 있다.

수십 년까지는 아닐지언정 히비키의 파티에는 예전에 다른 검사가 한 명 있었다.

나바르라는 이름의 여성이다.

라임도 파악을 마친 정보였다.

그 여성의 위치에 지금 자신이 있다는 것도.

또한 전투 중 가끔 느끼는 「있어야 하는 자리에 딱 알맞게 들어간 듯한 감각」은 그것이 원인이라는 것도.

그뿐 아니라 라임은 나바르가 어떤 여성인지 히비키보다 오히려 더 상세히 안다고도 말할 수 있겠다.

'설마 나바르가 용사의 파트너로 활동하게 되다니. 한때 츠이게에도 있었지만……. 복수귀도 작정을 하면 따뜻한 사람으로 바뀌는 건가. 동료를 피난시키기 위해서 죽는 짓거리는 절대 녀석이 맞이할 리 없는 최후였을 텐데 말이다. 뭐, 나도 남의 얘기를 할 처지는 못 되나.'

라임의 기억에 있는 나바르는 마족에게 증오의 칼을 휘두르는 복수의 망령이었다.

눈길을 끄는 나바르의 백발이 마족의 피로 붉게 얼룩이 져서 물든 광경도 한두 번 본 것이 아니다.

힘도 돈도 모조리 더 많은 마족을 죽이기 위한 양분일 뿐— 그런 여자였다.

다만 히비키와 치야를 비롯하여 용사 파티에게서 흘러나오는 이야기 속 나바르는 언제나 인간미 있는 매력적인 여성이었다.

이 또한 히비키가 나바르를 바꿔 놓았기 때문일까. 그렇다면 나바르도 옛 시절보다는 행복하지 않았을까— 그렇게 생각하면 라임은 히비키에게 감사하는 마음을 느끼게 된다.

'그 미치광이 같은 웃음이나 허망함의 끝에서 죽은 게 아니다……. 그러면 잘된 게 아닌가. 게다가 그 녀석의 춤추는 듯한 검법은 히비키의 안에서 아직 살아 있잖냐.'

라임은 한숨을 숨기려는 듯 입으로 연기를 내뿜는다.

뇌에 휘도는 농밀한 담배 연기가 조금이나마 가신 것 같아서 또 한껏 빨아들인다.

'히비키는 진정 용사에 어울리는 존재다. 아무 의문도 들지 않아. 아마 일부러 용사의 자세를 연기하기 때문이기도 할 테고……. 사람들이 히비키에게 용사일 것을 바라기 때문이기도 하지. 희망의 상징이 되어야 하는 자기 역할을 다 이해하고도 받아들이는 것은 보통 사람의 정신력이 아니다. 나리가 자꾸 치켜세우는 이유도 이해할 수 있어.'

그간 관찰을 계속하면서 라임은 히비키가 「용사」라는 이미지를 적극적으로 연출하며 행동하고 있음을 깨달았다.

처음 알게 된 무렵에는 단지 대중을 기만하는 행위가 아닌가 생각했었다만…….

'용사가 용사로서 바람직하게 행동해주겠다는데 그게 뭐가 잘못된 거냐? 누가 손해를 본단 말이냐? ……하, 대단해. 정말 대단한 여자야.'

분명 히비키는 계산속이 빠르다. 라임도 지켜보다가 혀를 내둘렀을 만큼.

다만 히비키는 누군가를 깎아내리려는 의도로 계산을 하는 것이 아니었다.

민중이 용사에게 갖는 이미지를 부정하지 않고 오히려 긍정하면서 사람들이 바라는 대로 연출한 행동을 보여준다. 그 결과 히비키는 한층 더 지지를 받고, 용사 히비키를 위해서라면 국가에 대한 협력도 기꺼이 감수하는 민중이 생겨난다.

히비키도 이 같은 민초들의 지지 덕분에 더욱 강력한 발언력을 획득한다.

아무도 손해를 보지 않았다.

속였기 때문에 나쁜 짓이라는 말은 이상가의 투정이라고 라임도 생각한다.

점점 비대화되는 히비키의 카리스마성에 다소 영향을 받은 까닭도 있겠지만. 라임 또한 마코토처럼 이 여성을 점점 인정하고 있었다.

아울러.

'토모에 누님한테 온 연락을 몇 번인가 무시해버렸지. 제정신이 아니라는 생각이 들긴 든다만……. 난, 이대로 히비키를 따라가는 선택지도 있지 않나? 아니지……. 난 이미 나리와 토모에 누님 덕분에 삶 자체가 달라진 놈이다. 이제 와서 또 히비키로 갈아타겠다는 건 너무 꼴불견이지.'

이것이 라임의 고민이었다.

평소보다 세 배는 빠르게 땅에 떨어지는 담뱃재가 이후 처세에 대한 고민을 잘 나타내주고 있다.

히비키의 행동거지는 분명 앞으로도 쭉 보고 싶다는 충동을 라임에게 불러일으켰다.

파티의 정식 멤버로 들어와 달라고 히비키가 먼저 제안하지는 않았다.

은혜를 입은 쿠즈노하 상회에서 무단으로 종업원을 빼내는 것은 도저히 면목이 없는 짓이니까— 히비키는 그렇게 말을 했었다.

다만 만약에 같이 다니는 동안 라임이 마음을 바꿔준다면 마코토에게 제대로 예를 차려서 부탁해보겠다는 말도 덧붙였다.

강제가 아닌 단순한 권유.

원만하게 맞아들일 수 있다면 환영하겠다고 라임에게 말한 셈이다.

그래서 라임은 흔들리고 있었다.

이 갈등은 쿠즈노하 상회에 연락을 못 하게 된 원인이다. 또한 동시에 라임이 히비키에게 적잖이 기울었다는 사실도 의미하고 있었다.

위를 쳐다보는 둥 아래를 쳐다보는 둥 안절부절 시선을 이리저리 움직이던 라임이 얼굴을 옆쪽으로 돌렸다.

'음. 히비키인가. 별일이군, 혼자 날 만나러 오다니.'

옆 방향에서 히비키의 기척을 느꼈기 때문이다.

"기척은 분명히 잘 지웠는데 말이야. 라임한테는 못 당하겠네."

그 목소리와 함께 나무의 그늘에서 히비키가 모습을 드러냈다.

"뭔가 용건이 있나?"

"오늘은 식사를 따로 한댔잖아? 일단 협력자한테는 신경을 써줘야지."

히비키는 손에 든 나무 그릇을 웃는 얼굴로 내밀었다.

라임의 시선이 접시에 닿았을 때 히비키는 연극배우와 같은 동작으로 접시에 씌워 놓았던 천을 걷었다.

향미 야채와 육즙이 어우러져서 만들어 내는 식욕을 돋우는 냄새가 주위에 퍼져 나간다.

"신경 써준다는 걸 자기 입으로 말해버리면…… 좀 민망하지 않냐."

"라임이 상대라면 꾸며서 행동하지 않아도 되니까 편해. 저번에도 얘기했잖아? 어떤 행동이든 속에 악의가 없다면 연기도 꼭 나쁘지는 않아."

"……난 외부인이다만."

"그래도 도와주고 있는걸. 로렐 연방에서 받은 의뢰까지 힘을 보태줄 필요는 전혀 없었는데 말이야. 상회의 예비 조사하곤 상관없기도 하고."

라임은 히비키의 지적에 쓴웃음을 지으며 머리를 긁적거렸다.

"……보아하니, 찜 요리냐? 주방도 없는 곳에서 어떻게 만들었데. 애썼군, 잘 먹으마."

"어머, 정답이야. 찜 요리가 전부 어려운 방법만 쓰는 건 아니거든. 손쉽게 쓸 만한 요리법도 몇 가지 있어."

화제를 바꾸고 싶은 의도에 따라 말을 맞춰줬다는 데 조금 감사하면서 라임은 받아 든 요리로 손을 가져갔다.

"맛있군. 넌 언제 용사를 때려치워도 괜찮겠어. 오늘 식사도 꼬마 무녀와 둘이서 같이 만들었나?"

"고마워, 맞아."

"고기의 누린내를 없이기 위해 야채의 상성을 고민해서 밑간을 한 건가. 용사 주제에 부엌일도 잘하는 건 뭐라고 할까, 조금 얄밉지 않냐? 다른 여자들이 질투하겠군."

"할 줄 알아서 나쁠 건 없잖아. 너도 담배 피는 사람치고는 맛에 꽤 민감하고. 그것도 좀 얄밉지 않아?"

"……내가 졌다."

한마디 답한 뒤 라임은 묵묵히 요리를 먹어 치운다.

히비키도 침묵을 싫어하지는 않는 터라 이따금 잡담을 하며 가만히 곁을 지켰다.

"잘 먹었습니다."

"천만에요. 깔끔하게 다 먹어주니 기분이 좋네. 이래야 만든 보람이 있고 가지고 온 보람도 있지."

"그래서? 그냥 비위를 맞춰주려고 오진 않았을 텐데?"

"네 위장을 사로잡으려고 온 것은 진짠데?"

"그런 소리는 나 말고 벨더 형씨한테나 해줘라. 우리 상회에는 미오 누님을 시작으로 요리 좋아하는 사람이 많지. 이 정도로 잡혀주진 않는다."

"유감이야. ……내일 일 때문에."

"보라색 구름 말이냐. 숲을 부패시키면서 꽤 빠른 속도로 들이닥친다고 했지."

히비키의 기세가 문득 달라지자 라임도 진지하게 태도를 바꿔 대답한다.

"맞아. 분명히 강한 독성을 가지고 있어. 산성비처럼 적당히 맞고 넘겨도 되는 재해가 아니야. 도망쳐 넘어오는 생물이 적은 것을 생각해봐도 끔찍한 무언가라고 가정하는 게 타당하겠지."

"동물들이 제때 도망을 못 치는 상황인가. 큰일이군."

"우리 일행 중 주위에 바람을 전개하고 전투도 같이 수행할 수 있는 사람은 나랑 우디뿐이야. 구름의 규모와 위험성을 감안하면 치야랑 벨더는 멀리 떨어진 곳에다가 두고서 후방 지원을 맡길 수밖에 없어."

"긴급 사태라서 다 같이 왔잖냐, 너희도. 그나저나, 나도 바람을 전개한 채 싸울 실력은 있다만?"

"……네가 방금 말했던 「우리」에 속한 사람이었다면 난 여기에 오지 않았어."

잠시간 히비키는 진지한 눈빛으로 라임의 눈을 쳐다보다가 문득 말문을 뗐다.

"그래, 알겠다. 요컨대 공격수로 나도 참가해달란 말이군."

"응, 부탁할게."

"솔직하군."

"……."

마코토를 대할 때와 다르게 라임은 스스로 손을 내밀어주고 싶어지는 분위기를 느끼고 있었다.

그리고 그 시점에서 답의 내용도 결정이 났다.

만약 위험해지면 곧바로 철수하겠다고 마음속에 선을 긋기는 하였으나 라임은 고개를 끄덕거렸다.

"좋아, 도와주마. 거참……. 히비키, 너 진 빚이 꽤 많다. 빠짐없이 기억해 놔라?"

"정말 고마워."

만면의 미소로 감사의 뜻을 전하는 히비키.

히비키는 한 차례 고개를 끄덕거린 뒤 말을 이었다.

"마음에 들면 시집이라도 가서 평생토록 은혜를 갚아줄까?"

"소름 끼치는 농담이군……. 용사의 남자는 절대로 싫다, 귀찮기만 하지."

"바로 거절이야?!"

"난 말이다, 여자는 전부 좋아한다만 결혼을 바란 적은 한 번도 없어."

"……조만간 칼에 찔리겠네, 진짜로."

"그 충고도 지겹게 들었지."

"아~ 차였네. 나는 구질구질한 여자니까 나중에 다시 도전할게."

"좌절하진 않는군. 역시 용사다."

"응, 내일 잘 부탁해."

"맡겨줘라."

돌아가는 히비키에게 한 마디로 답한 뒤 라임은 제자리에 남았다.

'나리…….'

다시 고민에 빠진 라임의 밤은 아직 길다.

사거리.

그것이 바로 용사 히비키의 최대 약점인지도 모른다.

히비키의 전투 능력은 나날이 상승하고 있다. 다만 먼 지점을 공격하는 기술을 두고 말하자면 근접 전투와 비교했을 때 많이 뒤떨어진다.

이번 상대는 아득한 상공에 있는 구름이었다.

공격을 적중시키고 싶다면 당연히 저 멀리 공격을 날릴 수단이 필요하다. 아니면 직접 접근을 할 수단이.

히비키에게는 후자밖에 선택지가 없었다.

이번 작전에 동행하는 인원은 마술사 우디와 라임.

폭풍과 같은 바람과 함께 흩날리는 갖가지 독과 또한 접촉하면 확실하게 몸에 해를 끼치리라 추측되는 색깔이 묻은 빗방울을 막아 내면서 가능한 한 구름을 향해 접근한 뒤 강구할 수 있는 모든 공격을 날림으로써 구름을 흩뜨리고자 했다.

전방에 나선 공격수는 히비키와 우디 두 사람.

라임은 두 사람의 서포트를 담당하기로 했다.

상대는 거대한 구름. 일정 거리까지로 접근이 제한된 이상 이렇게 되는 것은 필연이기도 했다.

히비키 혼자서 상시 유지되는 고도의 장벽을 전개하고 조작하는 한편, 혼신의 공격을 감행할 수 있었다면 조금 더 다른 연계도 어쩌면 가능했겠지만.

"나름 비장의 수단이었는데. 천공(穿孔)으로도 안 되는구나……. 어떻게 하지. 더 가까이 접근할 수밖에…… 없나?"

히비키는 지금 하늘에 있었다.

말투는 아직 여유가 있으나 표정은 상당히 딱딱하다.

"웃기는 말 늘어놓지 마라. 이 이상은 접근할 수 없다. 애당초, 천공? 검압을 그런 식으로 변화시켜서 날리는 건 이미 충분히 괴물 수준이야. 가슴을 펴도 된다."

라임은 진심에서 우러나온 감상을 히비키에게 들려줬다.

히비키는 원거리에 대응하는 유효타로서 검압을 탄환처럼 날릴 순 없을까 생각했다.

당찮은 발상임에도 실제 해냈고 성공시켰다.

지금은 아직 신기의 힘을 빌려서야 간신히 가능했고, 전력으로 날리려면 라임의 서포트도 필요하다. 어쨌든 곧 단독 사용도 가능하게 될 테지.

기이한 경지에 오른 발상력과 그것을 가능케 하는 성장.

라임은 히비키와 행동을 함께하는 사이에 마코토가 히비키를 높이 평가하는 이유를 몸소 느껴왔지만, 그럼에도 이 같은 비장의 수단을 목격했을 때는 놀라움을 금할 수 없었다.

마술사 우디도 한숨과 섞어 쓴웃음을 지을 따름이다.

“일점을 노린 공격력이라면 저조차 훌쩍 뛰어넘는군요……. 아이고, 이 나이에 더 위를 향하여 전진하라고 엉덩이를 걷어차이게 될 줄이야. 용사 파티라는 곳은 아저씨한테 영 친절하지 않군요.”

물론 우디의 공격도 구름에 유효한 타격을 가하지는 못했다.

분명하게 말해서 외통수였다.

“도저히 무리다. 일단 복귀한 뒤 대책을 강구하지. 지금 취할 수 있는 최선의 선택이다.”

라임의 제안을 듣고 히비키가 씁쓸하게 표정을 일그러뜨린다.

“……복귀하면 몇몇 마을이 피해를 받을 거야. 확실하게.”

“사람은 피난시켰다. 마을은 또 지으면 된다. ……다른 장소를 찾아야겠지만.”

“우디, 뭔가 방법이 없을까?”

히비키와 우디가 지상에 있는 인원들과 염화로 대화를 하며 아슬아슬한 시간까지 타개책을 찾는다.

다만 라임에게는 생각이 하나 있었다.

‘누님에게 연락을 하면 어떻게든 될지도 모른다. 아마 이 구름은 황야에서 나온 무언가. 날아온 방향을 봐도 틀림없어. 누님이나 나리가 뭔가 알지도 몰라.’

하지만…… 라임은 주저했다.

히비키에게 마음이 끌려 연락을 몇 번인가 게을리했던 입장인 만큼 도저히 면목이 서지 않는다.

이미 자부심 따위 마코토와 만나 겪으면서 산산조각으로 부서졌으나 그럼에도 못내 망설이게 된다.

도움을 요청하는 이유가 사적인 것이며 또한 용사를 돕고 싶다는 의지도 포함되었기 때문이다.

'아니. 망설일 틈이 없다. 어차피 마지막이다. 시기상 나도 복귀할 때가 됐잖냐. 잠깐 뻔뻔해지고 여러 마을의 주민들과 꼬맹이들을 구할 수 있는데 고민할 필요는 없지. 히비키에게 도움이 되는 것은 결과일 뿐. 다른 속셈은 없다.'

라임은 고민하고 고민하다가 결정했다.

상사인 토모에에게 염화를 날린다.

토모에는 곧장 응답했다.

'누님, 라임입니다.'

'……오랜만이구나. 그쪽에서는 지내기가 편하더냐?'

라임의 심중을 꿰뚫어 보는 것 같은 토모에의 말.

'—음. 죄송합니다. 저는…… 히비키에게…….'

적당히 둘러대려던 생각을 바로 버리고 라임은 토모에에게 전부 이야기하고자 했다.

다만 토모에가 말을 제지하더니 용건을 재촉한다.

'아니, 상관없다. 조금 심술궂은 질문을 했군. 미안하구나. 어쨌든 연락을 주지 않았나. 넘어가도록 하지. 용건은 무엇이더냐?'

'지금 로렐 연방에 보라색 구름이 밀려들어 피해가 발생하기 시작했습니다. 제가 예측하건대 이것은 황야의 기후가 새어 나온 것이 아닌가 싶습니다.'

'크게 다르지 않군. 특별히 틀린 인식은 아니구나.'

'그래서 말입니다만, 뭔가 타개책을 알고 계십니까?'

'……흐음. 꽤 깊이 빠져들었나 보구나.'

'누님. 히비키의 본질은, 함께 살면서 함께 누리자는 것이 첫 번째입니다. 나리와도 저희와도 잘 지낼 수 있는 여지가—.'

'녀석이 첫 번째 본질이라는 것을 버리지 않는 동안에는 말이지.'

'예?'

'……아직 가정의 이야기에 불과하나 만약 히비키가 생각을 달리 뒤집는다면 도련님께 가장 큰 상처를 줄 수 있는 존재가 되는 셈이다. 도련님에게 상처를 주는 존재에게 대응하는 방법은…… 하나뿐이니라.'

'……경계심은 절대 풀 수 없다는 겁니까.'

'그것이 나의 생각이다. 아직 도련님께도 말씀드리지 않고 너에게만 들려주었지. 도련님께는 「정치가이니 조심해주십시오」라고 말씀드린 것이 전부일 뿐.'

'…….'

라임은 대답을 찾지 못했다.

히비키와 마코토는 손을 맞잡을 수 있다— 라임의 제언은 언뜻 희망적이다. 다만 토모에는 이미 더욱 먼 앞날을 보고 있었다.

그렇다면 자신이 무슨 말을 할 수 있을까.

'그리고 말이다, 라임. 넌 아직 도련님을 알지 못하는구나.'

'예?'

'그 구름으로 직접 보여주마. 지금 네 위치에서 움직이지 말거

라. 또한 누구도 움직이지 못하게 단속하거라.'

토모에와의 염화가 끊어졌다.

"히비키, 우디."

라임은 무엇인가 예감을 느끼고 같이 있었던 두 사람의 이름을 불렀다.

"왜?"

"무슨 일입니까?"

"여기서 꼼짝하지 마라. 그리고 아래에 있는 두 녀석에게도 똑같이 말을 전달해줘라."

그렇게 말하면서 전력으로 주위에 감지를 실행한다.

걸려드는 기척이…… 있었다.

'문이 열렸다! 나온 인원은…… 익인이, 두 명?'

감지 범위의 아슬아슬한 곳에 아공의 문이 열리는 것을 라임은 포착한다.

우연이 아니었다.

분명 토모에가 일부러 라임이 알 수 있는 위치에 문을 열어서였다.

하얀 날개의 익인이 검은 날개의 익인을 안아 들고서 아득히 먼 상공으로 올라간다.

익인.

아공의 주민이다.

히비키의 파티와 라임이 있는 장소보다도 훨씬 더 높은 장소, 쌓이고 쌓인 보라색 구름의 꼭대기보다 훨씬 더 높이.

익인은 쭉 날아올랐다.

'뭐지? 뭘 할 셈이지?'

"라임, 뭔가 방법을 생각해 냈어? 얘기해주면 안 돼?"

"방법은…… 이미 실행했다."

"어?"

"그러니까…… 꼼짝하지 마라. 아무것도 하지 말고 가만히 지켜봐라. 최선의 결과를 바란다면."

라임 본인도 다음 전개는 알지 못한다.

따라서 알려줄 만한 사실도 거의 없었다.

익인이 이번에는 라임의 감지 가능 범위 아슬아슬한 위치에서 멈췄다.

'분명히…… 검은 익인 중에는 다른 사람과 정보를 링크할 수 있는 녀석이 있다고 했지……. 도대체 누구와?'

검은 날개의 익인은 하얀 날개의 익인과 비교하면 비행 고도가 떨어진다. 따라서 저렇게 안겨 있는 이유를 라임은 잘 이해했다.

요컨대 이곳에 필요한 것은 저 검은 익인이라는 사실을.

링크 상대를 추측하고자 했던 라임은…… 곧 답을 알 수 있었다.

"앗!! 뭐야?!"

"이런, 서둘러 방어를! 늦었다?!"

"꼼짝하지 마!!"

히비키와 우디의 말보다 아주 약간 빠르게 라임도 저것을 깨달았다.

물론 저것의 속도를 생각하면 이 같은 시간 차이에 별 의미는 없었다만.

저편 먼 곳에서 보라색 구름을, 또한 히비키와 자신을 겨냥하며 몹시 두꺼운 빛이 용솟음친다.

"—음!!"

'나는, 쓸모가 다한 겁니까? 누님…….'

라임은 어딘가 달관한 심정으로 눈앞의 광경을 지켜봤다.

하지만 이 또한 라임이 아직 「주군」을, 자신이 나리로 모시겠다고 정한 남자를 이해하지 못했기 때문에 불과하다.

토모에의 말은 이런저런 의미로 정답이었다.

'나리……. 뭐, 나리의 손에 끝날 수 있다면……. 애당초 나리 덕분에 건진 목숨이잖냐. 나 같은 놈이어도 죽은 뒤 수습은 잘 해줄 거라고 신기하게도 믿음이 가고 말이지…….'

마치 초탈한 도인처럼 죽음을 받아들이고, 이어서 눈을 감는 라임.

이 일격이 어디에서 날아왔는지는 알지 못한다.

다만 익인이 링크했던 인물이 마코토라는 것은 라임도 확신할 수 있었다.

즉 이것은 마코토의 일격.

빛은 이쪽의 눈앞까지 들이닥쳤고……. 무수히 많은 숫자로 터져 나가더니 모두를 정확하게 피해서 지나간다.

가느다란 빛줄기로 바뀐 공격이 보라색 구름에 꽂혀 들어갔다.

『…….』

말이 없었다.

히비키도 우디도 라임도.

그중에서 한 사람, 라임은 다른 의미로 침묵을 지키고 있었다.

'아…… 정말이지.'

강대한 힘에 찢겨져 나간 구름이 산산이 흩어진다.

히비키와 마코토를 비교한다면 어느 하나를 제외하고 히비키가 훨씬 우위에 있음을 라임은 실감했다.

지금도 전혀 달라지지 않은 감상이다.

다만.

그 하나를 보유하고 있는 의미를 라임은 여태 과소평가했던 셈이었다.

아니, 잊고 있었음을 깨닫는다.

'나는 이 「힘」에, 어떠한 불리함도 우격다짐으로 꺾어버릴 수 있는 이 힘에 매료되었던 거다. 그렇다, 나는……. 아공이라는 세계까지 소유하고 있는 나리의 앞날을…… 보고 싶다.'

라임은 여전히 히비키에게 일정 이상의 호의를 가지고 있다.

하지만 지금 라임의 머릿속에는 츠이게에서 겪은 기억이 선명하게 재생되고 있었다.

'……도중에 포기하기는 너무 아깝지. 난 쿠즈노하 상회의 라임 라떼다.'

"자, 돌아가자고. 전부 끝났으니 말이지."

보라색 구름은 한 조각도 없는 푸른색 하늘을 보고 라임은 아직껏 침묵하는 히비키와 우디에게 말을 건넸다.

주위에는 아직 마코토의 마력의 잔재가 남아 있었다.

그런 대규모 술법을 행사했는데도 부근에 있던 세 사람에게는 상처 하나 입히지 않는 곡예를 성공시켰던 마코토의 마력이.

라임은 자랑하는 듯이, 기막히다는 듯이 기이한 웃음을 띠고 있었다.

"……이게 라임이 갖고 있었던 비장의 수단이야?"

히비키가 살짝 떨리는 목소리로 간신히 입을 열었다.

"……그래. 물론 신전의 경우와 마찬가지로 너희가 세운 공이라고 해도 문제없다."

"무엇을 했는지는 안 가르쳐주는 거야?"

"모른다."

"뭐?"

"모른다고. 난 단지 상담했을 뿐이야. 저 구름의 정체를 알 만한 사람한테, 뭔가 방법이 없겠냐고 말이지."

귀신에 씌었다가 정신을 차린 사람처럼 후련한 얼굴로 히비키에게 답하는 라임.

"이게 도대체……."

우디가 떠듬거리는 말을 라임도 전적으로 긍정했다.

"진짜 말이다, 기가 막히지. 그냥 웃음만 나오는군."

"쿠즈노하, 상회……."

히비키는 아마도 어느 정도의 사실을 이미 추측하고 있다.

다만 지금은 혼잣말만 중얼거리고 자제했다.

섣부른 발언을 라임에게 들려줄까 봐 경계해서였다.

라임의 심경 변화도 히비키는 직감으로 알아차렸다.

"나도 슬슬 복귀해야지. 저쪽에서 할 일이 산더미거들랑."

"그래……. 즐거웠는데, 아쉽네. 조만간…… 라이도우 공이 리미아에 올 때는 꼭 너도 같이 와주면 좋겠어. 이게 끝이면 너무 섭섭한걸."

"나리가 데려와주면 올 거다. 나도 즐거웠다, 히비키."

하늘에서 지상으로 돌아온 뒤 치야, 벨더와 합류하는 일행.

멋지게 보라색 구름을 격퇴해서 로렐의 주민들을 구출한 용사.

히비키의 명성은 한층 더 높아졌다.

성공이라 말할 수 있는 결과일 테지.

그러나 치야, 벨더와 합류하기 조금 전.

히비키는 입술 끝을 깨물었다.

강하게.

'라임…… 나는…….'

자신이 가장 강하게 바란 대상이 또 손에서 새어 나갔다.

그것을 히비키는 잘 이해하고 있었다.

이러한 감정을 겉에 드러내지 않고자 늘 신경 썼음에도 이번만큼은 끝내 실패했다.

분하다. 목구멍까지 감정이 치밀어 올랐다.

간신히 말로 꺼내지 않은 것은 히비키의 오기인가.

아무튼 간에.

라임을 사이에 둔 히비키와 마코토의 승부는 정작 당사자가 알지 못하는 동안에 마코토의 승리로 끝났다.

6

오랜만에 학원에서 강의를 하고 며칠 뒤. 아공에서 치르는 이주 시험도 순조롭게 진행 중이다.

잔잔한 바다처럼 조용하더라고.

그런 와중에 기쁜 보고가 들어왔다.

바다에서 살고자 하는 종족들 대부분이 아공의 생활에 적응을 마쳤다는 것.

상어라든가 거대 문어라든가 원래 있었던 생물에게 위험을 느껴 포기한 종족이 둘 정도 있긴 했지만, 대부분의 종족이 무사히 지내고 있다고 한다.

이대로 쭉 나아가면 추운 바다와 따뜻한 바다, 양쪽 다 주민이 생기게 된다.

주민 숫자에 비해 토지가 이상하리만큼 넘치는 곳이 아공이다. 이 말은 당연히 바다에도 적용된다.

다양한 장소에서 살며 정보를 모아준다면 이보다 더 고마울 수가 없겠다.

구석구석까지 직접 탐색하면서 알아봐야 한다면 엄청 고생이니까.

"뭐, 아무튼 별반 문제는 없습니다. 토종 생물과 소통이 이루어지기 시작한 덕도 있지요. 우려했던 바다 종족 간의 분쟁과 같은 사태도 일어나지 않았습니다."

특별히 문제는 발생하지 않았다면서 토모에가 보고를 마무리했다.

"잘됐네. 포기한 종족이 아쉽긴 한데 나중에 쿠즈노하 상회에서 관여할 수 있는 부분이 있다면 협력하겠다고 말을 전해줘."

"이미 전해 두었습니다. 휴만 어부와 충돌이 발생한다면 바로 상담하라고도 말이지요."

"역시 빨라. 사리는 일 잘하고 있어?"

"첫 업무인지라 분발하더군요. 특별히 묘한 행동도 없습니다."

"그래."

"그나저나 도련님. 시키에게 말을 들었사온데 롯츠갈드의 학생들이 제법 큰 성장을 했다지요?"

"응? 맞아. 대단해, 다들 훌륭하더라. 졸업할 때까지 계속 훈련하면 좀 지나칠 것 같기도 하고……. 이제 걔네는 가르치는 역할을 맡는 게 좋지 않을까 싶어."

"가르치는 역할 말씀입니까. 정작 본인들은 지금보다 더욱 강해지고 싶다며 조를 테지요."

"가르치면서 겪는 성장도 있잖아. 게다가 「더 강하게」를 요구해 봤자 이미 학원에서는 최강 수준이거든? 같은 학년이면 여유롭게 최강이지. 이 이상 훈련해서 차이를 벌리지 않아도 되지 않을까? 아마 휴만끼리 전쟁을 한다거나 어지간한 종족과 전투가 벌어져도 충분히 활약할 수 있는 실력은 되니까."

"……그렇군요. 조금 흥미가 있사온지라 나중에 시키가 정리해 놓은 정보를 열람해봐도 괜찮겠습니까?"

"물론이야. 다만 이상한 간섭 하면 안 된다? 어디까지가 토모에한테 훈련을 받은 덕분인진 잘 모르겠는데 미스라 같은 녀석은 되게 특이한 능력까지 습득했거든."

"유념하겠습니다."

진짜로.

토모에가 훈련시켰던 미스라를 신호탄으로 다른 학생들도 엄청나게 성장을 했다.

각각 특수한 능력을 익힌 데다가 자기 개성을 더욱 잘 개발해서 강해지고자 애쓴 결과일 테지.

롯츠갈드 학원에 있는 시점부터 애당초 재능 넘치는 아이들이었다. 높은 목표를 세우고 노력하면서 그만큼 성장하는 것은 어떤 의미로 딱히 놀랄 이유가 없지 않으려나.

그렇게 생각하면 나랑 시키는 그냥 옆에서 잠깐 도와준 거야.

새로 들어올 학생들도 지금 수강생의 수준으로 끌어올려준 뒤 다음은 개인의 성장 의지에 맡기면 충분히 강해질 수 있다.

강사로서 학생을 얼마나 단련시켜야 하는지 대강 기준을 찾은 셈이니까 이쪽도 순조롭다.

아주 좋아.

"그럼…… 토모에, 이제부터 시간 있어?"

"또, 말씀입니까? 이주 희망 종족을 살펴봐줘야 하는 터라 오늘은 동행해드리기가 조금……."

토모에가 말을 흐렸다.

"……그렇구나, 아쉽네."

"도련님의 세계처럼 환경을 재현하려면 상당히 피로하니 말입니다. 도련님께서 리미아로 출발하시기 전에는 어떻게든 시간을 만들어보지요. 면목 없습니다."

"알았어. 바쁜 데 어려운 부탁 했다는 건 아니까 신경 쓰지 마."

그렇게 말하자 토모에는 불쑥 찌푸린 표정을 지었다.

토모에?

"……아, 도련님. 잠시, 괜찮으시겠습니까?"

대화를 중단한 뒤 머뭇머뭇하며 말을 건넨다.

아하, 염화를 쓴 건가.

이야기 중 염화를 쓰는 다재다능함은 나도 본받고 싶다.

양쪽 다 집중하는 게 나는 어렵거든. 「익숙함」으로 해결할 수 있다면 훈련해볼까.

"뭐야? 염화?"

"예. 라임이었습니다."

"흠. 선배 파티랑 같이 다닌댔지. 뭐래?"

"……예, 별로 대단한 일은 아닙니다만……. 예의 보라색 구름 말입니다, 요전에 받은 타격으로도 완전히 흩어지지는 않았나 봅니다."

"……역시. 뭔가 손맛이 애매했었거든. 설마 또 못된 짓 하고 다닌다거나?"

"예. 그래서 지금 라임과 히비키의 파티가 대처에 나섰습니다만, 아무래도 상황이 좋지 않은가 봅니다."

"히비키 선배가 나섰는데도?"

"그런 듯합니다."

안 믿긴다. 히비키 선배가 애를 먹다니.

그런 정도라면 쓱싹 해치워버릴 것 같았는데.

혹시 원거리 공격 수법이 별로 없다거나?

선배, 검을 가지고 다녔잖아.

“자기 입으로 로렐을 돕고 싶다고 말했는데 이런 어중간한 결말은 멋이 안 나잖아. 히비키 선배한테 폐를 끼치는 것도 좀 민망하니까 내가 처리할게.”

“……직접 나서주시렵니까.”

“응. 다만 성질이 군체여서인지 아무래도 저번 공격법은 잘 안 통하는 것 같거든……. 손맛도 애매했었고. 일단 생각해 놓은 방법은 있는데 어느 정도 접근한 다음 확인하면서 해치워야 한다는 게 문제네.”

하다못해 상대의 위치를 조금 더 정확하게 파악하고 싶다.

“그러면 익인이 예전에 도련님과 모의전에서 썼던 전술을 응용해보면 어떻겠습니까? 멀리 떨어진 장소에 있는 상대와 정보를 공유하는 기술이 있었지요.”

“아, 괜찮네. 확실히 쓸 만하겠어. 좋아, 준비해줘. 난 저격을 날릴 만한 장소로 이동해야겠네.”

“마침 전망이 좋은 산이 있습니다. 거리는 다소 먼 곳입니다만, 도련님께는 딱히 문제가 되지 않겠지요?”

“아즈사랑 마술이 있으니까 실질적으로 사거리는 신경 안 써도 상관없어, 난.”

“그러면 가시지요. 저는 익인을 그쪽으로 보내드리겠사오니 정보 공유의 실행을 확인하신 뒤 행동에 임해주십시오.”

“알았어.”

"도련님."

토모에가 열어준 문으로 아즈사를 한 손에 들고 들어가고자 했을 때 나를 부르는 목소리가 들렸다.

"왜?"

"라임과 용사가 근처 공중에 있다고 하니 겸사겸사 몇 방 맞혀주셔도 괜찮지 않겠습니까? 특히 라임을 말입니다."

갑자기 무슨 소리야, 토모에.

"왜 불쑥 라임을 때려주라는 거야."

"……흠, 최근 들어서 다소 풀어진 듯하니 정신을 차리는 데 도움이 될 겁니다."

"무서운 말을 하는구나, 너도."

"히비키에게도 좋은 자극이 되지 않겠습니까?"

"싫어. 나중에 들키면 뭐라고 변명하는데, 어휴."

"……안녕히 다녀오십시오."

"응, 금방 돌아올게."

문 너머는 설명을 들었던 대로 산꼭대기였다.

그야말로 절경. 360도의 파노라마다. 로렐에서는 꽤 이름이 높은 산 아닐까.

그리고 저 멀리 하늘에 명백한 이물질이 하나.

보라색 얼룩처럼 보이기도 하는 저것이 문제의 구름임은 분명했다.

"꽤 커졌는걸. 저번보다는 아니지만."

활을 들어서 화살을 메긴다.

표적, 구름은 상당히 멀리 떨어졌지만, 이 세계에 와서 마술을 같이 활용하게 된 이유도 있어서인지 빗나갈 것 같지가 않다.

사거리 문제도 딱히 신경을 안 쓰게 되었다.

보이면 맞힐 수 있다— 자연스럽게 이런 생각을 갖게 되었다.

다만 저 구름의 경우는 아마 수많은 개체의 집합체이니까 하나의 표적으로 보면 안 된다는 생각이 든다. 저번에 공격을 날린 뒤 느꼈던 생각이지만 말이야. 아니면 구름 전체를 직경에 넣어버릴 수 있는 대규모 공격으로 해치우는 방법도 있다. 이번에는 선배랑 라임이 곁에 있어서 가장 먼저 제외했다.

"자, 익인의 링크는……."

익인이 등장하기를 기다리던 중에 곧 보라색 구름으로부터 조금 떨어진 곳에 누군가가 나타나는 것을 감지했다.

두 사람인가.

곧장 염화가 들어와서 내게 정보를 보내줘도 괜찮은가 확인을 구한다.

당연히 OK.

조금 사이를 두었다가 내 머리에 보라색 구름을 여기보다 더욱 가까운 곳에서 살펴보는 듯한 기묘한 광경이 떠올랐다.

눈에 보이는 먼 곳의 구름과 머리에 떠오르는 가까운 곳의 구름이 서로 어긋나서 살짝 어지럽다.

육안으로 먼 곳의 대상을 보는 한편으로 동시에 카메라로 촬영한 확대 사진이 머릿속에 잔뜩 투영되는 듯한 신비로운 감각.

어쨌든 적응만 하면 꽤 편리하겠네.

덕분에 히비키 선배랑 동료 마술사, 그리고 라임이 있는 공중의 위치도 분명하게 포착할 수 있다.

좌표를 표시합니다— 익인에게서 정보가 들어왔다.

머리에 떠올라 있는 구름과 선배 일행의 풍경에 모눈종이처럼 칸과 칸이 새겨지고, 이런저런 숫자가 표시되었다.

흐음. 익인은 이렇게 상호 간 정보를 주고받으며 겨냥을 했던 건가.

확실히 알아보기가 쉽다. X축, Y축, Z축이라는 느낌이야.

감각에 의지하는 내 저격 방식에는 별로 필요한 도움이 아니지만, 공격 지점의 오차를 없애는 데는 꽤 유용하겠네.

인익에게 고맙다는 말을 전한 뒤 현재 위치에서 대기하도록 지시했다.

"지금 눈에 보이는 저 보라색 구름을 꿰뚫는다. 머릿속에 떠오른 풍경 중 오직 구름을 꿰뚫는다……."

정말 신비로운 감각이었다.

똑바로 노려 쏘려는 감각은 평소와 같고.

다만 동시에 모니터 속 풍경에 조준을 맞춘다.

일본에 있던 시절에는 상상도 못 했을 곡예인데도 의외로 매끄럽게 준비가 끝났다.

아니, 아직이야.

선배 일행과 라임을 피하기만 해서는 안 된다.

게다가 구름의 핵 비슷한 부분을 꿰뚫기만 해서도 안 돼.

더, 더, 더, 더…….

정확하게. 구름을 형성하는 생명 하나하나를 의식하며 전부를 몰살한다.

애매하게. 동시에 표적들의 연결 고리 자체를 포괄해서 끊어 낸다.

그러기 위해서는…….

"……."

집중 상태를 유지한 채 나는 메겼던 화살을 내려뜨렸다.

이번에는 이게 아니야.

필요한 것은 화살이 아닌 술법의 촉매.

동시에 무수히 많은 표적을 꿰뚫자면 궁술과 마술, 양쪽이 다 필요하니까.

엘드워가 만들어준 갖가지 종류의 화살 중에서 가장 마력을 잘 축적하는 성질이 있는 화살을 골라 다시금 줄에 메겼다.

호박색의 화살.

"사람은 피하고 핵을 꿰뚫으면서 구름을 구성하는 생명 전체를 연쇄적으로 없앤다……."

머릿속에 떠오른 구름이 내가 설정한 무수히 많은 조준점에 싹 뒤덮인다.

할 수 있다.

조용히 활을 놓았다.

호박색 화살은 잠시 형태를 유지한 채 하늘을 날아가다가 곧 부서지더니 시야를 가득 메워버릴 만큼 커다란 빛 덩어리가 되어 보라색 구름으로 쭉 날아갔다.

그리고 얼마 뒤 빛의 덩어리가 작렬했다.

좋아, 해냈다!

사람을 피해서 구름의 핵만 잇따라 꿰뚫어 가며 동시에 산탄이 되어 빛줄기처럼 흩어진 부분이 각각 표적을 관통했다는 것이 손맛으로 전해졌다.

죽였다.

저번과 달리 실감할 수 있다.

"……후유. 해치웠군."

익인도 확인했나 보다.

이쪽을 향해 날아온다.

한 명을 안고 있는데도 엄청 빠르다.

익인의 도움을 받아 내 활의 가능성이 더욱 넓어졌다. 멀리 떨어져 있는 실내의 특정 표적만을 저격하는 것도 지금이라면 가능하다.

순수하게 기뻤다.

활은 나에게 무엇과도 바꿀 수 없는 것임을 재인식하는 순간이었다.

아공의 도시에서 그리 멀리 떨어지지 않은 장소에 전혀 사람의 손이 닿지 않은 광대한 숲이 펼쳐져 있다.

내가 개척하지 말도록 지시를 내린 장소다.

또한 함부로 진입하지 말도록 지시한 곳이기도 하다.

아공의 숲은 이곳에만 있는 게 아니다. 채집을 하고 싶다면 다른 숲에 걸음을 들여놓으면 그만이니까 다들 반대하지 않고 수긍해줬다.

어째서 이런 지시를 내렸는가.

이유는 숲을 영역으로 삼은 생물이었다.

늑대…… 일본에서는 이미 멸종했다고 알려진 동물.

나라에 따라 늑대에 대한 인상이나 견해는 각각 다르지만, 일본에서는 긍지 높고 현명한 동물이며 숲의 수호자 비슷하게 취급받았다.

……아마도, 내가 기억하기에.

나에게 일본 늑대는 어딘가 신성함마저 느껴지는 동물이었다.

설마 이세계의— 또 다른 이세계 격인 아공에서 마주하게 될 줄은 상상하지 못했지만 기뻤다.

그래서 완전히 나의 고집으로 늑대들의 존재를 인정했다.

걸리적거리니까, 위험하니까 사냥해야 하는 대상으로 놔두고 싶지 않았다.

지금 난 늑대가 사는 숲에 와 있다.

과일이랑 곡물이랑 산처럼 쌓은 큰 접시를 두 손에 안아서 들고.

짐승길이라는 표현이 딱 맞는 길을 잠시 걸어가자 조금 시야가 트인 장소로 도착했다.

돌을 쌓아서 만든 간소한 제단이 눈에 들어온다.

"……다 왔다."

큰 접시를 제단에 올려놓고 곧이어 옆에 앉아서 위를 쳐다본다.

"진하네. 진한 초록색이야. 바닷바람도 나쁘지는 않은데 나는 숲속의 초록색이 더 편안하단 말이지……."

심호흡이 무엇보다도 기분 좋았다.

『몸소 찾아오다니 별일이군.』

풀숲에서 나타난 『늑대』의 말에 대답한다.

"가끔은 오고 싶어서."

대형견보다 큰 인상을 받는 늑대. 일본 늑대도 비슷하게 이런 크기였는지는 모르겠는데 박력은 충분했다.

정면에서 마주하니 널찍한 어깨 폭의 위세에 압도된다.

『그것은 너희가 기른 작물인가. 먹이에 길들여지는 일은 없노라 말했을 텐데.』

"먹이로 길들일 생각 없어. 우호의 증거야."

쌕쌕, 숨결 소리만 귀에 들어온다.

그런데도 머리에는 늑대의 말이 분명하게 전해졌다.

이미 익숙해졌는데 재미있는 감각이란 말이지.

『우호인가……. 뭐, 좋다. 미스미여, 먼 곳에서 맡아보지 못했던 낯선 바람의 내음을 느꼈다. 무엇인지 알고 있는가?』

"그냥, 좀 알고 지내는 신님이 힘을 과하게 써주셨거든. 바다가 생겼어."

『바다?』

처음으로 듣는 말이었는지 늑대는 고개를 갸웃거렸다.

주위에 이 녀석 말고 다른 늑대의 기척이 다수 느껴진다.

보스의 뒤에 대기하고 있는 모양새라서 모두 일정 거리를 두고 더 이상은 다가들지 않았다.

"이 숲보다 훨씬 더 거대하고 소금물로 만들어진 호수— 비슷한 곳이야."

『……흐음. 쉬이 믿기는 어려우나 미스미가 한 말이니 맞을 터이지. 우리의 생활에는 관련 없는 것으로 생각해도 되는가?』

“응. 여기에서는 상당히 먼 곳이거든. 대체 어떻게 냄새를 맡은 거야? 내가 더 놀랐어.”

『그 과일을 예로 들자면 접시에 담을 때부터 냄새를 알아차렸다만? 사람이란 불편한 생물이로군.』

“아하하하, 늑대 입장에서는 불편할 수도 있겠네. 아무튼 이번 우호의 증거에는 다른 의미도 좀 있어.”

『……묘한 날벌레들을 말하는 건가?』

“……정답. 미안해, 폐를 끼치게 됐네.”

아르에레메라가 늑대와 어떤 방식으로 마주쳤나 알지는 못하는데 느닷없이 전투를 개시한 것은 아마도 틀림없을 테니까.

사죄의 마음이 2할, 늑대와 오랜만에 만나고 싶은 마음이 8할이라 직접 작물을 나누어 주러 찾아온 것이다.

『별일 아니니 개의치 마라. 말벌이 조금 강해진 정도에 불과하더군. 말을 걸어도 들으려 하지 않는 미물은 얼마든지 있으니 이미 익숙하다.』

말벌이라는 이름을 듣고 난 본능적으로 공포를 느꼈다. 여기에도 있구나. 다들 조심하라고 알려줘야겠다.

아르에레메라도 말벌로 비유하니까 꽤 무서운 느낌인걸.

“누군가 다친 아이는 없고?”

『없다. 다만 사소한 문제가 있는 것은 분명하군.』

“들어볼게.”

『먼저 확인차 묻겠는데 녀석들은 더 이상 이곳에 오지 않는가?』

"안 와. 엄청 끔찍한 꼴을 당하기도 했고, 이 숲을 되게 무서워 하니까."

진짜 불쌍하다는 생각이 들었을 만큼.

『그런가……. 실은 말이다.』

무슨 이유인지 드물게 말을 머뭇거리는 늑대에게 이야기를 재촉했다.

"응."

『녀석들, 무척 맛있더군.』

……응?

『꿀을 농축한 듯 진한 단맛이 상당한 별미였다.』

"……."

『예전에 미스미의 백성에게는 위해를 끼치지 않겠노라 약속했으니 말이다. 그 날벌레도 혹여 백성이었다면 유감의 뜻을 전하고 싶다.』

"맛있구나? 개네."

『음. 벌집을 습격하는 것보다 훨씬 매력적이다.』

진지한 표정의 늑대.

아마 별다른 의도는 없을 텐데 입가에서 흘러내리는 타액이 무척 생생하게 느껴진다.

"미안, 참아주면 좋겠네."

『어쩔 수 없군. 미스미는 우리를 몰살할 수 있었음에도 공존을 제안했다. 커다란 빚을 졌지. 따르도록 하마.』

"고마워. 나중에 저 접시랑 같은 먹거리를 추가로 가져다주라고 시킬 테니까 다 같이 먹어. 입맛에 맞는 음식이 있으면 좋겠네."

『우리는 숲의 산물로 충분하다. 미스미가 우리에게 대접을 할 이유는 없거늘……. 처음 말했듯 의도가 있는 베풂이라면 소용없다만?』

"……뭐, 어때. 가끔 이렇게 만나는 정도의 공존은 괜찮잖아."

이곳에 있어주는 것만으로도 기쁘다는 말은 도저히 못 하겠거든.

되게 이상한 사람 같잖아.

……앗, 이미 이상한 사람 취급인가.

『……이상한 사내로군. 뭐, 답례라고 할 정도는 아니나 곰에게는 날벌레를 먹지 말도록 전해 두겠다.』

"……곰. 너희보다 단것을 많이 좋아할 것 같은 이미지이긴 하네, 확실히."

더 정확하게는 엄청 좋아할 듯한 이미지.

벌꿀, 곰 아저씨. 조합이 무서울 만큼 딱 맞아떨어진다.

『아직 먹어보지는 않았을 테니 문제는 발생하지 않을 것이다. 그 날벌레를 맛본 다음이라면 적잖이 날뛰었을지도 모르겠군. 다만 미스미여, 우리는 하늘에 있는 녀석들과는 관여하지 않고 살아간다. 그쪽에는 네가 스스로 가서 이야기를 해라.』

"아~ ……응. 알았어. 고마워."

그런가, 아르에레메라는 맹금류에게도 포식을 당할 가능성이 있구나.

산에는 접근하지 않게 아르에레메라에게 알려주면— 아, 소용없나.

전이를 하면 금방이니까 얼른 끝내도록 하자.

이야기를 하러 다니는 것도 아공의 안쪽이면 편해서 좋네.

◇◆◇◆◇

험한 바위산.

깎아지른 봉우리의 틈새기에 녹음이 퍼져 나가는 장소가 있다.

만약 위에서 내려다보면 마치 무리해서 만들어 놓은 헬리포트처럼 보이는 곳이다.

날개가 없는 이상은 절대 다다를 수 없는 곳. 아니면 산양 비슷한 신체 능력이 필요하겠지.

숲을 걷는 것과 다르게 등산, 게다가 느닷없이 암벽 등반을 하려면 얼마나 힘들겠어.

이곳은 쓱 둘러보기만 해도 등산객한테 상당히 험한 산이니까.

다만 전이를 써버리면 아무 고생도 안 한다.

"아, 여기 있었네."

그곳의 한쪽 구석에서 녀석을 찾았다.

나라(奈良)에 있는 커다란 불상을 올려다보는 것 같다고 착각할 법한 쪽빛의 덩어리.

가까이 가자 쪽빛의 덩어리가 날개를 접은 새임을 알 수 있다.

날개를 접어도 저런 크기잖아. 대문짝만하다는 말은 이런 때 쓰겠지.

저 녀석이 아공의 하늘을 지배하는 임금님이다.

매나 독수리가 아니라 괴조의 부류라고 한다.

늑대보다도 귀한― 뭐랄까, 환수에 속하는 것 같은데 이렇게 현실감이 존재라면 오히려 늑대가 더 굉장하다는 느낌을 받게 된다.

그치만…… 저 모습은 차라리 마물 같잖아.

『왕인가, 오랜만이구나.』

저 녀석은 나를 왕이라고 부른다.

"오랜만이야. 그 호칭은 뭔가 익숙해지질 않는데 말이지."

왔나, 땅 주인, 아니면 집주인이라는 말이 더 마음에 잘 와닿는데.

『멀리서 잘 와주었다. 익인과는 잘 지내고 있다만 다른 용건인가?』

호칭 문제는 천연덕스레 넘어가버렸다. 아니, 못 들은 말로 취급 당했다.

"뭐, 맞아. 여기에서 새로 살게 된 종족 때문에 부탁이 있어서."

『그래, 기막히게 넓은 호수에서 뭔가 수많은 종족들이 있어 떠들썩하더군. 그들을 말하는 건가?』

"아니, 그쪽은 다른 사안이야. 바다는, 혹시 물에서 사는 새가 있다면 마음대로 해도 좋아."

『오호라……. 그 호수를 바다라고 부르는 건가. 참으로 광대하며 다양한 생명의 존재도 느껴졌다.』

"그랬을 거야. 지금 바다에서 살고 싶다는 사람들을 심사하는 중이거든. 뭐, 정착을 하게 되어도 물가나 물속이니까 하늘의 생물하고 부딪칠 일은 없을걸."

괴조도 일찌감치 바다를 보러 다녀온 것 같았다.

늑대도 마찬가지였는데 무척이나 먼 곳에서 일어난 변화도 아주 잘 감지하는구나.

『다른 자들에게도 이야기하겠다.』

"그리고 오늘 부탁하러 온 대상은 아르에레메라라는 요정 종족이야.”

『……모르는 이름이군. 하늘을 생활의 근거지로 하는 자들이라면 맡아주겠다만.』

“아니, 분류를 따지면 산이나 강을 생활의 근거지로 하는 벌레에 가까운 생물에 해당될 거야. 나도 아직은 자세하게 알진 못하지만.”

『……먹지 말도록 전달하라는 뜻인가?』

“눈치가 빠르네. 날개가 달려서 하늘을 날 수는 있는데 생긴 건 쪼끄만 사람이니까 덥석 잡아먹지 않게 신경을 써주면 고맙겠어.”

『알겠다. 왕의 백성이라면 사냥하지 말도록 주지시키겠다.』

“쉬는데 찾아와서 미안. 갈게, 또 보자.”

『그래…… 볼일이 있다면 나도 찾아가도록 하지. 언제든 편하게 호출해라.』

“응, 부담 없이 찾아와도 좋아.”

『새로운 왕의 백성에게 안부를 전해주게.』

이제 아르에레메라의 안전은 걱정 안 해도 괜찮겠지.

잠깐 바다의 상황을 본 다음 가게에 얼굴을 비추도록 할까.

오, 로렐라이는 항구 도시를 만들고 바닷가에서 살 계획이구나.

바닷가에 온 나는 사람들이 건축 자재를 운반하며 뭔가 작업하고 있는 광경을 조금 떨어진 장소에서 바라봤다.

원래는 암초 지대에서 근근이 살아왔다고 자료에 적혀 있었는데 아마 사리라든가 누가 머리를 썼을까, 아니면 더 나은 환경으로 살 곳을 만들어 생활하자고 결정한 걸까.

모래사장이 넓게 이어지는 곳이고 언뜻 보기에 파도도 잔잔하다.

몇 번을 봐도 여기는 리조트용 바다야.

좋은 곳이라는 생각이 든다.

"도련님."

나를 발견하고 사리가 먼저 말을 걸어왔다.

"열심히 일하고 있나 봐."

"도련님께서 처음 분부를 내려주신 일이니까요."

"지금은 로렐라이의 조언자 역할을 맡고 있었던가?"

"네. 다행히 이대로 가면 아무런 문제 없이 체험 기간이 종료될 것 같습니다."

"응, 잘됐네. 근데 로렐라이가 여기에서 계속 살고 싶다는 생각은 가지고 있고?"

은근히 신경 쓰였거든.

"물론입니다. 다른 종족과의 관계도 구축하기 시작했죠. 긍정적이에요."

"다른 종족과? 되게 적극적이네. 구체적으로는—."

그때 내 뒤를 탁탁탁탁, 누군가 고속으로 달려 지나갔다.

무심코 소리가 난 방향으로 얼굴을 돌린다.

「다랑어맨」이 달리고 있었다.

지느러미 같은 부위는 전혀 안 쓰고 몸체에 달린 두 개의 다부진다리로 운동선수처럼 전력 질주.

뭔가 길면서 가느다란 나무 상자를 들고 있었는데 내용물은 잘 모르겠다.

"특히 시 로드와 교류가 활발합니다."

"아하, 그렇구나."

다랑어는 바다에서는 엄청 빠르다던데 육지에 올라와도 빠르구나.

앗, 곧장 바다로 뛰어들었어.

엄청나다, 수륙 양용이야.

"저 사람들은 거창한 이름에 지지 않는 대단히 우수한 종족이더군요. 방금 달려간 파발꾼 다랑어 씨도 물론입니다만, 지게꾼 크랩 씨는 놀랍게도 바닷속 밑바닥의 거대 바위를 일격으로 부숴서 조류의 흐름을 조정하는 기행도 가능합니다. 처음으로 듣게 된 종족이었는데 세상은 참 넓네요."

파발꾼 다랑어맨이랑 지게꾼 크랩 씨?

파발꾼이랑 지게꾼……. 일본에도 있는 고대의 해결사에 짐꾼 겸 산악 안내인인가.

납득되네.

……뭐래, 납득이 되겠냐고.

철인 3종 경기도 가능할 듯한 다랑어랑 아마도 게와 비슷한 것 같은 타라바 크랩이 같은 종족이라는 게 일단 이상하잖아?

이상하지?

이상하지 않나?

"세상은 넓다는 한마디로는 설명이 안 되는 것 같아, 시 로드는."

“저 사람들은 로렐라이 이외의 종족과도 거듭 교류를 갖고 있습니다. 아마도 바다의 핵심 종족이 되지 않을까 싶군요.”

사리는 존경의 마음을 담아 저 사람들을 평가하고 있다.

순수한 걸까, 어딘가 빗나간 걸까.

나는 다른 의미로 시 로드에게 흥미가 솟아났다.

사교성이 뛰어나다는 것이 또 유쾌하다고 할까, 신기하다고 할까.

숲이랑 산이랑 바다.

오늘은 결국 아공의 자연을 쭉 돌아봤는데 이렇게 지내는 것도 좋구나.

뭔가 활력을 재충전한 기분이 들어.

사리도 잘 지내나 볼 수 있었다.

이대로 아공에서 뭔가 삶의 보람을 찾아주면 기쁠 거야.

“가, 감사합니다……!!”

“응. 푹 쉬고 회복해서 다음 강의에 늦지 마.”

강의 종료를 알린 강사에게 학생들 전원이 머리 숙인다.

학원에서는 이렇듯 예의에 관한 규칙이 딱히 없다만, 라이도우의 강의에서는 이미 낯익은 광경이었다.

평소 강의 때와의 차이는 견학생들의 존재다.

라이도우가 다시 수강생을 모집한다는 소식이 널리 알려진 이후부터 많은 학생들이 견학을 오기 시작했다.

수업 내용은 달라지지 않았다.

오늘 강의에는 조수 시키를 동반하지 않았던 터라 라이도우가 떠나간 이후에는 학생만 남았다.

무릎을 부들부들 흔들며 기력으로 서 있었던 진과 다에나가 곧장 뒤로 벌러덩 나자빠졌고, 시프와 아베리아는 각각 무기에 매달리다시피 하며 허물어졌다.

진땀을 줄줄 흘리면서 얼굴은 핼쑥한 — 마력을 과하게 썼을 때 자주 나타나는 증상이다 — 이즈모는 보기에 딱할 지경이었다만, 미스라와 유노는 비교적 쌩쌩한 모습이다.

이 차이는 미스라의 특이한 스킬과 유노의 특수한 장비 때문일 테지.

"미쳤어, 진짜 미쳤어."

"선생님은 아마도 마술 없이 변이체랑 치고받고 싸울 수 있지 않을까."

"가능할걸. 분명히 맨손으로 가능할걸."

다 죽어 가는 얼굴의 다에나와 이즈모가 진지한 표정으로 같이 고개를 끄덕거리고 있다.

"……하지만, 일어날 수 있어."

잠시 열심히 호흡을 가다듬은 진이 벌써 일어섰다.

결코 오기를 부리는 듯한 모습은 아니었다.

피로를 느끼는 한편 스스로의 힘으로 단단히 서 있다.

"그러게. 적어도 학원제 전이었다면 다음 강의에 들어갈 기력은 안 남았을걸."

아베리아도 몸을 일으키며 진심에서 우러나오는 쓴웃음을 짓는다.

"쉬는 동안에 드래곤 퇴치를 했던 효과도 조금 있는 것 같아요……."

시프는 상념에 잠긴 얼굴로 이리저리 시선을 준다.

"……알 것 같아, 시프. 게다가 진이 하려는 말도."

아베리아도 두 사람과 같은 생각을 하던 참이었기 때문이다.

"선생님이 작게 혼잣말을 하셨잖아. 제법 실력이 쌓인 것 같다고."

"라이도우 선생님한테는 뭔가 따로 보이는 걸까?"

유노는 무엇인가를 찾으려는 듯이 자신의 주위를 둘러봤다만, 당연히 주변에는 딱히 아무것도 없었다.

제 몸을 둘러싼 기묘한 전신 무장과는 어울리지 않게 부자연스러울 만큼 여자아이다운 동작이었다.

이것이 바로 본인의 말에 따르면 운명의 장비. 이미 각 방면이 오염되어 있었던 탓에 마코토가 회수를 단념했고, 우여곡절을 거쳐 정식으로 유노의 소유가 된 물건이다.

참고로 이 같은 경위에는 미오와 렘브란트도 꽤 깊이 관계되었다만, 슈트 회수와 관련된 일련의 과정은 마코토에게 지독한 고통을 면할 수 없는 지옥의 시간이었다.

"유노는 확실히 달라졌지. 불쑥 방어력 최강이 됐잖아. 도대체 뭐 하는 장비야? 츠이게는 어떤 마경인 거야?"

어깨를 으쓱거리는 미스라.

"이건 쿠즈노하 상회에서 만든 시제품이야~."

미스라의 머릿속에서 아직껏 가본 적 없는 변경 도시의 이미지가 이상한 방향으로 바뀌어 간다.

물론 유노가 가지고 있는 장비까지 넘쳐나진 않을지언정 다른 여러 부분에서 츠이게는 미스라의 상상보다 훨씬 더 마경화되는 중이라고 말할 수 있다만.

"근데 선생님은 결국 그 「장비」의 공격을 아무렇지도 않게 막거나 흘리거나 했단 말이지. 있잖아, 유노. 나를 한 번 공격해주면 안 되겠어?"

진이다.

"힘껏?"

"이왕에 제대로 하자. 가장 센 거로 날려줘."

"엥, 진심인가요? 아직 여력은 있으니까 전 상관없지만요."

"전력으로 부탁할게."

진이 요청한 것은 방금 전 강의에서 유노가 날렸던 가장 센 위력을 보유했을 공격.

다른 인원들은 기막히다는 표정으로 진을 보고 있었다.

아베리아와 시프는 벌써 회복 마술을 쓸 준비에 들어갔다.

"그러면 지금 마력으로 날릴 수 있는 가장 강력한 공격을 힘껏 때려줄게요? 제트~ 펀치~!!"

유노가 장착한 무장의 팔꿈치 부근에서 마력의 빛이 분출. 순식간에 가속을 받은 유노의 주먹이 진의 방어 부위로 날아간다.

"으꺄악~~~~?!"

접촉과 동시에 묵직하면서 큰 소리와 진의 비명이 섞인 목소리가 울려 퍼졌다.

진은 신체가 유노의 타격에 쭉 밀려 나가는 모양새로 발밑의 흙을 요란하게 파헤치면서 후퇴했다.

“끄으으으! 미리 각오하면 아주 못 막을 공격은 아닌가, 보군.”

“타격(너클)은~! 가속한닷!!”

“푸헙아악~!!”

내뻗은 주먹에 반대편 손을 얹은 유노가 제트 펀치의 추가 공격 기술로 이행했던 순간.

진이 후방의 드문드문 나무가 자라난 곳까지 뻥 날아갔다.

이번에는 진 혼자. 유노는 제자리에서 움직이지 않는다.

“진~ 회복 마법을 받고 싶으면 여기까지 돌아와~.”

“진~ 돌아와요~.”

아베리아와 시프가 일말의 자비심 없는 말을 던진다.

“그때 손을 얹었던 게 이 공격이었구나. 선생님이 살짝 진지하게 막았던 공격.”

“그랬던 건가, 추가 공격이라. 별 신기한 게 있네. 이제 유노랑 일대일 대결은 안 해야겠다.”

미스라와 이즈모가 뻥 날아간 진의 방향을 보면서 중얼거렸다.

그런 두 사람의 대화를 들은 뒤 시프가 작은 목소리로 아베리아에게 말한다.

“저 갑옷으로 유노가 쓸 수 있는 스킬들 중에서는 아직 최강은 아닌데 말이에요.”

“……진짜?”

“진짜에 진심이에요. 애당초 중장을 써서 날리는 기술은 마술인지 스킬인지 또 다른 무엇인지도 분류가 불가능하지만요. 제가 본 것은 크림존 블라스트 드릴이라는 기술이었어요."

"이름만 들어봐도 굉장하네. 확실히 마술 비슷하게 들리는 것 같기도 하고."

"위력은 확실히 방금 전 펀치와 비교도 안 되지만요, 페널티도 무척 컸어요. 유노가 한동안 못 움직이게 되거든요."

"마무리를 못 하면 끝장인가. 무시무시한 기술이네."

아베리아가 능청 부리듯 몸을 부들부들했을 때 유노가 갑옷을 해제하고 기지개를 켜면서 돌아왔다.

"그땐 진짜로 죽는 줄 알았어— 앗, 언니, 다른 사람들한텐 꼭 비밀로 해달랬는데! 아직도 중장의 힘을 제대로 못 끌어내는 게 분해. 몸이 못 따라가주는걸."

"진은 저런 꼴인걸? 훌륭해, 훌륭해."

"제트 펀치? 선생님은 손으로 막아 내셨잖아~. 이것저것 더 단련해야지!"

"그럼 유노도 「재건 도우미 겸 육체 봉사」 할래? 인정하고 싶진 않은데 우리들 기초 능력 향상은 열심히 일한 덕분이거든?"

"또 이러신다, 안 속아요. 아베리아 선배."

"…………."

침묵하는 아베리아의 진지한 표정을 본 유노가 선배의 말이 단순한 농담이 아니라는 것을 깨닫고 어리둥절했다.

"으음……."

"진심이야. 솔직히 나 스스로도 많이 놀랐어. 떠올리기만 해도 괴로운 시간이지만."

"……정말로 기초 능력이 올라가는구나. 안 믿겨요."

"체력만 붙는 게 아니라 마력도 올라가거든. 진짜 나부터 안 믿긴다니까."

대화 나누는 두 사람을 미묘하게 웃음을 띠며 지켜보고 있었던 시프가 아베리아의 한마디에 크게 반응했다.

"마, 마력도 올라간다고?!"

"아마."

아베리아는 입가에 둘째손가락을 가져다 대며 이것이 비밀임을 알려준다.

"아직 확증은 없지만 말야, 내일이라도 측정해볼 생각이야. 체감상 1할도 안 될 정도이려나. 강의 도중에 살짝 보면서 든 생각인데 이즈모도 아마 비슷하게 느끼는 것 같아."

작은 목소리로 속삭거리며 들려준 말에 시프는 숨을 죽였다.

"……저기, 마력의 최대치는 태어났을 때부터 고정되잖아요. 완전히 재능의 세계 아니었나요?"

"……그렇게 알긴 했는데."

"재건 도우미 겸 육체 봉사……. 기적의 슈퍼 매직 캠프였어요?"

"근데 지옥의 캠프야. 확정 사항. 장담할게. 오늘 강의까지는 마력 따위 신경을 쓸 여유가 아예 없었을 만큼 초피폐 일정이었으니까."

"……그치만 마력 자체가 성장할 가능성도 있다는 거죠."

"응. 가능성은 있어."

"진짜 혁명이에요. 아버님, 미워. 딸이 성장할 기회를 빼앗아 가

다니……!"

"아니, 너희 자매는 다른 작업 하면서 꽤 기뻐 보였는데."

아베리아의 핀잔은 태연스레 무시한 채 규중 영애 렘브란트 자매는 지옥의 문을 개방하는 것을 진지하게 고민하기 시작했다.

세이렌 가르메나라는 여성이 있다.

본래부터 제법 이름이 잘 알려진 여성이었다만, 학원제와 당시 발생한 참극을 겪은 뒤 지금은 학원 관계자 중 모르는 사람이 없을 만큼 유명해졌다.

쿠즈노하 상회, 라이도우의 경우와 달리…… 어리석은, 정말이지 어리석은 여자로서.

세이렌이라는 아가씨는 학원의 연구 시설에서 일하는 연구원이다.

당연히 두뇌도 우수하다.

그럼 어째서 이 여성이 어리석다며, 멍청하다며 널리 알려지게 되었는가.

학원제 이전까지는 이렇지 않았다.

단지 용모를 **주목받았을 뿐** 평범한 여성이었다. 하지만 세이렌은 특별히 아름다운 인물도 아니다.

마치 수수께끼인 듯 들릴 터이나 해답은 무척 간단했다.

세이렌 가르메나는 롯츠갈드 학원의 임시 강사 라이도우에게 고백을 받은 유일한 여성이었으니까.

변이체 사건에서 롯츠갈드가 유례없는 악몽과 맞닥뜨리기 이전은 라이도우의 취향을 알아내기 위한 소수의 단서로서.

또한 라이도우와 쿠즈노하 상회 관련의 여러 가설이 명백한 사실로서 밝혀지고 있는 지금에 이르러서는……. 최고의 신분 상승 기회를 제 발로 걷어찬 어리석은 여자라며 이름이 입방아에 오르내리고 있다.

학원 도시는 지금 전력으로 재건에 매진하면서 앞으로 나아가고자 한다.

다만 세이렌에게 변이체 사건의 뒷수습은…… 전혀 끝나지 않았다.

세이렌이 지금 있는 곳은 예전에 쿠즈노하 상회에서 점포를 운영했던 곳 부근에 위치하는 라비도르라는 이름의 깔끔한 주점.

본인은 결코 라이도우에게 호의를 갖지 않을뿐더러 스토커 짓을 할 생각도 전혀 없다만……. 이전에는 라이도우와 시키, 쿠즈노하 상회의 인원들이 제법 자주 이용했었던 주점이다.

다만 점포의 이전을 포함하여 분주히 활동하고 있는 현재는 저들이 또 방문할 만한 겨를도 거의 사라져버린 상태다.

세이렌은 어떤 의미로 라이도우, 미스미 마코토와 똑 닮은 부분이 있는 여성이었다.

뭐, 불운이라든가 액땜과 같은 부분에서.

"마스터, 피즈 아크 한 잔 더!!"

피즈 아크는 라이도우가 이곳을 방문했을 때 반드시 마시는 칵테일.

그 사실을 아는 마스터는 — 라이도우가 즐겨 마시기 이전부터 세이렌이 먼저 피즈 아크를 좋아했었다는 것도 알고 있었다 — 살짝 난처한 표정을 지은 채 술을 만들기 시작한다.

운수가 나쁜 여성이라는 생각을 한다.

음식이나 술 취향을 봐도 사귀기만 하면 두 사람은 의외로 잘 맞는 한 쌍이 되지 않았겠냐는 생각이 들었지만 입 밖에 꺼내지는 않았다.

너무나 낮은 가능성임을 알고 있었기 때문이었다.

이전에 마스터는 은근슬쩍 두 사람에게 각각 상대의 이야기를 꺼내본 적이 있다.

그런데 라이도우는 세이렌이라는 여성을 전혀 기억하지 못했던 터라 놀랐다.

반면에 세이렌은 외모를 꽤 중시하는 성격인지라 라이도우에게는 호감의 감정을 갖지 않았다.

다만.

라이도우에게 부수되는 다양한 힘에는 — 무력, 재력, 명성에는 — 끌리는 마음이 있었다만.

지금 세이렌은 과거에 라이도우에게서 전력 질주로 도망쳤던 행동을 전심전력으로 후회하고 있다.

혹시나 그때…… 라이도우가 아주 약간이라도 자신에게 호의를 갖고 있었을 그때 딱 한 번만 고개를 끄덕거리기만 했다면.

대체 얼마나 많은 이득을 손에 넣을 수 있었을까.

—그런 생각이 자꾸 들 수밖에 없었다.

우선 라이도우의 강의를 들은 학생들은 무시무시하게 성장했다.

실제 목격했을 때의 놀라움을 지금도 선명하게 떠올릴 수 있었다.

세이렌이 특히 경악했던 대상은 이즈모라는 학생이다.

그 학생은 마술을 구축하는 영창의 어느 부분을 보완했다.

영창의 전문가인 세이렌은 알아차렸다. 혁신적인 무엇인가가 있음을.

라이도우의 여자가 되기를 선택했더라면 자신에게도 비결을 알 기회가 있었을 테고, 별 부담감 없이 이즈모에게 상세한 내용을 캐물을 수도 있었을 테지.

만약에 라이도우나 조수 시키가 가르쳐준 기술이었다면 더욱 근본적인 부분까지 알게 되었을지도 모른다.

그렇게 생각을 거듭하던 세이렌의 앞에 칵테일 잔이 쓱 놓였다.

"세이렌 씨, 이게 마지막입니다."

"쫓아낼 거야? 여기도 나를 쫓아내는 거야?!"

"……다른 가게들도 곧 진정될 겁니다. 지금은 잠시 과하게 열이 올랐을 뿐이니까요. 라이도우 선생님 같은 영웅을 걷어찬 여자라고 말이죠. 그리고 우리 가게는 손님을 쫓아내는 괘씸한 짓은 절대로 하지 않으니 안심하시길. 손님의 주량이 조금 걱정되었을 뿐입니다."

쿠즈노하 상회는 변이체 사건을 해결하는 데 있어서 일등 공신급의 활약을 했다.

단순한 뜬소문이나 들은 이야기가 아니라 다 같이 실제로 목격했었다.

이 효과는 절대적이다.

모두 저들이 영웅에 필적하는 힘의 소유주임을 인식하고 있다.

또한 라이도우가 바로 쿠즈노하 상회의 대표.

지금은 우수한 제자와 종업원이 라이도우의 명령에 따라 아낌없이 재건 작업에 힘을 보태주고 있고, 온갖 실적이 거의 매일같이 쌓여 올라가고 있다.

아울러 본인도 도시의 생활 물자가 부족해지지 않게 사재를 털어 가면서 주변 도시로부터 필요한 물건을 거듭거듭 모아들이고 있었다.

긴급성이 높고 수요가 많은 물자는 당연히 상응하는 가격에 팔려 나간다. 평범한 상인이라면 때마침 좋은 기회라며 가격을 올릴 것이 틀림없다. 그런데 쿠즈노하 상회에서 제공해주는 물자는 로렐 연방과 왕국, 제국에서 보애준 무상 지원품의 다음으로 저렴한 가격이었다.

장사라는 관점에서 명백하게 적자 가격이라는 것은 누구의 눈으로 봐도 분명했다.

재력과 선량함의 증명.

모두가 자기 눈으로 목격했다.

라이도우라는 빛이 강하게 비추일수록 반대로 세이렌은 궁지에 몰리는 기분이었다.

어디에 가도 모멸이며 동정이 담긴 시선, 비웃음, 혹은 이유 없는 적의가 자신을 맞이하는 듯 느껴졌으니까.

세이렌이 앞서 언급했듯이 음식점에서 쫓겨난 경험도 몇 번인가 있었다. 에둘러 가게에서 나가줄 것을 통보받았던 경우까지 포함하면 꽤 많은 횟수가 될 정도였다.

그만큼 지금 쿠즈노하 상회와 라이도우는 도시의 영웅이었다. 젊은 학생들에게는 특히 더.

이 도시에서 학원의 학생들과 일절 관련되지 않는 장소는 사실상 없다. 그뿐 아니라 상인까지 포함한다면 더 말할 나위도 없겠지.

따라서 지금 세이렌에게는 도망칠 곳 따위 없었다.

"애당초 말야, 어째서 그 남자는 나를 기억하지 못하는 거야. 이상하잖아? 첫 번째가 되어준다면 결혼이든 돈이든 바라는 대로 해주겠다고 말했던 주제에."

"……."

적극 긍정의 뜻을 표시하지는 않았으나 마스터도 내심 고개를 끄덕거렸다.

"그래서? 큰마음 먹고 만나러 가봤더니 불과 몇 개월밖에 안 지났는데. 당신 누구시냐고? 응? 도대체 뭐야? 이게 말이나 돼? 응? 재밌나?"

"……."

뭐, 고백을 듣고도 전력 질주로 도망치는 방법을 써서 거절했던 사람이 다시 한 번 만나러 가는 정신머리도 만만치는— 마스터는 생각했다.

자신도 누구를 딱 지목해서 하는 말은 아니지만, 저러한 여성과 다시 인연을 만들고 싶지는 않을 것이기에 내심 거듭거듭 고개를 끄덕거렸다.

물론 입 밖에 꺼내기는커녕 얼굴에도 드러내지 않았다만.

"하다못해 영창 이론만이라도 설명을, 들을…… 순…… 없을까……."

결국 혼자서 중얼중얼하며 잠에 빠져든다.

세이렌의 전공은 영창 언어와 그 효율화.

라이도우의 영창이 어떤 방식으로 이루어지는지를 세이렌이 정확히 알았다면 유감스러운 외모 전부를 무시한 채 먼저 결혼해달라고 애원했을 테지.

라이도우는 거의 모든 영창 언어와 차이점, 아울러 마술의 개량 방법까지 이해하고 있는 단 한 명의 휴만이었으니까.

예컨대 『아이우에오』라는 영창이 있다고 하고, 그 마술 효과를 배증시키는 영창이 『아이아이우에오』라고 하자.

어째서 『아이우에오아이우에오』가 아닌가, 『더블 아이우에오』는 안 되는 것인가.

『아』는 다른 언어로 치환될 수 없는가.

애당초 다섯 글자여야 하는 의미는 무엇인가.

세이렌이 연구하는 것은 이렇듯 극히 기초적인 분야이며 곧장 실리를 얻을 수 있는 연구가 아닌 까닭에 지지자도 후원자도 적다.

그래서 더더욱 학원 안에서 라이도우에게 일찍 접촉했던 한 사람이기도 했다.

"주무시는 겁니까……. 그분은 에둘러 말씀드린들 눈치껏 알아줄 만한 인물이 아니니까 말이죠, 기회를 봐서 제가 라이도우 씨의 속마음을 직접 물어보도록 할까요."

라이도우의 고백에 고개를 끄덕이지 않았던 것은 세이렌의 실책이다.

어쨌든 이미 돌이킬 수 없을뿐더러 두 사람이 나중에나마 결합할 가능성은 한없이 낮다는 것을 바텐더의 감이 알려주고 있다.

다만 이렇듯 도시 재건에 전력을 쏟는 쿠즈노하 상회와 라이도우의 모습을 보고 있으면 — 희망적 관측임은 충분히 잘 알고 있음에도 — 혹시 사정을 알게 된다면 세이렌에게 어떤 형태로 손을 내밀어주지 않겠냐는 것이 마스터의 생각이었다.

"어쨌든…… 이런 자그만 가게에도 가장 먼저 관심을 기울여주신 분이니까 말이죠."

라비도르도 지난 참극에서 건물 대부분이 파손됐었다.

다만 그 광경을 본 라이도우는 「비밀이에요」라며 입가에 살짝 미소를 띠더니 순식간에 라비도르가 입점해 있는 건물을 수복시켰다.

새 건물을 다시 지었던 것이 아니다.

마스터로서 이 가게와 지낸 수많은 시간과 여러 증거들까지 전부 온전하게. 마치…… 시간을 되돌린 것처럼 본 적도 들은 적도 없는 최고의 수복술을 사용함으로써.

현장을 지켜봤던 사람은 마스터 이외에 아무도 없다.

따라서 마스터는 운 좋게 무사했다, 재난을 모면했다며 주위에 거짓말을 하고 라이도우의 이름은 결코 언급하지 않았다.

막 가게를 열었던 무렵, 아직 손님이 잘 들르지 않던 무렵부터 쭉 꼬박꼬박 찾아와준 세이렌 또한 마스터가 소중하게 여기는 단골 중 한 사람이다.

가게에 찾아와주는 빈도가 올라간 것은 기쁘지만, 손님의 사정을 안타깝게 여기는 마음도 있다.

"괜찮아요, 분명히 잘 풀릴 겁니다. 이 도시의 앞날처럼, 분명히."

이 도시에는 쿠즈노하 상회가 있다. 근거는 하나였다.

그러니까 분명 이 도시는 더 좋게 바뀌어 나갈 것이다.

라이도우보다도 세이렌보다도 오래도록 롯츠갈드에서 살아온 주점 주인은 동정받을 자격이 있는 단골의 잠든 얼굴을 바라보면서 조용히 학원 도시의 앞날을 꿈꾸었다.

7

"—헉, 허억! 더는 안 되겠다, 못 움직여. 못 움직여."

거칠게 숨을 내뱉으며 초원에 털썩 쓰러진다.

온몸을 감싸는 정겨운 피로.

일본에서 지내던 때는 언제나 맛볼 수 있었던 이 감각.

이거다.

이거 없이는 역시 안 된다.

"도련님, 이제, 만족이 좀, 되십니까?"

"……고마워, 토모에."

"예, 이만……. 후우우."

책상다리를 하고 있었던 토모에가 앉은 자세에서 앞으로 푹 엎어졌다.

동시에 온몸에 느껴졌던 부하가 사라지며 몸이 가벼워졌다.

……힘든 부탁인 줄은 잘 알아도 이것만큼은 양보할 수 없다.

입을 열기도 고달팠던 나와 토모에는 석양빛 아래에서 잠시 말없이 몸을 누였다.

원래 세계— 일본의 환경을 재현하는 것.

이 방법 덕분에 내 몸에 가해지는 부하가 현격하게 증폭된다.

예전에는 재현 시간도 짧아 수련에 쓰기에는 적합하지 않았었지만, 지금 와서는 토모에도 꽤 숙달이 되어 시간이 쭉 늘어난 결과로 여섯 시간 정도는 유지가 가능하다.

그 무렵부터 토모에한테 여유가 있을 때마다 활 수련을 도와달라고 부탁했다.

참고로 오늘은 열 시간 약간 모자라게 계속했다.

본래의 한계 시간보다도 길어진 것은 토모에한테 마력을 양도했던 결과다.

처음 마족의 나라에서 마력 양도를 썼을 때보다 더 대량으로 넘겨줬더니 미오와 시키가 달라졌던 것처럼 토모에의 외형에도 변화가 일어났다.

구체적으로는 머리카락 색깔이 은색으로 바뀌었다.

미오와 시키에게 미리 얘기를 들은 토모에는 드디어 흑발이 될 수 있겠다며 기뻐했었는데…….

의기양양하게 시험해보고 준비한 거울로 자기 얼굴을 봤을 때 토모에의 표정은 상당히 걸작이었다.

왜 자기만 일본인으로부터 멀어져 가는 것이냐며 정말 성대하게 한탄했더랬지.

그날 밤 처음으로 만취한 토모에를 봤었다.

"역시 이거야. 숨 쉬기도 귀찮아지고 마치 내 몸이 아닌 것처럼 움직여지질 않아. 온몸이 아프고 쑤셔서 막 난리가 났네."

피로의 정점을 지나 여유가 생기기 시작했다.

환경이 복구되니 회복도 빨라지는 것 같아.

조금 더 맛보고 싶기도 한데. 아쉽다.

몸의 한계까지 연습을 한 뒤 피로에 휩싸여 드러눕는 시간을 꽤 좋아하니까.

이세계에 온 이후부터 아무리 오랜 시간을 연습해도 이런 감각을 겪을 수 없었다.

마음속으로 엄청 불안했었거든.

몸과 기술이 천천히 쇠퇴하는 게 아닐까 하고.

마음껏 몸을 괴롭히는 데 익숙해졌던 나로서는 매일 조금씩 뒤로 밀려나는 기분이 들어 못 견디게 무서웠었다.

다른 사람들에게 괜히 걱정을 끼치고 싶지 않아서 되도록 이런 감정을 바깥에 드러내지는 않았지만 말이야.

강의 중 수강생들이 매일같이 지쳐 쓰러지는 장면을 볼 때마다 사실은 부럽다는 생각을 했다.

"저는 다른 의미로 몸이 나른해서 못 견디겠습니다그려. 이런 역할은 시키에게 다 떠넘겼다고 생각했었는데 말입니다, 아이고……."

마력을 상당히 소모한 토모에가 땀도 안 닦고 얼굴만 내게 돌려서 중얼거렸다.

토모에한테는 이상하게 지치기만 하는 시간이니까 별로 내켜서 도와주지는 않는다.

꾹 참아서 매주 한 번이라도— 극구 부탁했더니 너무나 「많은」 횟수에 기겁을 하며 반응했었지.

사실 난 가능하면 하루걸러 한 번이 좋았는데. ……진심은 매일이지만.

결국 내가 타협해서 열흘에 한 번은 사수했다.

그리고 토모에의 일정에 따라 플러스알파다.

사실 전부 다 스스로 할 수 있다면 좋았을 텐데 계를 쓰면서 환경을 재현하면 정작 연습할 때 집중이 자꾸 끊어진다.

아니, 지금도 근력 운동만 하면 어찌어찌 가능하니까 당분간은 이렇게 버텨야겠지.

"이것만큼은 토모에밖에 부탁할 사람이 없어. 앞으로도 잘 부탁할게."

"……이 훈련은, 언제까지 할 생각이십니까?"

"응? 언제까지?"

토모에의 말뜻을 이해할 수 없어서 되묻는다.

"같은 동작을 반복하고. 근력을 키우고, 집중하고. 오로지 활을 쏘고. 어떠한 기술 습득이 목적이며, 언제쯤 마무리되는지……. 어떤 형태로 끝나는지가 절실하게 궁금해졌습니다."

"끝은 없는데?"

근력 운동, 사법팔절(射法八節)의 반복.

더욱 깊숙이 자신과 활을 마주 보기 위해서 하는 훈련이니까 끝은 없다.

평생 계속한다.

"……없다고요?"

"없어."

"그러면 이렇게나 지칠 때까지 계속하는데도 단순한 반복에 불과하다는 말씀이신지?"

"단순한 반복은 아냐. 조금씩이나마 앞으로 나아가고 있어. 아마도."

"아마도?!"

"응."

토모에가 얼굴을 실룩거렸다.

그런가. 토모에도 검술을 기초 훈련만 수없이 되풀이하고 있지만, 그것은 기술의 습득 및 향상이 주된 목적이다.

그럼 이해가 안 될 수도 있겠네.

하지만 토모에도 조만간 반드시 알게 될 것이다.

검을 좋아한다면.

활을 좋아하는 나처럼.

"아, 앞으로 나아간다는 자각은 있으신데 목표는 없단, 말씀입니까? 그러면 대체 어디를 목표로 두고 계시는 겁니까?"

"어디? 모든 선배를 포함해서 아직 아무도 정상을 본 사람은 없을걸? 혹시 다다른 사람이 있어도 뭔가 이유 때문에 기록을 안 했다거나. 아마도 나는 못 볼 거야. 하지만 그건 문제가 안 돼."

"이쪽 세계에 오고 며칠간 도련님께 신나게 나가떨어졌던 이유를 알 것 같습니다……. 왠지 모르게."

"그래?"

아직 피로가 남아 있는 몸을 움직여서 일어선다.

응.

활 연습만큼은 일본에서도 이곳에서도 여전히 변함없이 나의 핵이다.

토모에한테 정말 감사해야겠네.

"복귀하시려거든 먼저 가시지요. 전 아직 당분간 움직이지 못하겠습니다."

파란색 머리카락으로 돌아온 토모에가 내 상태를 알아차리고 먼저 권해줬다.

"아니, 기다릴 테니까 같이 돌아가자. 난 화살 정리하고 도구 손질이나 하고 있을게."

"……."

뒷정리를 마칠 무렵에는 토모에도 혼자서 일어날 수 있을 상태로 회복되었다. 본인이 말하기를 마술을 총동원해서 회복시켰다는 것 같지만.

몸시중은 딱히 안 힘들다고 말을 해줬는데 이런 부분은 토모에의 자부심과 관련되나 보다.

뭐, 든든하니까 좋기는 하네.

이렇게 집에 돌아가면 미오가 분발해서 만들어주는 저녁 식사가 기다리고 있다.

지금의 나는 꽤 행복한 것 같아.

주위에 좋은 사람들이 가득해서 하루하루가 충실하니까.

◇◆◇◆◇

저녁 식사를 마치고 집무실에서 시키와 둘.

나는 의자에 기댄 채 학생들의 자료를 살펴보고 있다.

새로 수강하고 싶다는 아이들이 아니라 지금 수강생들의 자료다.

"드시죠."

"고마워, 시키."

시키가 홍차를 끓여 가져다줬다.

응, 밀크 티구나. 단 냄새가 많이 진하긴 한데 홍차 맞지?

혹시나 싶어 스푼으로 가볍게 휘저어봤다.

다행이다, 평범하게 섞인다.

생크림으로 홍차를 블렌드한 종류는 아닌 것 같아.

쓸데없이 경계해버렸다.

"오늘은 도련님의 세계에 있는 음료를 흉내 내어서 만들어봤습니다."

"내 세계? 흠."

흉내는 웬 흉내? 일단 이 세계에도 밀크 티는 존재하니까 그냥 비슷비슷한 거 아닌가.

나는 홍차에 딱히 철학이 있진 않아서 마실 수 있다면 된다는 생각뿐이니까 밀크 티라는 말에도 홍차에 우유를 섞느냐, 우유로 홍차를 끓이느냐의 차이가 있다는 얕은 지식밖에 없다.

뭐, 마셔보면 알겠지. 웬만하면 꽝이 없는 종류의 음료이니까 안심이다.

"……읏."

진짜냐. 엄청나게 달아.

이 단맛은……벌꿀?

……설마 아르에레메라라고 말을 하지는 않겠지.

게다가 이 맛은…… 우유로 끓였냐는 의문 이전에 지나치게 달다.

밀크 티가 아니라 차이(chai) 아닌가?

으음~ 신기한 음료군.

몸을 혹사한 오늘 같은 날에는 분명 맛있게 느껴져야 할 텐데도 나한테는 조금 안 맞는 것 같아.

"딱 알맞은 단맛이니 몸이 따뜻해질 겁니다."

"딱 알맞아? 시키, 이거 이름이 뭐야? 밀크 티 맞아?"

"분명, 실버 티였습니다. 알고 계시지 않습니까?"

"마신 기억도 없고 이름도 몰랐어. 도대체 난 어디에서 이걸 알게 된 거야?"

홍차잖아, 일본 아니야.

그럼 여행 방송이나 다른 영상에 정보가 들어 있었던 걸까.

무의식 속 어떤 기억까지 떠올리기는 아무래도 좀 어렵지.

실버 티라고? 흐음.

"글쎄요, 거기까지는. 아무튼 실버 티는 약간의 홍차에 밀크와 벌꿀을 넣어 마무리하는 음료입니다."

약간의 홍차라고 대놓고 말을 해버렸어.

그럼 분류상 홍차가 아니잖아.

설마 지난 세계의 음식물에 대해 시키한테 배우게 될 날이 올 줄은 몰랐다.

“그렇구나. 천천히 마셔볼게.”

오히려 너무 달아서 지금 손에 든 분량을 다 마실 수 있을까 자신조차 안 생긴다.

찻잔 한 잔이 몽블랑급의 산처럼 보였다.

“넉넉히 준비했사오니 더 드시려거든 사양 마시고 말씀해주십시오.”

이미 두 번째 잔을 입에 가져가고 있는 시키가 생글거리며 또 권해줬다.

안 마셔. 절대로.

“응……. 그리고 지금 학생들 능력 말인데.”

“어떠십니까?”

“……굉장하네. 뭐라고 할까, 지나치게 성장했어. 현 상태로도 예정을 꽤 웃도는 실력을 갖춘 것 같은데?”

“예, 갖추었습니다. 한 단계를 더 성장시킨다면 일대일은 무리여도 전원이 덤비면 라임과 좋은 승부를 펼칠 수 있을 테지요.”

“너무 지나쳤네.”

“…….”

“난처한걸. 아이들의 소질? 아니면 수재성? 아무튼 만만하게 봤어. 잘 설득해서 조교 역할을 맡는 정도로 수습하고 싶기는 한데 말이지.”

“……도련님. 이후 방침을 말씀드리자면……. 아예 이들을 쿠즈노하 상회로 거두어들이는 것은 어떻겠습니까?”

머리를 부여잡는 내게 시키가 먼저 제안해줬다.

"걔네를 고용하라는 말이야?"

"예."

지금도 진과 아베리아는 우리 점포에서 알바를 하는 중이고 일솜씨도 제법 괜찮으니까 딱히 어렵지는 않을 것이다.

아인을 차별하지 않겠다고 말한 주제에 휴만을 전혀 고용하지 않는다면 오히려 휴만에 대한 역차별이 되어버리기도 하고.

으음…….

"바로 얼마 전까지는 조금씩 거리를 두겠다는 내 의견에 찬성해줬잖아. 왜 갑자기?"

"그 자료에도 적힌 내용처럼 학생들의 성장과 능력 때문입니다. 솔직히 말씀드리자면…… 요컨대 대단히 매력적인 연구 대상입니다. 아공에 들이는 것은 비록 어려울지라도 상회에서 일을 시키며 근처에 두고 성장을 관찰하고 싶다는 생각이 들기 시작하더군요."

연구자로서 흥미가 생겼다는 말이군.

연구 대상……. 교육자로서 각성을 한 멋진 이유가 아니라는 것은 전직 미치광이 리치다운걸.

새삼 자료를 살펴본다.

기재되어 있는 수강생들의 능력은 분명 대단하다.

돌연변이 수준의 성장을 이루어 낸 것은 틀림없겠지.

우선은 유노. 사전에 본 자료의 내용을 떠올렸다.

이 아이는 말할 필요도 없이 슈트다.

미오에게 따져 물었더니 자기가 넘겨줬다며 자백했다.

다만 유노는 그 슈트와 대단히 잘 맞았는지 이대로 계속 쓰게 해 달라며 자기 의사로 강하게 주장했다고 한다.

확실히 유노의 전법에 어울리는 무구(?)라는 생각은 들어.

스펙을 다시 쭉 살펴봤는데 내가 쓴 녀석과 비교하면 사양도 많이 다르고 능력도 억제되어 있었다.

의미를 잘 알지 못한다면 특별히 수치심도 느끼지 않을 테니까 고민이 되는 문제였다.

잘 들여다보니 무슨 이유인지 자료에 슈트의 계속 사용을 요청하는 렘브란트 씨의 탄원서와 서명도 첨부되어 있었지. 아이고, 이 아저씨도 진짜 행동력이 대단하다니까.

다음은 시프와 아베리아.

자기 스스로 복수의 술법을 융합하는 것이 아니라 다른 사람의 술법에 융합시킴으로써 개인의 부담을 덜어 내면서 성과를 더욱 크게 만드는 수법을 익혔다.

장래에 어느 나라에 도입되더라도 국가의 마술 분야에서 종합적인 역량을 크게 끌어올릴 수밖에 없는 기술이지.

이렇듯 두 사람은 마술을 심도 있게 개발하는 방향으로 성장했다.

다만 그만큼 아베리아는 활 솜씨에서 별반 변화가 없었다. 신체능력 향상 이외의 성과는 없는 듯하다. 명중률은 조금 올라간 것 같은데, 뭐, 오차 범위의 안쪽이지.

그리고 남자 녀석들.

이즈모는 영창에 변주를 줬다.

변칙적인 재이용이라고 표현하면 적당하려나.

본래부터 영창을 몇 개 단위로 분단하고 조합해서 발동시키는 희한한 재주를 부릴 줄 아는 녀석이었는데 지난번 강의 때는 이미 사용을 마쳐 사라졌어야 하는 영창을 다음 술식의 영창에 또 이용한다는 이해하기 어려운 기술을 직접 저질러서 보여줬다.

개인의 재능으로 추측된다고 시키가 말을 했는데 이래서 흥미를 가지게 된 것이 틀림없는 듯싶다.

다에나는 원래 신체 능력을 폭발적으로 올리는 신체 강화의 필살기 같은 술법을 — 본인이 말하기를 제2단계 — 비장의 수단으로 쓸 줄 알았다.

지속 시간은 썩 길지 않지만, 단기 결전에는 물론 대단히 효과적이다.

성장 방향은 더 발전된 강화.

제2단계 발동 중 다시 한 단계 위로 스스로를 끌어올린다.

발상의 원점은 진의 순간 강화였다고 한다. 쉽게 표현하자면 중첩 강화인데 심플하면서도 누구에게나 효과적인 치사한 수법이다.

신체가 받는 부담 때문에 상당히 버겁겠지만, 토대로 쓰는 것이 다른 무엇도 아닌 자신의 몸뚱이인 만큼 문제점은 본능적으로 알 수 있었겠지. 현재 진행형으로 철저하게 단련하고 있다는 것이 본인의 체격에서도 잘 드러난다.

누구한테 배운 게 아닌데 용케 적절한 훈련법을 찾아냈다는 생각이 든다.

그리고 메인 디시 두 사람.

첫 번째, 미스라.

학원제 전까지는 양패구상을 각오해야 하는 통각 무시 비슷한 기술을 비장의 수단으로 사용했었다.

안전도 고려해서 당연히 사용은 봉인했지만 말야.

토모에한테 농락당하던 중에 미스라는 저 힘을 유쾌하게 진화(?)시켰다.

시키는 「대미지 딜레이」라고 이름 붙였는데 이름이 뜻하듯 대미지를 지연시키는 효과를 발휘하며 즉사급 공격에 맞지 않는 한 **버텨 낸다**고 한다.

아직 추정인 이유는— 습득한 이후 즉사급의 대미지를 받은 경험이 없으니까.

뭐, 당연한가.

어차피 나중에 상처를 입긴 하니까 언뜻 무의미하지 않은가 싶을 텐데 스킬의 강점을 제대로 설명해주면 생각이 꽤 달라질 거야.

대강 30분 덜 지나서 대미지를 입게 되는데 그동안 회복 마술을 받을 수 있다. 요컨대 치유만 제때 해주면 30분 후에도 아무런 일이 안 일어난다.

처리를 기다리며 저장되어 있는 대미지를 실제 적용되기 전에 마술로 치유할 수 있다.

진짜 이상한 힘이야.

재능이라고 말하면 끝이긴 하지.

틀림없이 누구나 재현 가능한 능력은 아닐 거야.

시키의 견해도 나의 감상과 비슷비슷했다.

당연히 미스라의 능력에도 시키는 흥미진진이었다.

그리고 마지막이 진.

저 녀석은 일부나마 내 계를 파악한 것 같다.

그리고 자기가 재현했다.

모의전 중에 에마의 환상에 맞서 사용했던 게 저거야.

물론 정확하게 이해하지 못한 능력을 재현하려고 해도 가능할 리 없으니까 어디까지나 모방이고. 즉 대충 비슷하게 사이비 마술을 습득했다.

자기 주위의 공간에 간섭해서 다양한 효과를 만들어 낸다.

효과는 자신이 정확하게 이해하고 파악할 수 있어야 하며 제약도 다수 있는 듯한데 무척이나 계와 비슷한 술법이라고 말할 수 있다.

게다가 전개만 하면 마력에 별 부담도 없다. 물론 효과를 더하는 단계에서 받는 부담은 쭉 올라간다고 하고.

지금은 아직 범위를 넓혀 운용하려면 중력 조작만 쓸 수 있다는데…… 무시무시한 녀석이다.

본인은 무겁게 만들거나 가볍게 만드는 게 전부라며 이야기를 했다지.

오히려 왜 초보 단계부터 저런 능력이 발휘되냐고 따지고 싶은 기분이 들어.

"점점 더 무서워질 전력 같은데?"

"동감입니다."

"……이대로 잘 성장하면 꽤나 주목받게 될 텐데 우리 상회에서 고용해도 신경 안 쓰고 큰 나라에서 스카우트하러 오지 않을까?"

"틀림없이 접근할 겁니다."

"용사 두 사람은 남을 매료시키거나 끌어당기는 능력도 가지고 있지. 만약의 사태도 벌어질 수 있지 않을까?"

"만약이라고 표현하실 만큼 낮은 확률이 아니라 다른 세력으로 넘어갈 가능성이 제법 있습니다."

"그래도 관찰하고 싶어?"

"……예. 혹여나 「만약」의 사태가 일어난다면 제가 처리하겠습니다. 허락해주신다면 말이지요."

"후유. 학생들한테도 자기 장래를 선택할 권리는 있어. 힘들게 학원을 다니면서 열심히 힘을 단련하는 아이들이니까 상승 욕구도 꽤 강할 테고. 쿠즈노하 상회는 저런 욕구를 이루어줄 수 있는 장소가 아닌데?"

"도련님, 그 말씀은 학생들을 과소평가하시는 겁니다. 개중에는 이미 쿠즈노하 상회 취직을 희망하는 인원도 있으니까요."

"진짜? 정말로?"

의식주랑 제법 괜찮은 수입으로 생활 안정은 보장할 수 있는데 말이야.

출세라든가 상승 욕구는 별로 감당해줄 자신이 없네.

게다가 현 상황에서 우리 상회는 휴만 이외의 손님이랑 장사를 하는 비중이 절반 이상이거든.

휴만을 고용해도 되나?

그야 우리한테 불이익이 될 법한 상황에도 대처할 수 있다면 주위 시선은 신경을 써야 하니까 몇 명이나마 고용하는 편이 좋을 것 같기는 하다.

기밀에는 대강 접근을 막아 놓기로 하고, 무엇인가 안 좋은 의도를 갖고 행동한다면…….

일단 긍정적으로 생각은 해볼까.

"……고용 문제는 조금 생각해볼게. 시키는 고용하고 싶단 뜻이지?"

"예. 고용한다면 언제든 없앨 수 있도록 준비는 갖추어 놓겠습니다. 그 점은 안심해주십시오."

없애다니……. 학생한테 정을 붙인 거야, 안 붙인 거야.

쓴웃음을 지으며 나는 한숨 돌리고자 컵을 입으로 가져갔다.

으, 차가워졌어…….

몰랐다.

차가워지면 향이 빠져나가서 단맛이 더욱 강해지는 느낌이구나.

아, 맞다. 슬슬 바다 쪽 시험도 끝날 무렵인가. 조만간 면담이겠네~.

……달아.

그냥 생각 없이 마시려고 해봐도 역시 안 되는구나.

벌써 몇 잔이나 더 마셔서 주전자를 비워버린 시키와 음료를 같이 즐기기는 아마도 어렵겠다는 생각이 들었다.

절대 못 마시겠다는 것은 아닌데 난 딱히 저렇게 쭉 들이켜고 싶지는 않아.

◇◆◇◆◇

여전히 나는 집무실에서 학생 관련으로 서류 업무 중.

학생들 고용 이야기가 나온 참에 조금 더 상의해보기로 했다.

시키가 말하기를 뜻밖에도 진은 연구 쪽 제자로 들이고 싶은 학생이라는데 나는 아직도 느낌이 잘 오지 않는다.

진이 나의 계를 직감적으로 추측해서 전개했던 역장은 간단하게 말하면 상대를 무겁게 만들거나 자신을 가볍게 만들 수 있는 중력 조작과 비슷한 이미지다.

자신을 가볍게 만들면서 상대를 무겁게 만드는 기능까지 동시 운용은 불가능하지만, 자신만을 가볍게 만드는 것은 범위를 작게 설정하면 가능하다. 반대로 자신 이외의 대상을 중심으로 전개해서 상대만 무겁게 만드는 활용법도 가능하다고 한다.

이것은 계가 아닌 술법으로 전개하는 진의 독특한 사용법이라고 말할 수 있겠지. 계는 꽤 애매한 명령으로도 발동이 되어버리잖아.

발동 기점, 마력의 소비 이외의 활용성은 정말로 계랑 똑같아.

왜 무겁게, 가볍게 만드는 효과인지를 시키에게 물어봤더니 진의 머릿속에서 공간에 간섭하는 방법으로 가장 수월하게 이미지할 수 있는 부류가 중력 관련이었다더라.

진의 인식에서 어느 물체가 이동하는 까닭은 해당 물체에 방향성을 지니는 힘이 작용하기 때문이며, 중력과 마찰을 비롯하여 이동 시 발생하는 온갖 부하를 종합함으로써 어쩌고저쩌고……. 시키가 유쾌하게 설명을 해줬는데 나는 개요를 이해하는 데 집중하기로 하고 세세한 부분은 다 흘려들었다.

이 이야기를 하던 시키는 즐거워 보였다. 나하고는 다른 의미로.

이런 부분이 일반인과 연구자의 차이 아닐까.

진의 수법을 나 나름대로 달리 표현하자면 움직이는 데 필요한 힘의 배율을 다르게 하는 구역이 전개된다는 느낌이다.

굉장하지.

뭔가 물리 수업을 듣는 기분이었다.

물리는…… 싫진 않은데 솔직히 좋아하지도 않았거든. 시험 점수로 말하자면 올릴 여지가 있는 과목 중 하나였고.

이런 종류의 학문이 제대로 발달하지 못한 이쪽 세계에서 진은 어떻게 발상을 하고 실행에 옮겼을까. 진짜 신기하구나.

시키도 놀랐던 점은 나와 비슷했는지 내 물리 교과서를 꺼내 오더니 이 부분을 직감적으로 이해한 것이 아니겠냐면서 벡터를 운운하는 페이지를 펼쳐주었다.

아무튼 생각해보면 진은 롯츠갈드라는 엘리트 집단이 다니는 학교의 학생이잖아. 게다가 특대생이고.

수재이든 천재이든 어느 한쪽이겠지…….

"그나저나 진을 연구자로? 쌍검 들고 선두에 서서 돌진하는 지금 이미지하고는 동떨어졌네."

"그쪽 방면에서 진은 기껏해야 일류에 머무를 겁니다. 연구자로 길을 튼다면 획기적인 원리 한두 개는 발견할지도 모르지요. 누구나 인정해주는 초일류가 될 가능성이 충분히 있습니다."

다만 연구자로서.

본인이 원하는 방향을 생각하면 정말 복잡하구나.

"많이 당황하겠네. 점원도 전사도 아니라 연구 제자로 받아들이려는 것을 안다면. ……그나저나 시키가 점찍은 학생은 또 없어?"

예를 들어서 아베리아라든가.

이번에는 제자가 아닌 웨딩드레스를 입히고 싶은 아이를 말해보라고 묻는다면 꽤 재미있을 텐데 말이야.

그런 상대라면 아공에 들여보내는 것을 포함해서 고려해봐도 좋다는 생각이다.

지금 시점에서 가능성이 있는 사람은 시키랑 라임 정도거든. 여러 의미에서 알맹이는 별개로 치고 외모는 두 사람 다 결혼 적령기이며 게다가 인기가 많다.

"글쎄요, 으음. 제 판단과 관계없이 시프와 유노는 언젠가 점원으로 고용하게 될 것이라 생각하고 있습니다. 렘브란트 씨와의 관계를 고려해서 말이지요."

"……그러게. 뭐, 맞네. 하기야."

"두 사람 모두 능력적으로 특별히 끌리지는 않습니다만, 저희에게 대체로 호의적이기도 하니 상회의 종업원으로서 쓰기에는 문제없을 겁니다. 졸업 때까지는 상인 길드의 시험에 합격하겠다고 선언한 만큼 지점을 만들 때도 쓸모가 있겠지요."

"의욕은 충분하다는 뜻인가. 렘브란트 씨도 솔깃하는 눈치였잖아. 흠, 다른 학생은?"

"다른…… 이즈모는 지금 시점까지는 진로 상담을 하지 않았습니다. 본심은 고향 로렐로 돌아가고 싶어 한다고 추측되는군요.

뭔가 사정이 있는 듯싶습니다만, 발언은 하지 않았으니 스스로 감당하려는 생각이겠지요. 본가와 분가의 갈등에 괜히 휘말렸다가는 귀찮아질 테니 저희도 고마울 따름입니다. 기본적으로 방치하면서 이즈모가 먼저 연락을 할 때 이야기를 들어주는 정도가 딱 적당하다고 생각됩니다. 활용하고 있는 이론은 어쨌든 간에 마술사로서 가진 순수한 힘은 강점도 약점도 없는지라 특별히 고용할 만한 매력은 느껴지지 않습니다."

발언은 하지 않았는데— 왜 벌써 다 파악하고 있는 거야.

본가와 분가인가. 일본에도 있는 무척이나 질척질척한 주제다.

확실히 굳이 관심을 가지고 싶지는 않다.

"다에나는?"

"기혼자이기도 하고 본인은 학원에 취직을 희망합니다. 「학원과 분쟁이 있을 예정이라면 먼저 가르쳐주십시오, 도망칠 테니까요」라며 술자리에서 웃더군요. ……눈은 진지했습니다만. 이즈모와 마찬가지로 달리 희망하는 길이 있다면 무리하게 영입을 할 만한 인재는 아닙니다."

"부인분이 임신 중이랬나?"

그런 소문을 들었다.

입덧 때문에 많이 힘들어하면 강의는 빠지고 곁에 있어주라고 핀잔을 놓고 싶은 마음이지만, 본인이 아무런 말을 안 하는 데다가 민감한 문제이니까 먼저 물어보기도 좀 뭣하지…….

"예. 도련님의 귀에 들어가면 강의를 쉬라는 말이 나올 것 같다며 안정기에 진입할 때까지는 절대 비밀을 지켜달라고 부탁하더군요."

"……전부 다 말해버리는구나."

"이미 입덧은 가라앉았고 많이 안정된 것 같으니까요. 몇 번인가 저희 가게에도 몸 상태로 상담을 하러 왔었는데 최근에는 발길도 끊겼습니다."

"흐음. 그럼 부인분이 입덧으로 힘들어하던 때도 그 녀석은 태연하게 통학하면서 강의까지 들었던 건가."

그래도 되는 거냐, 남편.

필요한 물건 있으면 뭐든 집까지 배달해줄 텐데.

부인분이 힘든 때니까 배달 서비스 정도는 해준다고.

"다에나도 특대생이니까요, 장학금을 받아 학원에 다니는 입장이니 학업에 매진하여 좋은 결과를 내고자 애쓰는 것은 당연하다고 생각됩니다만……."

"……그런 건가? 그럼 미스라와 아베리아는 어떤 느낌이야?"

"미스라의 대미지 딜레이는 대단히 흥미롭습니다. 졸업할 때까지는 철저히 해명하고 싶은 마음입니다. 토모에 님이 마음에 들어 하는 녀석이니 질릴 때까지는 훈련을 시켜주실 테니까 말입니다……. 만약 본인이 희망한다면 고용하는 것도 좋겠지요."

"조금 마음에 걸리는 표현이네. 뭔가 문제라도 있어?"

잠시 머뭇거렸던 반응이 신경 쓰여서 물어봤다.

"미스라의 부모는 여신의 열렬한 신도이며 미스라에게 신전에 봉사— 아니, 취직을 희망하고 있습니다. 본인은 난처한 얼굴로 머리를 긁적거리기만 했습니다만, 이대로 등 떠밀려서 신전에 갈 가능성은 높다고 저는 생각하고 있습니다."

"으엑. 여신의 열렬한 신도라니……. 되게 기운 빠지는 말이네."

"성격도 전법도 수동적인 학생이니 휩쓸리는 삶을 이미 받아들였다면 그냥 본인이 원하는 대로 놔두는 것이 좋겠지요."

"그러게."

"일단 신전과 쿠즈노하 상회는 대립할 가능성이 제법 높다는 사실을 알려주었으니 이제부터 졸업할 때까지 끙끙거리게 될 겁니다, 미스라는."

"그야 고민되겠지."

"가만히 휩쓸리며 살아온 미스라도 신전에 취직해서 훗날 도련님과 맞서게 될 미래가 기다리고 있음을 안다면 죽기 살기로 흐름을 거역해서 헤엄쳐 빠져나올지도 모릅니다. 부모냐, 도련님이냐. 제법 재미있는 결단을 볼 수 있겠습니다."

담담한 말투로 혀를 움직이는 시키의 입가에 일순간 못된 미소가 떠오른 것을 나는 놓치지 않았다.

"……시꺼멓구나, 시키."

"송구합니다."

"그럼 아베리아는?"

마지막으로 남겼는데 꽤 소중하게 생각하는 걸까?

아니면 반대?

"아베리아는 애매하게 다재다능할 뿐 특별히 매력적인 스킬도 없습니다. 그리토니아 제국에서 스카우트를 하러 온지라 그쪽에서 기사단에 들어가는 선택지가 이미 있지요. 본인은 저희 상회에 취직을 희망하고 있습니다만, 딱히 이점이 없사온지라 굳이 고용해서 들이지는 않아도 됩니다."

"아, 그래."

그리토니아에서 스카우트를 하러 왔구나.

꽤 좋은 일자리다.

"리미아 왕국에 갈 생각은 아무도 안 하는구나."

"리미아 왕국에서는 아직 어떠한 접촉도 하지 않았으니 선택지에 넣지 않았겠지요. 어쨌든 왕이 직접 칭찬의 말을 건넸던 만큼 그 나라의 귀족도 내심 염두에 두고는 있을 겁니다. 진, 시프, 유노는 어쨌든 간에 다른 네 사람은 리미아에서 영입 제안이 오면 그쪽으로 갈 가능성은 있다고 판단됩니다."

그리토니아와 리미아 중에 골라야 하면 난 틀림없이 리미아를 선택하겠지.

"다에나와 미스라도?"

다에나는 부인분이 이 도시에 있고, 미스라는 부모에 신전에 푹 빠졌댔지?

"다에나는 가족이 사는 집까지 제공해주는 조건이면 다른 곳에 가는 선택도 충분히 고려할 겁니다. 또한 이사에 드는 수고와 대우로 판단하지 않겠습니까? 미스라의 경우 리미아에는 여신에게 선택을 받은 용사가 있는 만큼 부모도 납득해줄 가능성은 충분합니다."

히비키 선배인가.

확실히 열렬한 여신의 신도라면 용사에게 협력하는 것은 영예로운 역할이다~ 라고 떠들 것 같네.

나는 전혀 이해할 수 없어.

"그래, 그렇구나."

아무튼 매몰차구나, 시키.

아베리아는 정말 열심히 쿠즈노하 상회에— 아니, 시키한테 어필을 하고 있는데.

아베리아~ 가망 없겠다~.

그래서 내가 고용하고 싶냐고 묻는다면 솔직히 아무래도 좋다는 생각이거든.

"도련님께서는 혹시 아베리아가 마음에 드십니까? 뭔가 주목하고 계시는 분야가 있으시다거나?"

어째서인지 떨떠름한 표정을 짓고 물어보는 시키. 그렇게 해석되는 건가.

"응? 아니. 시키를, 음…… 무척 잘 따르는 것 같아서, 우리 가게에서 알바도 하고 있잖아? 그래서 관심이 간 거야, 그냥 좀."

"글쎄요. 특별히 잘 따르는 것은 아닙니다. 그런 정도라면 학원에 얼마든지 비슷한 여자아이들이 있으니까요. 강의를 듣는 학생들 중에서는 아베리아 한 명이기는 합니다만……."

얼마나 인기가 많은 거냐, 넌.

……한번 시키만 학원에 보내고 하루 동안 미행해볼까.

라임도 그렇고 시키도 그렇고 이러다가 조만간 여성 관계 때문에 신세를 망치겠는걸? 일편단심으로 부인분을 사랑하는 렘브란트 씨를 조금은 본받으라고 말해주고 싶다.

그런 이유로 아베리아, 미안.

난 절대 누군가의 연애를 방해할 생각이 없지만, 딱히 부추길 생각도 없어서.

"그나저나…… 아베리아…… 확실히."

시키는 뭔가 떠올렸다는 듯이 턱에 손을 가져다 대며 생각하고 있다. 그냥 착각인가? 묘하게 연극배우와 비슷한 모습으로.

"응?"

설마하니 부활 루트인가?

"휴만을 베이스로 하는 키메라의 소체로 쓰기에는 매력이 있긴 합니다. 속성 적성이 좋고 종합적인 능력도 좋고 제법 뛰어난 수준으로 완성되어 있으니까요……. 저 또한 데이터가 지극히 적은 분야인지라 충실함을 목표로 하고 싶다는 생각은 갖고 있습니다."

"우와아……."

그냥 물어보지 말걸.

"토모에 님에게 흥미로운 자료를 받았습니다만, 역시 직접 실험을 하는 것이 중요하지요."

"그 말은…… 좀 많이 아니야. 아베리아는 평범하게 엘리트답게 큰 나라에 보내주는 게 무난하겠네."

최악의 경우 그리토니아에 가서 토모키의 매료에 노예가 되는 경우여도…… 시키의 모르모트가 되는 것보다는 낫겠다.

"그렇습니까? 뭐, 아직은 다들 앞날의 이야기입니다. 지금도 어지간한 어른보다는 높은 수입을 받는 인력이니까요, 타협해서 진로를 선택하지는 않겠지요."

그렇긴 하지.

내 수강생들은 지금도 매월 학원에서 꽤 많은 금액을 지급받고 있다. 아마도 우리 상회의 점원이 되면 급료는 오히려 떨어질 거야.

아, 맞다.

정작 진 본인은 어떻게 생각하고 있을까?

"애당초 진은…… 우리 상회에 올 생각이래?"

"본인은 다른 진로를 고려하지 않는다고 분명하게 말했습니다."

진심인가.

"급료가 더 내려가는데도?"

"……진은 상승 욕구가 강한 학생입니다만, 최근 들어서 조금 변화가 보입니다."

"응?"

"분명 만났을 때부터 손익을 담담하게 따져 계산했고, 또한 자신이 내린 결정에 강하게 얽매이는 경향이 있었습니다. 그런 부분은 지금도 전혀 달라지지 않았지요."

"그럼 어째서 쿠즈노하 상회에 취직하고 싶어 하는데?"

손익만 따져보면 명백하게 손해잖아.

"진은 이미 깨달은 겁니다. 쿠즈노하 상회에서 얻을 수 있는 경험이 자신에게 무엇보다도 큰 가치로 돌아온다는 것을. 또한 그 경험은 다른 곳에서는 결코 얻을 수 없다는 것을."

경험이 곧 가치……. 손익 계산이 저런 부분도 포함하는 건가.

그럼 이해가 되네.

특정한 곳에서만 겪을 수 있는 경험. 특정 인물에게만 배울 수 있는 가르침.

그런 요소까지 포함해서 손익을 계산하고 담담하게 판단했다면 나도 공감할 수 있다.

……후후, 뭔가 처음으로 진한테 친근감이 느껴지네.

"가치인가. 아공 안쪽은 몰라도 외근 다니려면 쿠즈노하 상회 점원도 모험가와 비슷한 일을 하기는 하니까."

"진이 아쿠아와 에리스를 따라잡으려면 앞으로도 많은 시간이 필요하겠습니다만, 아무튼 간에 쿠즈노하 상회에서 더욱 강해지고 싶을 겁니다. 힘을 원하는 마음이 전해지더군요."

"강해지고…… 싶다?"

내가 고개를 갸웃거리자 시키는 면목 없다는 듯이 머리를 수그렸다.

"어째서 강해지고 싶어 하는지, 이유까지는."

"시키, 괜찮아. 알아도 말해주지 마. 털어놓고 싶으면 진이 나한테 직접 이야기할 테니까."

"……알겠습니다."

이즈모와 마찬가지로 사실은 뭔가 알고 있는 눈치라서 말렸다.

……아무튼, 흠.

학생은 학생대로 이것저것 생각이 많구나.

그리고 아베리아는 꽤 조바심을 내야 하는 상황이고.

아직 완전히 아웃은 아닌 것 같으니까 기회는 있나……? 있을까?

어떻게 마무리되든 아공을 보여줄 만한 관계는 안 될 것 같기도 하고, 위협으로서 경계할 필요도 없는 상대. 그것이 내 수강생들에 대한 입장이었는데…….

강의 시간에 만난 강사로서 학생들이 희망하는 진로로 가면 좋겠다고 생각한다.

아, 그래선가.

쿠즈노하에 취직하고 싶다는 아베리아를 조금 더 신경 쓰게 된 이유가.

그렇다고 강권을 발동하여 고용하지는 않으니까 어중간한 태도이기는 한데 이것도 내 성격이잖아.

"그럼 도련님. 리미아로 가시기 전에 후보생들을 잠시 심사하도록 하시죠."

수강생들 이야기가 일단락되었을 때 시키는 학원에서 갖고 돌아온 서류 산더미를 손으로 가리켰다.

"심사? 벌써? 리미아에서 하면 안 돼?"

등반 성공률이 꽤 낮을 것 같은 엄청나게 높은 산이잖아. 으으.

"물론 최종적인 결정은 리미아를 방문하는 기간 동안에 해주셔야겠습니다만, 조금이라도 미리 진행하는 것이 좋겠지요."

"……하긴."

가지고 갈 만한 양이 아닌 데다가 아공에 놓아두는 것도 이번에는 좀 어려워.

"그런고로 이쪽을 봐주십시오."

시키가 휴지 상자쯤 되는 두께의 서류를 내밀었다.

무게 이상의 압박감을 느낀다.

우선 이것만 보란 뜻인가.

다 살펴볼 수 있나?

"그리고 저쪽에 있는 서류의 산은 말입니다—."

시키가 손가락을 딱 튕기는 순간, 서류의 산이 불타올랐다.

"……엥?!"

불이야!

불! 불났어!

"잠깐!"

"안심하시길. 불길은 번지지 않습니다."

"아…… 그래."

"저 산더미는 전부 낙제인지라 소소하게 퍼포먼스와 함께 처리해봤습니다."

생글거리지 마.

갑자기 불붙이지 마.

당연히 깜짝 놀란다고.

여긴 실내이고 점포의 2층이니까.

"그러면 이게 전부라는 거네?"

"예. 제법 많은 양이기는 합니다만, 저 산더미를 본 다음이오니 어쩐지 할 만하다는 생각이 드는 양이 되었을 것입니다."

"확실히."

부담이 좀 줄었다. 멋지다, 시키 매직.

"거참, 보기만 해도 뇌가 오염될 것 같은 위험 물질도 다수 있었습니다. 도련님께서 몸소 살펴보셨다면 도대체 어찌 되었을지, 원……."

……위험 물질이라니.

강의 모집에 응모해주는 평범한 서류가 맞지?

“지금 건네드린 서류가 전부 제대로 된 것이냐 물으신다면 꼭 그렇지는 않습니다만, 도련님께 올려도 경험으로 삼아 감당할 만한 수준은 된다고 조심스럽게 말씀드려도 되는 부류에 속하기는 합니다.”

“그렇게 겁을 주니까 벌써부터 보는 게 무서워.”

경험이 뭔데. 감당할 만한 수준은 또 뭔데…….

“저도 철야의 데스 매치로 살짝 흥분 상태가 된 터라 개중에는 제법 유쾌한 요소도 섞여 있을 겁니다. 리미아 방문의 심심풀이로 가져가주십시오.”

철야의 연속이면 시키도 위태로워지는 수준의 물건들인가.

상상도 할 수 없지만, 일단 각오는 다지도록 하자.

“고, 고생했네.”

나는 쓴웃음을 머금으며 철야 작업에 시달린 시키를 위로했다.

……리미아인가.

그러고 보니까 아직 누구를 데려갈지 안 정했구나.

이런 땐 시키가 가장 좋기는 한데 이번에는 관두는 게 좋겠어.

이것저것 맡아줘야 할 일도 많으니까.

게다가 히비키 선배랑 안 좋은 방식으로 안면이 있다는 것도 난점이다.

“그러면 저는 바다의 상황을 보고 오겠습니다.”

드디어 어깨의 짐을 내려놓았다는 듯이 방에서 나가고자 하는 시키를 불러 세웠다.

“아, 시키. 리미아에 갈 때 말인데.”

“예, 말씀하시지요.”

"데려가려면 토모에랑 미오, 누가 더 좋을까?"

"미오 님입니다."

즉답.

잠깐만.

"시키, 왜 얼굴을 돌려?"

게다가 눈이 막 흔들리는데.

뭔가 뻔하게 티 나는 수상쩍음이었다.

"제가 생각하기에는 미오 님이 좋겠습니다."

시키는 같은 소리를 되풀이할 뿐 전혀 이쪽을 보려고 하지 않는다.

"시키?"

나 몰래 미오랑 무슨 일 있었어?

"아, 아직 아공은 날이 밝은 시간이오니 몇백 년 만에 비키니 팬츠라도 입고 해수욕이나 즐기고 오겠습니다!"

"비키니?!"

이럴 땐 안전한 트렁크스 타입이 맞을 텐데?!

—이게 아니라.

"저 시키는 미오 님 하나만 동행할 것을 권했다고 전해주십시오! 이만 실례하겠습니다!"

그렇게 말을 나긴 뒤 시키는 꽁지 빠지도록 달려서 도망쳤다.

"시키?!"

전해주십시오? 누구한테?!

아이고……. 미오.

변신 슈트의 건도 마찬가지인데 뭔가 꾸미고 있군.

나한테 해가 될 일이 아니라는 것은 확실하다.

그건 알겠어.

다만……. 부, 불안하다.

리미아에 가는 게 갑자기 불안해졌어.

EXTRA 에피소드
켈류네온 여명기 ~쿠즈노하 편~

바람도 없이 조용하게 눈만 내리는 켈류네온의 도시 바깥쪽.

이름만 국가일 뿐 지금 켈류네온은 실질적으로 도시 하나만 있는 상태이다. 즉 도시에서 한 발짝 나가면 모든 곳이 벌판. 위험도가 훌쩍 올라간다. 싸우기 위한 힘이 없는 사람은 무사하지 못할 것이다.

지금 이 나라에서는 도시를 둘러싼 방벽 안쪽만이 간신히 사람들이 살 수 있는 영역이었다.

"명물을 언급하실 줄이야."

"특산물이라는 관점은 분명 맹점이었죠. 저희는 생각도 못 했습니다."

"……맹점이기는 한데 지금은 아직 여유 있는 이야기를 할 단계가 도저히 못 되니까……."

"거참, 도련님다운 말씀이다."

거의 전체가 하얀색에 덮여서 눈에 보이는 광경만큼은 아름다운 광대한 설원을 꽤 빠른 속도로 전진하는 일행이 있었다.

느긋하게 대화 나누면서도 경계는 철저하게 이루어지니 절대 방심하지 않는다.

하이랜드 오크 남녀에 익인과 드워프 남성이 한 명씩.

이들은 현재 모험가 길드가 개척 및 탐색을 추진하고 있는 방향과는 다른 방향으로 나아가는 중이다.

요컨대 본래 이 땅을 지배했었던 마족이 손을 대었을 가능성은 아예 부정할 수은 없겠으나 아직껏 켈류네온의 주민들이 걸음을 들여놓은 적 없는 미개척지로 나온 셈이다.

일행의 소속은 쿠즈노하 상회.

지금 켈류네온의 생명줄 중 하나이며 국민 모두가 알고 있는 조직의 일원들이다.

오늘 이들은 어떤 지령을 받아 활동하고 있었다.

쿠즈노하 상회에서 가장 우선도 높은 지시, 대표의 의견에 다른 행동이었다.

마족령을 방문할 때 상회의 대표 마코토는 자기 몸 하나만 갖고 설원에 훌쩍 나타났다.

그때 꺼냈던 말은—.

"켈류네온의 명물이 될 만한 게 뭐야?"

위와 같다.

그 물음을 듣고 모두의 눈이 동그래졌다.

당연하지만 켈류네온은 아직 당년의 겨울을 버티며 차차 생활을 안정시키는 데 전력을 쏟는 단계에 있다.

명산품이니 특산품 따위가 의제로 올라갈 리 없었다.

이 나라의 현 상황을 가장 잘 아는 인물 중 한 명인 하이랜드 오크 에마마저도 마코토의 물음에 대답하지 못했다.

기반 시설도 제대로 갖추지 못한 나라에서, 전쟁이 끝나 피폐에 시달리는 나라에서 대뜸 명산품이나 특산물에 관심을 기울이려는 인물은 거의 없는 법이니까.

어떤 의미로 상당히 여유가 있는 제삼자의 시점에서 낸 의견이기에 귀중하기는 한데…… 누구의 눈으로 봐도 지금은 착수를 할 여유가 없는 사안이라고 말할 수 있겠다.

굉장히 긍정적으로 검토하더라도 지나치게 먼 앞날을 내다보는 발언이었으니까.

잠시 공백의 시간이 흐른 뒤 마코토는 나라의 재상이 되기 위하여 매일같이 분투하고 있는 여성인 에바 안스랜드과 이야기를 해 보겠다며 나갔고— 불과 몇 시간 만에 돌아오더니 이번에는 설원으로 사라져 갔다.

"……그런데 진짜 찾아내셨잖아."

하이랜드 오크 여성 유엔이 기막히다는 듯이 웃으며 관자놀이를 가볍게 긁는다.

"깐깐한 에마조차도 아직 에바에게 캐묻지 않은 정보였다더군. 어린 시절의 애매한 기억이니 틀릴 확률도 적지 않았을 터인데……. 으음……."

동족의 남자 전사 세란드는 침음하며 답한다.

주군이 갖고 돌아온 성과가 몹시 놀라웠기에.

"과거에 켈류네온에서 지고의 맛으로 유명했다던 숲의 선물. 희귀 짐승 만가르 오크에 환상의 산채 스토브 콘이었던가요."

검은 날개를 흔들거리는 익인 청년 샤로가 이름을 언급하자 유엔도 고개를 끄덕거리며 막 알게 되었던 정보를 다시 떠올린다.

"에바가 어렴풋한 기억으로 말하기를 축산 및 재배는 불가능하고, 수렵과 채집으로만 구할 수 있는 희귀한 녀석들이라고 했어요."

이런 지식도 마코토가 나간 뒤 에바에게 캐물어서 알게 된 것이다.

"도련님께서는 축산도 재배도 가능하다고 말씀하셨지만 말이지. 그렇게 배웠다고 가볍게 입에 담으셨다만……. 대체 「누구」한테 배웠다는 말인가."

엘더 드워프 대장장이 겸 전사인 쿠마토가 수염을 만지작거리며 무서운 말을 중얼거렸다.

쿠즈노하 상회 및 모체가 되는 아공을 다스리고 있는 라이도우, 즉 미스미 마코토는 그곳에 사는 모든 존재와 어떤 장벽도 없이 의사소통을 수행하는 기이한 재능을 가진 인물이었다.

초기 이주자인 오크와 리자드, 거미형 마물인 아르케, 본래 아공에서 살아온 짐승들, 나중에 추가된 숲도깨비, 고블린, 익인.

마코토는 모든 종족과 문제없이 대화를 나눌 수 있다.

어떠한 방법을 사용하기에 이렇듯 경이적인 의사소통이 가능한가. 또한 이 힘으로 의사를 주고받을 수 있는 범위는 어디까지인가.

쿠마토의 말에는 온갖 의문이 담겨 있었다.

"도련님께서 직접 언급하지는 않으신 만큼 어디까지나 상상에 불과하나…… 뭐, 당사자들과 대화를 나누셨을 테지. 분명히."

조금 먼 곳을 바라보던 세란드가 입 밖에 꺼낸 대꾸는 아마도 정답일 것이다. 샤로는 쓴웃음과 함께 고개를 끄덕거리며 동의의 뜻을 표시했다.

"하긴 저희는 「마중」을 나가는 입장이잖습니까."

그렇다. 이들이 맡은 임무는「마중」이었다.

마코토는 잠깐 산책을 다녀온 듯한 가벼운 태도로 켈류네온에 만들어 놓은 쿠즈노하 상회의 점포에 얼굴을 비추더니 만가르 오크와 스토브 콘이라는 이름을 언급했다.

이어서 각각의 대략적인 서식지 위치를 가르쳐준 뒤「마중을 나가주면 좋겠다」라는 말만 남기고 켈류네온을 떠난 것이다.

근거는 미약하지만 마코토의 행동과 짧은 발언에서 추측 가능한 부분은 있다.

마코토는 에바의 어린 시절 이야기에서 두 가지 목표를 설정하고 켈류네온의 주변을 단독으로 탐색, 실제로 목표를 발견했을 것이다.

또한 본인이 가지고 있는 능력으로 의사소통을 해서 교섭을 성립시켰다.

그런 과정을 거쳤기에 마코토는 축산도 재배도 가능하다고 장담할 수 있었다는 것이 일행의 생각이다.

아공의 왕인 마코토는 절대로 근거 없는 허풍쟁이가 아니다.

이렇게 하면 된다고 가르쳐줬던 것 대부분에는 모종의 연유가 있었고, 크게 틀리는 경우는 절대 없었다.

"아가레스가 공포에 휩싸여 떨었다는 늑대하고도 대화가 가능하시니까 원주 생물 하나둘을 설득하는 데 성공했다는 것이 신기한 소식은 딱히 아니지."

"고르곤이 애를 먹었다는 소라는 가축도……. 도련님께서 직접 말씀을 나누신 다음부터는 성질이 무척 온순해졌다고 들었어."

세란드와 유엔이 마코토의 업적을 언급하며 본인들의 추측을 뒷받침한다.

아공에서 축산을 담당하고 있는 고르곤들이 초기에 사육을 할 때 무척이나 애를 먹었던 소라는 짐승이 있다.

고기도 맛있고 젖도 유용하다는 우수한 특성은 매력적이었지만, 억센 기질 때문에 까다로운 동물이었다.

양 사육을 순조롭게 진행하고 있었던 고르곤은 소 사육에도 전력을 다해 임했었지만, 부상자가 끊이지 않는 상황에 빠져들었다.

그런 와중에 마코토가 훌쩍 나타나서 방목지를 한 바퀴 돌고 나오자 그날을 경계로 눈에 띄게 사육이 수월해졌다며 고르곤들이 몹시 놀랐더랬다.

그 밖에도 아공의 정예 부대를 전멸 직전까지 몰아넣었던 숲에서 사는 마수와, 늑대와 마주했을 때도 마코토는 혼자 움직인 뒤 대화를 마무리 짓고 돌아온 업적을 남긴 바 있다.

"아무튼, 음……. 의외로 제법 많군요. 도련님께 덤벼드는 미련한 것들이요."

네 사람이 걸어가는 앞쪽을 보고 샤로가 한숨과 함께 중얼거렸다.

곧 날개를 펄럭여서 바람을 조작함으로써 전방의 새하얀 설원 표층을 날려버리자 어떤 색으로 물든 얼룩이 나타났다.

그것은 마코토에게 덤벼들었던 천치들의 무참한 최후. 강자의 경고를 무시한 채 잡아먹고자 달려든 바보들의 말로였다. 체액의 얼룩 아래에서는 하나같이 일격에 목숨을 잃은 시체가 모습을 드러낸다.

덧붙이자면 지금은 일행의 이정표 역할도 맡아주고 있다.

"이 주변은 아직 탐색과 개척의 손이 잘 미치지 못한 지역인 만큼 휴만이나 아인은 이 녀석들에게 절호의 먹잇감으로 보였을 테지. 하지만……. 흠, 사냥과 수련을 실시하는 지역과 비교하면 강력한 마수도 제법 있구나. 모험가 길드의 방향 선택도 제법 믿음직하군. 이쪽을 피해 비교적 탐색이 수월한 지역부터 손댔던 건가. 현명하군, 현명해."

쪼그려 앉아 시체를 확인한 쿠마토는 마수의 종류로 마코토가 나아갔던 경로의 진입 난이도를 추측한 뒤 보다 안전한 루트를 개척하여 앞으로 나아가고자 탐색을 진행하고 있는 모험가 길드의 정예 부대를 칭찬했다.

"예, 직속 부대를 통솔하는 여성이 상당히 뛰어나면서 직감도 우수한 부류 같더군요. 전투력과 지휘력이 두루 훌륭한 수준으로 완성되어 있다며 평판이 좋습니다."

"그쪽도 꽤 힘을 쏟아서 협력해주고 있다는 무엇보다 분명한 증거인가."

켈류네온에서는 산악 지대가 가장 강력한 마물의 소굴이고, 다음은 삼림, 계곡, 평야의 설원 순서로 위험도가 차차 내려간다.

지금 세란드를 선두에 세운 부대가 나아가고 있는 구역은 삼림과 인접한 설원. 위험도로 말하자면 여러모로 애매한지라 판정이 까다로운 지대 중 하나였다.

다만 엘더 드워프 전사 쿠마토의 안목으로 보건대 이곳은 삼림 지대에 해당하는 위험도 높은 구역이었다.

“산악 지대에서 보고된 바 있는 설사자는 없는 것 같다만, 큼지막한 대설수 및 스노 버드는 제법 많이 출몰하는군. 눈 굴리미와 아레스 버드 따위는 애당초 도련님께 덤벼들지 않았을 테니…….”

“서식을 하긴 하는군요. 표시를 찾는 겸사겸사 주변을 감지하는데 꽤 많이 확인됩니다.”

쿠마토와 유엔이 제공해준 정보를 정리하며 세란드는 모험가 길드에 알려줘야 할 내용을 머릿속에 담아 두었다.

“그렇군. 복귀하면 저것들을 잡겠다고 이쪽 방향에 진입하지 말도록 경고를 전파하겠네.”

눈 굴리미와 아레스 버드— 양쪽 다 켈류네온의 모험가가 맨 처음에 사냥 방법을 교육받는 마물이며, 수순과 대책을 틀리지 않는 한 웬만하면 패배를 겪을 우려가 없는 상대였다.

확실히 가장 약한 부류의 마물이며 지금 와서는 전투 경험을 쌓을 상대로서 인식되기 시작했지만, 마냥 방심해도 되는 상대는 결코 아니었다.

게다가 주변에 출몰하는 다른 마물의 정보를 간과했다가는 허망하게 목숨을 잃어버릴 것이다.

아공의 전사와 비교하여 훈련 수준이 낮은 켈류네온의 모험가를 인솔할 기회가 늘어난 만큼 세란드는 이런 부분도 신경을 쓰고 있었다.

특히 대설수라고 불리는 대형 마수는 켈류네온의 설원 지대와 삼림 지대에서는 먹이 사슬의 정점에 군림하는 강력한 마수이자 아공의 전사일지라도 나이를 먹은 성체와 일대일 대결을 하는 상황은 피하고 싶어 한다는 강적이었다.

다만 저러한 강자도 이들의 주군인 마코토에게는 단지 하찮은 미물에 불과하다는 것을 설원의 참상이 증명해주고 있었다만.

네 사람이 걸음을 멈춘 현 위치에는 일곱 마리쯤 되는 대설수가 거의 한 지점에서 목숨을 잃고 나자빠져 있었다.

"일격 필살. 도련님은 설원에서 전투를 치른 경험은 없다고 말씀하셨는데. 딱한 녀석들이야."

『…….』

유엔이 누구에게 하는 말인지 혼자 중얼거렸던 말은 곧 바람에 섞여 사라졌다.

이곳은 시합장이 아니다.

호각의 실력을 갖춘 상대와 일대일로 싸울 수 있고 그동안 아무도 방해하지 않는 등 배려 가득한 규칙은 전혀 없을뿐더러 동시에 마물 다수와 상대해야 하는 사태도 꼭 염두에 두어야만 한다.

그렇기에 단독 행동이나 과한 추적은 엄금이었다. 평범한 사람이라면.

"……북북서 800미터쯤 앞에 눈이 쌓이지 않은 개활지가 있습니다. 게다가 짐승의 반응도 다수 감지되는군요."

샤로가 한 방향을 가리키며 다른 세 사람에게 말했다.

"스토브 콘의 군생지……. 분명 도시에서 꽤 멀리 떨어진 곳이지만, 도련님께서 지나가신 길을 걸어온 덕에 별 고생도 하지 않았군. 예정대로 개척이 진행됐다면 발견하는 데 훨씬 긴 시간이 걸렸을 텐데 결과적으로 상당히 단축되었다. 같이 있는 짐승이 만가르 오크겠군?"

세란드가 눈에 힘주며 전진해야 할 방향과 더 앞쪽에 있을 대상을 확인한다.

그때 대설수를 검분하고 있었던 쿠마토가 최후미에 합류했다.

"오래 기다렸군. 이 정도 크기라면 대설수의 시체에는 볼일이 없네. 재미있는 소재이기는 하나 아공에서 다루기에는 조금 모자라군. 이대로 숲의 양분이 되게 놓아두지. 언젠가 켈류네온의 녀석들이 자력으로 사냥할 수 있는 실력을 갖춘다면 녀석들에게는 좋은 소재가 될 것이다."

다시 걸음을 뗀 일행은 눈 속의 행군에도 익숙해진 모습으로 목적지까지 남은 거리를 순조롭게 줄여 나갔다.

눈보라가 치고 있다면 또 모를까, 단순한 강설 정도의 기후라면 세계의 끝의 기후에 적응하였고 또한 초기부터 켈류네온을 겪어서 아는 네 사람에게는 별 고생도 아니었다.

즉 익숙함이다.

『……!』

이윽고 목적한 장소에 도착한 네 사람은 그곳에 있는 것들을 목격하고 무의식중에 숨을 멈췄다.

이미 무엇이 있는지는 마코토에게 들어서 알았기에 실제 예상했었던 광경이 똑같이 눈앞에 나타났던 셈이다.

그럼에도 놀란 까닭은 세상천지에 드문 광경을 목격한 반사적인 행동이었을까, 아니면 마코토라는 인물에 대한 재평가였을까.

주변 일대라고 표현하겠다면 조금 호들갑스럽겠으나 시야의 6

할 정도에 갈색의 흙이 노출된 대지가 펼쳐져 있고, 그곳에는 파릇파릇한 식물이 무성하게 자라나 있다.

눈 덮인 숲에서 흙이 보이는 맨땅이라는 우스개 같은 광경이다.

초봄의 숲에는 수목의 뿌리 부근에서 눈이 더 빨리 녹아내리는 「뿌리 트임」이라는 현상이 있기는 한데 지금 켈류네온은 한겨울이다.

게다가 뿌리 트임으로 볼 수 있는 일부의 눈석임이 아니라 식물이 자라나 있는 주위 일대에서 깔끔하게 눈이 녹아서 사라졌다.

검정에 가까운 갈색 대지가 뚜렷하게 노출되어 있다.

"그냥 착각이 아니라 실제 따뜻하군. 스토브 콘이 고열을 발하는 건가."

쿠마토는 기구를 꺼내 기온을 측정하더니 눈을 동그랗게 떴다.

"바깥 기온은 마이너스 15도 정도였다만, 이 부근은 플러스 3도쯤 된다. 식물의 힘은 정말이지 얕볼 수 없군. 어쩐지 황야가 떠오르는 기분이야."

"에바의 이야기에 따르면 스토브 콘은 특정 조건이 갖춰진 장소에서 몇 년에 한 번 자리나고 겨울에 열매를 맺는 환상의 산채입니다만……."

샤로의 말과 다르게 명백하게 이곳의 스토브 콘은 군생하고 있었다.

산채라면 자연에서 군생을 하는 사례도 드물게나마 있을 터이나 놀랄 만한 광경임은 분명하겠다.

"도련님께서 말씀하시기를 특정 나무의 조합에 따라 조성되는 토양이 중요하다시더군. 그리고 낮은 기온과 적절한 습기였던가.

이 이야기만 하면 버섯에 가까운 성질을 가진 것 같은데 버섯과 달리 일년초이며 눈에 보이는 종자로 불릴 수 있다고 한다."

"……그게 도대체 얼마나 시행착오를 겪어야 알 수 있는 정보일까요."

쿠마토의 해설도 샤로의 의문도 주군에 대한 외경이 근간에서 느껴졌다.

적어도 한 차례 망국을 겪기 전 켈류네온에서는 전혀 밝혀지지 않았던 정보다.

전력으로 착수하더라도 백년 단위로 시행을 반복해야 되었을 테고, 차마 헤아리기도 기운이 빠질 만큼 방대한 실패를 양분 삼아서 임할 필요가 있었을 테지.

"본인(스토브 콘)에게 물어보면 불과 몇 분이라고…… 유쾌한 답변이나 돌아올 따름이겠지. 왜냐하면, 도련님이시니까."

"그렇겠죠."

어쨌든 간에 이 순간 에바의 기억에 있던 환상의 산채는 켈류네온의 유력 특산품 후보로서 다시 태어났다.

주변을 이렇게까지 따뜻하게 만드는 「작물」이면서 맛도 기대할 수 있다면 재배하지 않는 사람이 멍청이다.

게다가 겨울에 제철을 맞이한다잖은가.

"요리하려면 다소 요령이 필요하다는데 그 문제를 해결하는 것은 주방 녀석들이 할 일이지. 고생도 하긴 할 터이나 기꺼이 연구해줄 거다. 자, 어디……. 음, 만져도 화상을 입을 정도의 열은 아니군. 이것도 역시 고맙군."

세란드가 큼지막한 옥수수를 연상케 하는 열매를 하나 뜯었다.

스토브 콘은 마코토의 기억에 있는 옥수수를 두껍고 짧게 만들어 놓은 모양새였다.

가장 큰 차이는 근처에 있기만 해도 느껴질 만큼 열을 발산한다는 점이다만, 이것 이외는 땅딸막하고 통통할 뿐 옥수수와 마찬가지다.

세란드가 럭비공과 비슷한 변형 옥수수의 껍질을 벗겨보니까 그곳에는 예상한 대로 큼지막하고 윤기가 있는 새빨간 알갱이가 가득 들어 있었다.

"……맛있겠는데."

가만히 중얼거리는 세란드.

보석과 같은 붉은색은 아름답기도 하고 동시에 식욕도 자극한다.

"위험한 독은 없어도 날로 먹기에는 적합하지 않으니까—."

"자, 죽지는 않을 테니까 맛을 보도록 할까……. 윽, 끄악!!"

제지하는 샤로의 말을 태연하게 흘려듣고 호쾌하게 덥석 깨물은 세란드가 몇 번 입을 움직여서 씹더니 비명 질렀다.

주위에서 한숨과 함께 어이없어하는 시선이 쏟아진다.

하이랜드 오크 남자는 다부진 체격에 야생 멧돼지를 더욱 우람하게 만들어 똑바로 서도록 세워 놓은 듯한 정말이지 훌륭한 육체를 가지고 있다. 하지만 의외로 야채를 좋아하는 인원이 많다.

세란드도 그 예에서 벗어나지 않기에 아공산의 죽순을 지고의 진미라고 공언하는 야채 애호가 중 한 사람이었다.

야채 애호가여도 식욕은 몹시 왕성한지라 척 봐도 맛있을 것 같은 스토브 콘을 보고 있자니 직접 맛보고 싶은 충동이 솟아났을 테지.

예전에 떫은맛 제거를 기다리지 못하고 죽순을 날로 깨물었다가 제법 호된 꼴을 당했던 경험에서 별 교훈을 얻지 않았나 보다.

"아무튼…… 맛은?"

유엔이 쪼그려 앉은 세란드를 싸늘하게 내려다보며 한마디.

맛있지 않다는 것은 명백하다만.

"……엉망진창."

"응?"

"엉망진창으로…… 맵다!!"

아무래도 날것일 때는 상당히 매운가 보다.

"아, 그래. 말해 두겠는데……. 소중한 식량이니까 전부 다 먹도록 하자. 먹다가 말고 버리는 짓은 절대로 용납하지 않겠어."

날로 먹기에는 적합하지 않다는 경고를 무시했을 뿐 아니라 한 입 맛보고 휙— 버리는 행위는 황야 출신 하이랜드 오크의 긍지가 결코 용납하지 않는다.

아공에 들어가서 마코토와 토모에의 비호를 얻기 전에는 세계의 끝에서 초목의 뿌리를 씹어 굶주림을 견디고 사냥을 하며 살아왔다. 지난 기억은 유엔에게도 세란드에게도 뚜렷하게 남아 있었으니까.

세란드는 귀엽고 동그란 눈에 눈물을 글썽거리며 끄덕끄덕 고개를 움직인 뒤 한입에 곧장 침몰당한 스토브 콘을 품속에 고이 집어넣었다.

이대로 다 먹어 치우기는 도저히 무리지만, 나중에 따로 요리를 부탁해서 어떻게든 먹을 심산일 테지. 강렬한 매운맛을 경험한 입장인 터라 이것이 들은 이야기처럼 맛있게 바뀔 것이라는 믿음은 도저히 갖기 어려운 듯싶다.

쿠마토는 홀로 쪼그려 앉아서 흙에 손가락을 대고 부근의 식생 및 토양을 분석했다.

"특정 수목의 조합으로 조성되는 토양이 조건이며, 늦가을의 낮은 기온과 적절한 습기에 발아하고, 눈이 깊이 쌓이는 시기에 열매를 맺는 일년초인가……. 짐작하건대 이 지역에서 늦가을 중 이 식물에 적절한 저기온과 습도가 어우러지는 경우는 꽤 적었을 듯싶군."

"그런 조건에 발아율까지 낮다면 확실히 환상의 산채였겠네요."

"늦겨울에는 말라서 눈 아래로 파묻혔을 테니까 정말 환상의 산채라고 불릴 만했겠어. 자, 이 녀석들은 어느 정도 채집해서 돌아가기로 하고, 다음은……."

쿠마토가 눈을 놀리자 버석버석 소리를 내며 스토브 콘 수풀에서 잇따라 짐승이 나타났다.

모습을 드러낸 것은 무척이나 개성적인 외형을 지닌 돼지와 닮은 짐승이었다.

"도련님께서 말씀하신 「양돼지」라는 말이 정말로 딱 들어맞는군."

어느 틈인가 다시 일어선 세란드가 진지하게 감상을 말한다.

그렇다, 그야말로 양의 털을 두른 돼지— 양털 오크라고 불러야 할 법한 짐승이 이곳에 있었다.

본래 몸 색깔은 검은색이나 백색, 드물게 얼룩얼룩한 개체도 있다.

암컷도 수컷도 예외 없이 몸체의 대부분에 오그라든 긴 털이 자라났다.

털색은 하얀색, 갈색, 검은색, 금색, 은색 등 가지가지.

방금 전 일행이 스토브 콘 군생지에 도착한 이후에도 도망치기는커녕 더 많이 모여들더니 멀리서 네 사람을 보고 있었다.

마치 무엇인가를 기다리는 행동 같다는 생각도 든다.

"만가르 오크, 틀림없군요. 도련님께 들은 특징과 완전히 일치합니다."

"에바가 준 정보에서는 경계심이 강하고, 대부분이 산악 지대에서 살기 때문에 삼림 지대에서 목격된 사례는 매우 드물다고 했는데……."

도망치려는 낌새도 경계하는 모습도 전혀 찾아볼 수 없었다.

더한 의문은 이곳은 산악 지대가 아니라는 것.

"에바도 바쁜 와중에 자기 나름대로 열심히 정보를 모아줬으니까요. 약간의 오차는 너그럽게 봐주도록 하죠."

유엔은 에마에게 닦달을 받아 가면서 죽기 살기로 정보 수집을 하던 에바의 모습을 떠올리고 쓴웃음을 지었다.

「어째서 이렇게 바쁠 때 갑자기 쓸데없는 미식가 정보를 달라는 거야~!」라고 울먹울먹하면서 달려 다니던 에바의 모습은 무척이나 흐뭇했었다.

물론 도중에 멍한 눈빛으로 라이도우에 대한 불평을 늘어놓았을 때는 유엔도 울컥하며 벌을 줘야겠다며 얼굴을 실룩거렸다만.

이제 돼지와 곡물을 갖고 당당하게 복귀하면 에바도 조금은 마코토라는 인물을 올바르게 이해해주지 않겠냐고 유엔은 기대하고 있다.

애당초 자신과 비교 대상으로 거론할 만한 인물이 아니라는 것을.

왜냐하면 에바가 입에 담았던 「쓸데없는 미식가 정보」가 앞으로 켈류네온의 상황을 커다랗게 바꿀 가능성을 간직하고 있는 셈이니까.

"흠……. 고기가 맛있다는 말은 들었는데 이 털도 상당히 뛰어난 소재로 보이는군."

대설수에게도 별반 관심을 표시하지 않았던 쿠마토가 장인의 안목으로 감탄의 한숨을 쏟아 냈다.

그러자 유엔도 제법 반응을 한다.

"혹시 의복에도 쓸 만할까요?"

양처럼 털이 자라났다는 특징을 마코토에게 들었을 때부터 유엔은 섬유 소재로 이용할 수 있지는 않을까 기대했었다.

다소 분야가 다를지언정 물품 제작을 특기로 하는 엘더 드워프를 감탄케 할 만한 소재라면 기대감도 자연히 높아지기 마련이다.

"의복? 흠, 옷을 짓는 데 써도 쓸 만하겠지. 이대로 가공해도 방한성은 상당히 기대할 수 있을 거야. 다만 의복보다는 다른 주 소재에 이 털을 적당히 섞어 활용하는 것이 더 좋겠군."

"괜찮네요, 추위가 혹독한 켈류네온에서는 무척 귀하게 쓰일 거예요. 다만 말씀하시는 게 왠지 점찍어 놓은 용처가 따로 있는 것 같군요."

"아무렴, 방어구를 만들어야지. 구체적으로 당장 떠오르는 것은 외투군. 이 털은 우리의 기술로 잘 가공해주면 제법 강력한 은밀 효과를 부여할 수 있을 듯싶다. 게다가 외투 하나로 어지간한 눈보라 속에서 하룻밤을 버텨도 될 만한 냉기 내성을 기대할 수 있지 않겠나. 더구나 제법 뛰어난 방어력을 보유한 채로 말이지."

"……그게 된다면, 터무니없이 많은 수요가 생기겠군요."

"그렇겠지. 다만 방어구를 만드는 데 쓰겠다면 의복을 짓는 용도와는 비교도 안 되는 많은 양을 필요로 할 테고 품도 많이 들 거다. 솔직히 일손을 더 늘리지 못하면 드워프가 과로로 쓰러질 테지. 당분간은 연구만 쭉 이어질 테니 그동안 일손 부족이 해결되면 좋을 터인데……."

쿠마토는 흥미진진하게 만가르 오크의 털을 만지작거리며 난감해서인지 기뻐서인지 복잡한 표정을 짓고 있었다.

어쨌든 조금 뽑아서 살펴보면 새로운 장난감을 손에 넣은 기쁨이 더욱 앞섬을 알 수 있겠지.

"저기, 생각을 좀 해봤는데요……."

그런 와중에 샤로가 주뼛주뼛하며 손을 들어서 세 사람의 시선을 끌어모았다.

"둘 모두 말입니다, 축산과 재배가 궤도에 잘 올라가면 터무니없는 상황이 벌어질 것 같지 않습니까? 그러니까, 단순한 명산품이나 특산물이라는 범주를 훌쩍 벗어날 것 같은데요……."

샤로는 마코토의 말을 곧이곧대로 받아들여서 만가르 오크와 스토브 콘을 어디까지나 관광 상품과 비슷한 의미의 명물이라고 생각했었다.

그런데 막상 제 눈으로 본 것은 단순한 명물이나 특산품처럼 손님 끌기를 위한 미끼의 역할을 훨씬 뛰어넘을 가능성이 느껴졌다.

그런 생각이 쑥쑥 솟아올라서 저도 모르게 입 밖으로 튀어나왔기에 꺼낸 발언이었다.

"그러고 보니 애당초 명물이나 특산품은 해당 지역의 기후와 풍토, 문화에 뿌리를 내려 만들어지는 물건이니까 당연히 지역과 잘 맞는 물건이어야 특산품이 될 수 있는 법이지."

"켈류네온의 명물임을 주장하겠다면 켈류네온이라는 땅에서는 당연하게 존재해야 할 테고……. 더 말을 보태자면 넘쳐나서 편하게 쓸 수 있는 물건이어야 할 테지."

샤로의 말에 반응하여 세란드와 쿠마토가 각각 지론을 늘어놓는다.

확실히 지역 발전을 위해 인위로 가져다 붙인「만들어진 명산품」도 엄연히 존재한다.

그러나 본래 명물이나 특산품은 지역에 뿌리를 두고 오래도록 주민들과 친하게 지내옴으로써 생겨난다.

즉 해당 지역의 기후 및 풍토에 적응한 가축과 작물은 명물이나 특산물이 될 수 있다. 더 나아가 말하자면 주산업으로서 국가의 일익을 담당하는 중요한 역할까지도 책임지게 될 가능성을 가지고 있는 셈이다.

그 사실을 새삼 깨달은 샤로가 식은땀 섞인 말을 쥐어짜 냈다.

"……역시, 도련님?"

다만 유엔은 쓴웃음을 지으며 고개를 옆으로 흔들었다.

"분명 그분께서는 순수하게 관광 자원이라는 의미로 가볍게 언급만 하는 의도였을 거예요."

"그래. 어쨌든 오늘의 두 발견은 분명 켈류네온에 대단히 큰 결실을 가져다줄 거다. 곡물은 주식으로 먹을 수 있고, 가축은 고기 확보는 물론이거니와 켈류네온의 혹독한 추위를 막아주는 의복을 장만할 수 있지."

"게다가 모험가들이 군침을 흘릴 1등급의 냉기 특화 방어구인가. 안스랜드 자매의 주가는 또 용솟음을 치겠군. 자꾸 높아지는 평가의 뒤를 죽기 살기로 쫓아가는 구도는 아공 바깥에서 접하는 우리 도련님을 보는 것 같아 기묘한 기분이 든다."

쿠즈노하 상회의 주인이 이대로 쭉 전면에 나서지 않는 방침을 고수한다면 안스랜드 자매는 훗날 켈류네온의 역사에서 현인신(現人神)과 같이 무시무시하게 높은 평가를 받게 될 것이다.

그만큼 굉장한 가치가 있는 발견이었다.

켈류네온이 이후에 수백 년 존속하는 데 성공해야 하는 조건은 딸려 있다만.

『…….』

잠시간 네 사람에게 복잡한 침묵이 찾아들었다.

"아, 아무튼 간에 만가르 오크 여러분도 오래 기다리셨으니 데리고 돌아가죠. 우선 에마와 에바에게 보고를 올려야지. 세란드와 샤로는 스토브 콘을 부탁할게. 제가 만가르 오크를 선도할 테니 쿠마토는 최후미에서 후방 경계를 맡아줘요."

"오냐."

"알겠습니다."

"맡겨둬라."

줄곧 조용히 기다리고 있었던 만가르 오크 무리는 사십 마리 정도.

무척 겁이 많다는 짐승들이 유엔의 선도에 따라 고분고분 걸음을 뗐다.

설원의 행군에도 개의치 않는다.

스토브 콘의 군생지를 벗어나서 기온이 쭉 떨어져도 신경 쓰는 기색이 없이 힘차게 나아간다.

이곳 켈류네온에 서식하고 있는 생물임 만큼 당연하게도 두 식물과 짐승은 모두 추위에 상당히 강했다.

귀중하고도 고마운 특성이라 말할 수 있겠다.

그렇게 한나절을 들여 네 사람과 사십 마리와 스토브 콘의 밑동과 수십 킬로그램의 열매가 켈류네온에 도착했다.

사냥의 전리품이 아니라 살아 있는 가축, 단순한 열매가 아니라 재배 가능한 곡물.

이날 켈류네온을 다스리는 에바 안스랜드는 온몸으로 깨닫게 된다.

에마가 「대지를 가른다」라는 말까지 꺼낸 「라이도우의 그래그래」의 위력을.

예컨대 이탈리아는 알바 지방의 화이트 트뤼프.

혹은 일본의 송이버섯.

멸망당하기 전 켈류네온에서 만가르 오크와 스토브 콘은 위의 예시와 같이 귀중한 존재였다.

물론 재건국 이후에도 희소성은 달라지지 않았다.

오히려 저것들을 찾을 지식도 경험도 대부분이 실전된 까닭 때문에 글자 그대로 환상이라고 표현하는 것이 옳겠다.

애당초 온갖 측면에서 여유가 없는 현재의 켈류네온에서는 이대로 일단 완전히 사람들의 기억으로부터 사라지는 것은 시간문제였다고도 말할 수 있겠다.

순조롭게 나라가 재건되더라도 다시 발견하려면 몇 년 이상 나중에나 기대할 수 있었을 테지.

그러나 쿠즈노하 상회의 대표 라이도우는 단 하루에 모든 것을 끝냈다.

게다가 단순한 재발견이 아니다.

라이도우는 화이트 트뤼프를 블랙 트뤼프로, 송이버섯을 표고버섯으로 대체하는 일련의 과정조차도 함께 제시했다.

검은 다이아몬드라고 불리며 과거에는 지금보다 훨씬 귀중하며 고가였던 블랙 트뤼프는 사람의 손으로 재배하는 수단이 확립된 이후 수많은 사람들이 부담감 없이 손을 뻗을 수 있는 존재가 되었다.

표고버섯도 에도 시대까지는 송이버섯보다 귀중품 취급을 받을 만큼 고급 식자재였고 말린 표고버섯은 중요 수출품으로 관리되기까지 했지만, 원목 재배가 확립된 다음부터는 비슷하게 서민의 식탁에 자주 올라가며 사랑받는 식자재가 되었다.

라이도우가 찾아온 만가르 오크와 스토브 콘은 귀중한 헌상품으로서 가지고 온 일회성의 베풂이 아니었다.

가축화와 재배에 관한 기본적인 지식도 함께 가져다주었으니까.

이 사건을 표현한다면 절대 호들갑이 아니라 기적이다. 자제해서 말을 골라도 혁명이라는 어휘로 표현될 만한 사건이겠다.

실물을 본 에마마저도 무심코 입을 반쯤 벌린 채 말이 없었다.

에바는 심지어 글자 그대로 눈이 똥그래져서 — 말을 가리지 않고 당시에 지은 표정을 나타낸다면 마치 찰흙 인형처럼 — 넋이 나간 상태가 되어 아무런 말도 꺼내지 못했다.

밀이나 쌀과 나란히 옥수수는 곡물로서 사람들의 주식이 되어줄 수 있는 작물이다.

켈류네온에서는 여름에 수확 가능한 밀가루의 한 품종을 주식으로 키우고 있었다만, 수확성을 검토하면 딱히 웃음이 지어질 만한 종류는 아니었기에 타국에서의 곡물 수입은 거를 수 없는 처지였다.

에바의 입장에서도 식량 사정은 머리가 아픈 문제였던 터라 아마도 평생에 걸쳐 고민해야 할 과제가 될 것이라고 내심 각오하고 있었다.

그런데 스토브 콘의 안정적인 재배가 성공한다면 상황은 확 달라진다.

축산 분야에서도 만가르 오크의 존재는 터무니없이 컸다.

육질은 물론이거니와 털과 기타 부위도 소재로서 최상급이기에 과거의 켈류네온에서 몹시 귀하게 여겼던 환상의 동물.

엽사 및 모험가가 혈안이 되어 찾아다녀도 매년 기껏해야 몇 차례 해치웠다는 보고가 들어오면 만만세. 전문가조차 강한 경계심

때문에 애를 먹는지라 오로지 엽사의 사냥감밖에 되지 못했던 환상의 돼지를 주민들이 키울 수 있다.

「보석 돼지」라고 불릴 만큼 고가에 거래되며, 무리하게 추적하다가 목숨을 잃어버리는 경우가 많았던 탓에 또 다른 이름은 「엽사의 죽음」이라고도 호칭되었던 만가르 오크를.

장래에는 털도 고기도 매년 충분한 양을 확보할 수 있다니까 좀처럼 믿기 어려운 소식이었다.

그러나 거짓 없는 현실이었다.

에바 안스랜드는 일분일초조차 아까워하며 매일같이 업무와 공부에 힘쓰고 있다.

그래서 더더욱 라이도우에게 특산물이니 명산품이니 하는 이야기를 들었을 때는 내심 짜증이 났다.

—설마 이곳이 겨울 휴양지로 보이는 걸까, 괘씸하다. 어째서 지금 켈류네온의 상황에서 희귀 산채와 동물의 이야기가 중요하다는 생각을 할 수 있지?

교사 역할을 맡아준 에마를 비롯하여 쿠즈노하 상회에서 파견을 나온 인원들에게는 도저히 꺼낼 수 없는 말이었다만, 자료를 뒤적거리는 동안 에바는 속마음으로 라이도우에게 분노를 쏟아부었었다.

미식가 정보를 수집하는 데 할애할 시간 따위 1초도 없노라고.

하지만—.

에바는 지금 말문이 턱 막혔다.

쿠즈노하 상회의 탐색조가 데려온 수십 마리의 희귀 돼지는 분명히 아주 옛날에 본 기억이 있는 만가르 오크였다.

물론 에바가 본 것은 시체였기에 살아 있는 실물을 앞에 둔 경험은 처음이었다만.

경계심이 무척 강하다는 만가르 오크는 일행이 이끄는 대로 고분고분하게 켈류네온까지 따라왔다.

주민들도 잔뜩 모여서 처음으로 보는 동물에게 호기심 가득한 시선을 던지고 있다.

그런데 단 한 마리도 도망치려는 낌새를 내비치지 않는다.

라이도우라는 남자는 관련 지식도 거의 없는지라 아장아장 걸음마도 못 하는 상태였는데도 전혀 아무렇지도 않게 위업을 달성해 버렸다.

"예예? 이게…… 선생님의 그래그래야?"

잠꼬대처럼 혼자 중얼거리는 에바의 모습을 힐끔 곁눈질로 본 에마는 자신도 놀라는 한편 어딘가 만족스럽게 살짝 고개를 끄덕거렸다.

탐색조가 만가르 오크와 스토브 콘에 관하여, 아울러 이번 탐색 지역에 관하여 대강 보고를 마치고 물러난 뒤 수십 분이 지났을 때.

전력 질주로 나타난 에바의 여동생 루리아가 몸을 앞으로 구부린 채 집무용 책상에 앉아 있는 언니에게 의문의 말을 쏟아 냈다.

"언니?! 저거, 만가르 오크 맞지? 게다가, 쿠즈노하 상회의 오크 아저씨가 가지고 온 저거, 설마…… 설마 스토브 콘이야?! 나는 본 적 없는데 언니는 봤었잖아. 응? 맞아?! 진짜야?!"

루리아 안스랜드치고 웬일로 말수가 잔뜩 늘어난 데다 차분함은 전혀 찾아볼 수 없이 흥분한 모양새인지라 까딱 잘못하면 덤벼들 것 같은 기세였다.

오늘 켈류네온에 갑자기 나타났던 두 식자재의 이름은 루리아도 일단 알고는 있다.

만가르 오크는 단 한 번이나마 고기를 먹어본 경험도 있고.

스토브 콘은 그림을 본 것이 전부이며 맛을 보지는 못했다.

한때 영주의 자식이었어도 어린아이의 입에 넣어주기에는 너무 귀중한 식자재이다. 한쪽이나마 맛을 본 루리아는 운 좋은 부류라고 말할 수 있겠다.

언니 에바는 양쪽 다 먹어본 경험이 있다만, 이것은 귀족의 맏이인지라 누린 특권이다.

"……맞아. 아무튼 일단 진정하렴, 루리아. 확실히…… 믿기 어렵지만 틀림없이 만가르 오크와 스토브 콘이었어. 환상의 식자재야."

"……."

언니가 긍정해주자 루리아는 입을 다문 채 목으로 꿀꺽 소리를 냈다.

"요리 방법은커녕 채집 방법이나 포획 방법조차 실전됐는데도 어째서인지 지금 양쪽 다 성안에 들어왔네. 게다가 이렇게나 잔뜩……."

가만히 말한 에바의 눈은 어딘가 먼 곳을 내다보고 있었다.

이번 사건으로 늘어나게 될 자신의 업무량에 대한 절망이 이유가 아닌, 기적을 목격했다는 — 최근 들어서는 몇 번인가 되풀이된 경험이었으나 결코 일상은 아닌 — 기이한 사태에 대해 이해하기를 반쯤 포기해서 지어진 표정이었다.

"굉장해, 저렇게 많은 숫자면 모든 사람한테 빠짐없이 맛을 알려줄 수 있어. 나, 열심히 할게. 반드시 요리 방법을 알아내—."

"안 돼."

"응?"

언니가 분명하게 부정의 답을 꺼내자 루리아는 눈을 동그랗게 떴다.

잘 살펴보면 에바는 지금 진지한 표정을 짓고 여동생의 눈을 똑바로 쳐다보고 있었다.

"요리는 허가하지 않겠다고 말했어."

에바가 다시금 입에 담은 강조의 말에 루리아는 당황하는 표정을 짓는다.

분명 희귀하지만 양쪽 다 식자재잖은가.

주로 요리사로 활동하고 있는 루리아의 입장에서는 요리를 하지 말라는 언니의 의도를 금방 파악할 수 없다.

"으응? 그치만, 언니? 쿠즈노하 상회의 사람들이 애써 잡아줬는데."

"……이번에는 라이도우 선생님께서 해주신 일이야."

"……아. 뭐든지 다 해내는구나, 여전히."

분명히 켈류네온은 낯선 토지인데도 갑자기 이미 실전된 환상의 식자재를 확보해서 돌아왔다.

확실히 뭐든지 다 해낸다는 감상이 나올 만한 성과였다.

다만 여동생은 아직 아무것도 알지 못한다.

이 기적의 의미를 올바르게 가르쳐주고자 에바는 입을 열었다.

"선생님이 말씀하시기를 만가르 오크도 스토브 콘도 이곳 켈류네온의 특산품으로 만들 수 있지 않을까요, 라고 하시더라."

"응?"

말없이 고개를 갸웃거리는 루리아. 특산품이 무엇이었냐며 물음표가 가득 넘치는 표정이다.

"그렇지, 의미를 알 수 없겠지. 동감이야. 그분은 이렇게 말씀하셨어. 만가르 오크를 사육해라, 스토브 콘을 재배해라, 라고 말이야."

"숲의 지보를? 엥? 가능하면 옛날에 벌써 켈류네온에서 하지 않았을까? 저건 사람의 손으로 기를 수 없어서 귀중한 거고, 환상인 거고—."

그렇다. 생명의 위험을 무릅써야 비로소 손에 넣을 수 있는 가망이나마 기대해야 하는 식자재였기에 당연히 영주조차도 쉽게 구하지 못하는 고급품으로 대접받았었으니까.

사육과 재배가 가능했다면 모두가 달라붙었을 것이다.

물론 과거에 도전한 인물은 있었다만……. 만가르 오크는 결코 사람을 따르지 않았고, 사람이 일구는 밭에 뿌렸던 스토브 콘의 종자는 발아조차 하지 않았다.

이미 시행착오는 거듭 되풀이된 바 있으며 결국 모두가 포기했었던 과제다.

물론 일부의 괴짜가 계속 매진했을지도 모르겠으나 적어도 나라가 한 차례 멸망을 겪을 때까지는 전혀 성과를 거두지 못했다.

"이 자료를 보렴."

에바는 약간 무게가 느껴지는 두께의 종이 뭉치를 내밀었다.

"응? 아, 응. ……으음, 으으음?!『요약, 만가르 오크의 기본적인 사육 방법과 스토브 콘의 재배 방침』?! 어, 어……."

루리아는 우선 라이도우의 자필로 짐작되는 제목에 경악했고, 자료를 휙휙 넘기면서 점점 말수가 적어졌고, 이윽고 몹시 집중해서 내용을 읽기 시작했다.

그리 긴 시간이 걸리지는 않았다. 루리아가 얼굴을 들어 언니를 바라본다.

"이래서 지금은 요리를 하면 안 되는구나."

살짝 고개를 끄덕이고 에바는 거듭 요리를 금지한다며 강조했다.

"설마 이것도 라이도우 선생님이 써주신 거야? 그 사람, 신님이야?"

"정확하게는 라이도우 선생님이 구두로 알려주신 내용을 종업원 분들이 속기법으로 정리해준 자료야. 표지는 선생님께서 자필로 적은 종이를 그대로 썼다더라. 참고로."

"응?"

"라이도우 선생님이 만가르 오크와 스토브 콘의 이름을 안 시기는 오늘 아침이야."

"으응?"

오늘 아침이라는 말에는 오늘 하루의 아침나절이라는 뜻 이외에 뭔가 심오한 의미가 더 있었던 걸까. 말없이 고개를 갸웃거리는 루리아.

"그리고 상회의 볼일 때문에 멀리 외출하기 전 내가 기억을 더듬어서 힘겹게 꺼낸 불확실한 지식을 근거로 숲에 들어가더니 스토브 콘과 만가르 오크의 서식지를 대략 한 시간 만에 발견해서 사람들과 같이 살도록「설득했다」더라."

"……."

"그리고 여기에 적힌 기본적인 생육과 생활에 관한 내용은「직접 물어봐서」알게 되었대."

"……."

"실제 만가르 오크가 도망치지도 않고 도시까지 고분고분 따라온 데다 놀랍게도 스토브 콘은 발아의 조건이나 생육에 적합한 토양이 특수하다는 사실까지 적혀 있잖아. 직접 물어봤다는 황당한 말에도 웃음이 안 나와."

"……."

"만약 여기에 쓰인 내용이 전부 진짜고, 이 방법을 따라서 정말 성공한다면 켈류네온은 두 동물과 식물을 틀림없이 특산품으로, 대표 수출품으로 내세울 수 있을 거야. 게다가 스토브 콘은 수확 후 장기 보존이 가능하다니까 우리나라의 주식이 되겠지. 매일매일 스토브 콘을 먹을 수 있겠네? 정말이지…… 실감했어. 그분은 근본적으로 우리와 완전히 달라. 비교라는 행위조차 무의미한 존재라는 것을 절감했어. 루리아가 말했던 대로 라이도우 선생님은 사람보다는 신에 가까운 존재인 것 같네."

몇십 년이나 들여 차근차근 극복했어야 하는 과제들 몇 가지를 눈앞에서 고작 몇 시간이 지나기 전에 해결해버린 격이 아닌가.

자신이 찾은「미식가 정보」의 파편을 활용해서.

단지 자료에 쓰여 있는 내용을 담담하게 알려주었을 뿐인데 어째서인지 우습고 우스워서 견딜 수가 없었다.

웃음이 나올 뿐이다.

피로와 고뇌, 최근에는 이 같은 표정이 익숙해진 에바의 얼굴에 불쑥 웃음이 끼어들었다.

켈류네온이라는 나라에서 수확 가능한 곡물은 기껏해야 밀이다.

경작 면적을 확대함으로써 여름에 수확 가능한 밀의 양을 조금이라도 늘리고 비축해서 겨울에 대비하자는 것이 에바의 머릿속에 있던 이 나라의 단기 목표 중 하나였다.

하지만 단기 목표일지언정 달성할 때까지 수 차례의 겨울을 나며 아사자가 발생할 것은 벌써부터 예상할 수 있었다.

그것은 위정자로서 자신이 짊어져야 할 업이라고 생각했었고.

입바른 말만 늘어놓으며 나라를 운영하기는 불가능하다.

일손은 너무나 많이 필요한데도 정작 인구를 확보하면 켈류네온의 식량은 반드시 부족해진다. 따라서 이것은 해결 방법이 없는 난제다.

희생은 도저히 피할 수 없다.

이런 발언을 에바가 입 밖으로 꺼낼 때마다 에마와 유엔은 노골적으로 실망의 뜻을 표시했다. 해결책은 일단 존재했기 때문이었다.

큰 빚을 지게 되겠으나 지금 켈류네온을 도와주고 있는 두 개의 조직으로부터 힘을 빌린다면 목전의 희생은 분명 틀어막을 수 있을 것이다.

다만 모험가 길드 및 쿠즈노하 상회의 지원을 받아 기적적으로 위기를 모면하더라도 결국 단순하게 의존일 뿐. 더구나 자국의 자립을 위협하는 훗날의 화근이 될 가능성도 남는다.

에바는 이렇게 생각했었다.

물론 현 상황조차 이미 모험가 길드에도 쿠즈노하 상회에도 대부분을 의지하고 있다. 이제 와서 웬 바보짓인가. 고집을 부릴 체면은 애당초 있지도 않았건마는.

그럼에도 에바는 이렇듯 자신조차 깨닫지 못한 무의식중의 고집 때문에 자력 생존을 고집하면서 어떤 의미로 희생이 발생하게 될 미래의 비극에 심취했었다.

결과만 보면 이번에는 비극을 회피한 셈이지만, 이대로 에바가 깨닫지 못한 채 계속 시야가 좁아졌다면 에마도 조만간 가차 없이 비판의 말을 쏟아부으며 바로잡아주었을 테지.

“신님. 신님……. 아, 맞다.”

아무런 말이 없었던 루리아가 문득 얼굴을 들어 올리더니 막 떠올랐다는 듯이 화제를 바꿨다.

“응?”

“켈류네온에는 아직 여신 신전도 정령 신전도 한 군데도 없잖아.”

“…….”

“……어떻게 할 거야? 언니.”

“이 나라에, 켈류네온에 여신의 신전은 필요하지 않아. 그러니까 짓지 않겠어. 지금도, 나중에도.”

“그렇구나.”

“응.”

망설임 없이 즉답하는 에바에게 루리아는 긍정도 부정도 않은 채 단지 맞장구를 쳤다.

지금 시점에 켈류네온에서 생활하는 백성 중 신전을 요구하는 인원은 없다.

중앙 식당과 같이 사람들이 많이 모이는 직장에 있는 루리아는 이 같은 이상성 또한 알아차릴 수 있었다.

이곳에 이주하는 것은 아무나 바란다고 이루어지지는 않는다.

두 자매 이외의 국민은 모험가 길드 및 쿠즈노하 상회 어느 한 곳에서 데리고 온 인원들밖에 없는 셈이다.

가끔 누군가의 손바닥 위에서 관찰당하는 듯한 뭐라고 표현할 수 없는 심정이 루리아의 마음속에서 솟아날 때가 있다.

그리고 그 감정은 매번 똑같이 소녀 본인의 손에 의하여 부서졌다.

'딱히 누군가의 의도로 지금 이때가 있어도 상관없어. 왜냐하면 언니가…… 아니, 우리가 바란 소망의 말이 현실로 이루어졌으니까.'

분명 여신이 아닌 또 다른 누군가의 의도. 어쩌면 방금 막 자신이 입에 담았던 신님일지도 모르는 사람— 라이도우라거나.

어쨌거나 루리아는 역시 상관없다고 생각한다.

이곳에 온 이후부터 학원 도시에서 살던 시기와 더 예전…… 떠올리고 싶지도 않은 시절의 기억이 머릿속에서 점점 엷어져 가는 것을 느꼈으니까.

만약 이렇듯 충실하고 전력을 다할 수 있는 하루하루가 앞으로도 쭉 계속되어준다면 누구의 손바닥 위이든 간에 상관없다.

루리아의 마음은 단단했다.

"그러게. 일단 모험가 길드, 쿠즈노하 상회에 의지하자. 아, 만가르 오크 사육과 스토브 콘 재배는 나도 사람을 찾아볼 텐데 언니는 얼마나 모을 수 있을 것 같아?"

"사람. 응, 사람이지. 솔직히 이제 겸임이 아니면 인력 할당이 안 돼."

요컨대 일손 부족은 점점 더 가속화될 것이라는 말이다.

"요리에 지식이 있는 사람도 필요하지만, 모험가 길드에 관련 기술이 있는 사람의 목록을 만들어달라고 의뢰한 다음 대화를 나눠보는 수밖에 없으려나……. 쿠즈노하 상회라면 미오 님이 요리에 해박하다는 것 같은데……. 그 사람을 하루만 빌려달라고 부탁할 수—."

"참아줘. 절대 무리야. 요리 방면에서 누군가가 필요하다면 그 분이 아닌 요리사를 찾아보겠어. 미오 님은 소수 정예로 이 나라를 마족에게서 되찾아준 여걸, 영웅이거든?"

"일단 선생님께 얘기는 드려보겠는데 역시 어렵겠지. 최고봉의 모험가를 요리 목적으로 빌려 오기는 힘들 거야."

루리아는 깨닫지 못했다.

확실히 평범하게 생각한다면 불가능하다.

의뢰를 맡겨 정식으로 미오를 고용하더라도 보수가 엄청난 금액일 테니 수지가 맞지 않는다.

절대 농담이 아니라 길드를 통해 부탁하면 일류 요리사를 백 명, 긴급 모집을 해도 거스름돈을 받을 만한 금액이 될 것은 굳이 계산까지 하지 않아도 명백했다.

다만…… 지금 켈류네온에는 미오가 본 적이 없는 식자재가 둘이나 있다.

양쪽 다 마코토가 찾은 재료이며 게다가 맛까지 뛰어나다면 미오는 자발적으로 올 가능성이 높았다.

그렇다, 무료 봉사다.

마코토가 슬쩍 「되게 맛있을 것 같은 식자재였어」라고 속삭거려주면 미오는 반드시 켈류네온에 올 것이다.

가치관의 차이는 이렇듯 무시무시했다.

“아!”

중얼중얼 복잡한 얼굴로 혼잣말을 늘어놓던 에바가 불쑥 소리를 높이며 루리아를 쳐다라봤다.

“왜? 요리사랑 프로 농부가 땅에서 자라났어?”

도저히 대책이 없는 일손 부족을 실감하고 언니의 마음을 조금이나마 이해한 루리아 나름의 농담이다.

“영웅이라는 말에 떠올랐어. 토모에 님.”

“국경을 갈라준 사람? 난 아직 보러 간 적 없는데 어떤 스킬을 날려야 그런 엄청나게 깊은 낭떠러지가 생기냐고 모험가들이 다들…….”

“맞아, 토모에 님. 분명히 얼마 전 국민 후보가 될 만한 사람들이 조금 있는데 보내줘도 되겠냐면서 소식이 왔었거든.”

“쿠즈노하 상회의 소개라면 문제없지 않을까? 아인분들도 대환영이야. 내가 이제껏 잘 봤는데 차별도 딱히 없고, 이미 휴만이랑 아인 커플도 생겨났거든.”

“물론 나도 환영이지. 하지만…….”

“하지만?”

"살짝 피부가 파란 사람이 섞여 있어도 괜찮겠냐는 말이 나왔거든."

"피부가, 파래?!"

"그때는 설마 마족한테 실력 행사로 빼앗은 땅인데 말이 안 되니까 분명 토모에 님의 농담이라고 생각해서 흘려들었거든."

"그, 그렇지. 아무리 그래도 마족은 좀."

루리아의 표정이 조금 굳는다.

츠이게 및 황야의 거점과 같은 환경이라면 또 모를까, 학원 도시 북쪽에서밖에 생활한 경험이 없는 소녀에게 마족은 공존할 상대로 고려할 수 없는 존재다.

지난번 학원 도시의 소동도 마족이 주도하여 벌어졌던 만큼 저항감이 없다고 말한다면 거짓말이겠다.

"그런데 말야, 루리아……. 마족들은 틀림없이 이 세계에서 냉한 지대의 생활에 가장 특화된 종족이야. 그렇게 생각하면 개인적으로는 굉장히 매력적이기도 하거든. 마족들이 가지고 있는 지식이."

만약 마족을 받아들임으로써 생활 환경의 극적인 보완, 개척의 진전이 이루어진다면 개인의 감정에 사로잡혀서 기회를 내버리기는 아깝다.

앞으로 정치의 세계에서 살아가고자 하는 입장에서도 큰 손실이라는 생각이 든다.

물론 이러한 생각과 반대로 모든 원흉인 마족을 이 나라에 다시 받아들이는 것은 본말 전도가 아니냐며 소리 높이는 자신도 있었다.

마족을 받아들이는 것……. 아직 에바 자신조차 납득할 수 없는 문제였다.

“말뜻은 알겠는데, 하하, 난 역시 지금은 아니라고 봐. 그치만 아까도 했던 말처럼 사람이 늘어나는 건 대환영이야. 인력 확보 이야기는 밤에 또 나누자. 일 끝나면 다시 들를 테니까.”

“고마워, 루리아. 어쨌든 간에 만가르 오크와 스토브 콘은 최우선 사항 중 하나로 올려놓을 테니까 착수하는 시기도 빨라질 거야. 또 힘든 역할을 맡기게 되겠지만 잘 부탁할게.”

“어차피 매일매일이 힘드니까 괜찮아~. 갈게, 에마 씨한테도 잘 전해줘.”

그렇게 말을 남긴 뒤 루리아는 방 바깥으로 달려 나갔다.

“자, 두 번째인가.”

자신이 펼친 결계가 제 역할을 하고 있음을 확인한 토모에는 별의 호수라고 불리는 막 생겨난 호수의 부근에서 숲에 들어간다.

목적한 장소까지 별로 먼 거리는 아니었다.

다만 토모에 본인이 펼친 결계 덕분에 평범한 사람이 실수로 이곳에 흘러들 가능성은 전혀 없었다.

—분명 없어야 했을 터인데.

“음. 이토록 많이 있었던가? 뭐, 사건 이후로 제법 지났음은 분명하구나. 속세를 떠난 사람들의 마을이라지만, 조금은 모습이 달라지는 겐가.”

토모에는 파악한 가장 가까운 사람의 기척을 향해 거침없이 걸음을 옮긴다.

이전에 한 번 이곳에 온 경험이 있다.

주군에게 조사 명령을 받아 유람을 나온 상회 관계자를 가장했었다.

당시와 비교하면 명백하게 인기척이 늘어나기는 했으나 토모에는 별로 신경 쓰지 않았다.

켈류네온이라는 나라에 던져 넣어줄 백성으로서 이곳에 사는 사람들은 부족함 없는 소질을 보유하고 있다고 확신하기 때문이다.

그 목적에 어긋남이 없다면 숫자의 변화 따위야 토모에가 신경 쓸 사안은 아니었다.

"후후. 운이 좋구나. 그때와 똑같은 기척. 분명 리미아의 병사 출신이었더랬지."

토모에는 기꺼워하며 중얼거렸다.

일부러 기세를 감추지 않고 진입한 탓에 토모에를 알아본 남자가 걸음을 멈추는데도 신경 쓰지 않고 다가가서 접촉을 개시한다.

"오랜만이구나, 그때는 귀중한 이야기를 들려주어서 고마웠다. 여행을 하는 상회의 관계자이다만, 나를 기억하고 있느냐?"

"……그래, 기억한다. 이 땅을 두 번 방문했다는 것은 너 또한 그때 마인 님을 본 인물이었던 건가."

남자는 납득하며 고개를 끄덕거렸다.

토모에는 남자의 말에서 이 땅이 마을로 불러도 될 만큼은 규모가 확대된 이유를 알아차렸다.

'오호라. 별의 호수가 탄생하는 광경을 목격한 생존자이렷다. 「개종」한 자가 이후에 이 땅으로 와서 생활했고 일부는 마을에 쭉 남아 정착한 건가…….'

그리고 남자의 말에 고개를 옆으로 흔들어서 답했다.

"유감이지만 아니라네."

"아니다?"

병사로서 숙련된 경험을 가진 남자는 토모에의 태도에 약간의 경계심과 당혹감으로 반응했다.

남자가 손을 얹은 무기는 토모에를 상처 입힐 수 있는 물건이 아닐뿐더러 또한 이전과는 달리 변화한 이 같은 삶의 방식은 토모에에게 불쾌감을 주지 않았다.

뚜렷한 경계심도 토모에에게는 귀여운 반응에 불과했다.

따라서 결과적으로 토모에는 기분이 상하지 않았기에 계속 온화하게 웃음 짓는다.

"나는 마인이 호수를 만드는 광경을 본 인물 중 하나가 아니니라."

"……."

"제대로 자기소개를 하지. 나는 토모에. 츠이게, 롯츠갈드, 켈류네온에 점포를 가지고 있는 쿠즈호사 상회의 대표를 모시는 사람이니라."

"쿠즈노하 상회? 게다가 켈류네온? 모르는 이름이고, 무척 그리운 이름이다만……."

"정확하게는 신생 켈류네온이다만. 뭐, 넘어가자. 그런 사실은 지금 자네들에게 별 의미가 없을 터이니."

"……음?"

"잘 듣거라, 별의 호수에 기도를 올리는 아이야. 나의 주군의 이름은 라이도우. 그리고 일부 존재에게서는 이렇게 불리기도 한다. ……「마인」이라고 말이지."

"음!"

남자가 눈을 부릅뜬다.

까딱하면 눈알이 튀어나올 듯한 기세로.

몸을 바짝 굳히며 단지 똑바로 토모에를 응시하고 있다.

그런 남자의 손을 붙잡아다가 토모에는 소매에서 꺼낸 물건을 손바닥 위에 올려놓았다.

언뜻 보기에는 거리의 노점에서 팔 듯한 수수하고 소박한 붉은색 반지.

다만 이 반지는 이곳에서 살아가는 인물에게, 마인을 아는 인물에게 절대적인 의미를 지닌다.

앞선 토모에의 발언은 어떤 암시도 힘도 담기지 않은 단순한 말이었다.

최고의 설득력을 가진 증거가 있었으니 미사여구는 전혀 필요치 않다.

"오오, 오오오……."

남자는 반지를 손에 올려놓은 자세 그대로 오른손을 받치며 반대쪽 손을 손등에 얹는다. 그리고 신음하듯이 목소리를 내면서 무릎 꿇고는 토모에에게 머리 숙였다.

토모에는 남자의 태도에 눈웃음을 짓는다.

짙은 만족감이 묻어나고 있었다.

아공 바깥의 휴만이 좀처럼 보여주지 않는 토모에의 주군에 대한 정당한 반응을 목격했기 때문이었다.

실제 이것이야말로 올바른 반응이라고 토모에는 생각한다.

마코토 본인이 적극 바라지는 않는 까닭에 기본적으로 조용히 활동하고 있을지언정 토모에 또한 다른 종자와 마찬가지로 휴만의 태도에는 적잖은 짜증을 느껴야 했다.

“그분의 측근과 만나는 날이 올 줄이야. 어찌 된 기적인가…….”

“자네들이 불러서 퍼져 나갔던 마인이라는 호칭은 이제 왕국과 제국, 아울러 마족들에게까지 위명을 떨치게 되었다네. 무척이나 멋진 이름을 붙여주었다고 나는 감탄을 했지. 그것이야말로 나의 주군에게 어울리는 이름일지니.”

“음!! 과분한 말씀이십니다.”

“자, 오늘은 자네들에게 한 가지 제안이 있어 찾아왔네.”

그렇다. 토모에의 목적은 사람이다.

라이도우를 마인이라 부르며, 마인이 만들어 냈던 호수에 기도를 올리며 살아가는 사람들.

종족은 가지각색이며 보유하고 있는 경험과 스킬도 제각각이나 대부분은 전장을 경험했다.

물론 한 번에 전부를 이주시키는 것은 어려울 테지.

무엇보다 켈류네온을 다스려야 하는 안스랜드 자매가 아직 마족에게 응어리를 가지고 있다.

에바 및 루리아와 잠시 대화를 나눴던 토모에는 두 사람의 심정을 정확하게 읽을 수 있었다.

아직 시간이 필요하다는 것을.

다만 마족은 눈이 쌓이는 나라에서 생활하는 데 가장 능숙한 존재라고 말해도 문제가 없다.

언젠가는 켈류네온에 필요해질 것이라고 토모에는 생각하고 있었다.

그리고 가장 손쉽게 마족을 확보할 수 있는 장소로서 토모에는 이 땅을 떠올렸다.

마인이 만든 호수에 기도를 올리는 사람이라면 마인이 만든 나라에서 살아가는 것을 싫어하지도 않으리라. 여신과 정령에 대한 신앙을 나라 안에서 외치지도 않을 것이라고.

동시에…… 켈류네온이 만에 하나라도 여신 측으로 기울어지지 않도록, 기울어질 수 없도록 보험 삼아서 꽂는 쐐기로.

이것이 토모에의 노림수이다.

"아무튼, 먼저 당부하마. 이것은 어디까지나 순수한 제안이며 이 땅에 남는다 해도 나의 주군 라이도우는 너희의 결단을 결코 탓하지 않을 것임을 약속한다."

"……라이도우, 님."

이렇듯 토모에가 말문을 열자 남자는 반지를 올려놓은 손만 앞으로 내민 채 무릎을 꿇은 자세에서 곧 이어질 말을 기다렸다.

"나의 주군께서는 얼마 전 마족의 손에 떨어졌던 켈류네온의 옛 땅을 탈환하여 나라를 건설하기로 하셨다. 자네들과는 조금 형태가 다를지언정 기특하게도 주군을 존경하는 어떤 자매의 부탁을 들어준 결과였지. 사심은 없이, 지배도 하지 않는다. 다만 아무리 나의 주군께서 건설하고자 하는 나라일지언정 백성 없는 나라가 어찌 존재할 수 있겠는가."

"……."

"따라서. 내가 진언하여 이 마을에 사는 인물들 중 희망하는 인원을 조금씩 켈류네온에 받아들이고자 생각하고 계신다. 기도하는 땅을 바꾸어 더욱 주군의 곁과 가까운 곳에서 살고 싶다고 바라는 자가 있다면 따라오도록 해라."

"마, 마인 님의 나라에서 저희가 살아갈 수 있다는 말씀입니까?!"

"혹독한 나라이니라. 자네들은 손님이 아니고 말이지. 그 땅은 절대로 낙원이 되어주지 않을 것이다. 하루하루 힘껏 살아야 하며, 수많은 시련과 맞닥뜨려야 할 것이다. 혹독한 나날이 기다리고 있을 것이다."

"오오……. 아아……!"

"자, 나도 뒤에서 천천히 따라가마. 자네는 마을 사람들에게 그 반지를 보여주고 나의 말을 전해주거라. 한데 자네의 이름은 뭔가? 허락할 테니 이름을 밝히도록 해라."

꿀꺽, 남자가 마른침을 삼켰다.

"레진이라고 합니다, 토모에 님. 가문의 이름은 이 땅에 오기 전 버렸습니다."

"기억해 두마, 레진. 무얼, 단순히 구경을 하러 오기만 해도 무방하단다. 부담 가지지 말고 소식을 알리도록 해라."

"넷!"

가문의 이름을 버렸다는 남자는 일직선으로 달려갔다.

"자, 좋은 백성이 되어주리라 나는 생각한다만. 이러고도 아직 사람이 부족하니 말이지. 그 나라는 나와 미오, 그리고 아공의 주민 녀석들이 도련님께 바치는 최초의 공물이니. 열심히 가꾸어주리라."

토모에는 레진의 뒤를 좇아서 말했던 대로 천천히 걸음을 옮기면서 주군에게 헌상한 나라를 생각했다.

차마 다 헤아릴 수 없는 봄을 지나서.

이곳에 사람들에게 「북단의 기적」이라고 불리는 대국이 있다.

메마른 북쪽의 대지에 위치하면서도 농업과 축산이 두루 번성하였으며 수많은 관광 자원을 보유하고 있는 그 나라는 역사에 많은 수수께끼가 남아 있는 까닭으로도 유명했다.

왕정기라고 불리는 대략 200년 전 시기 이후에 한 차례 멸망을 맞이했다고 알려졌으나 십수 년이 지나 갑자기 부활에 성공하였고 공화제기라고 불리는 번영을 구가했다.

그 여명기 100년가량에 관련해서는 의도적으로 감추었는지 사료가 몹시 적으며, 한편 대국으로서 기틀이 되는 수많은 시설의 건조 및 중요한 자원의 발견 따위가 이루어진 시기로서 쭉 연구자들에게 주목을 받아왔다.

곡물로서, 또한 향신료로서도 우수한 켈류네온의 주식 스토브 콘. 또한 켈류네온에서만 사육할 수 있고 뛰어난 섬유 소재이자 고기도 국민들에게 못내 사랑을 받는 만가르 오크의 발견.

기이하리만큼 신속했던 개척 진행도와 인구 증대 속도.

더욱이 건국 초기부터 모험가 길드로부터 전폭적인 지원을 획득하여 마족령의 한복판에 있으면서도 국외 무역의 자취까지 짐작할 수 있는 풍부한 상업 활동의 기록도 발견되었다.

그 때문에 공화제기의 이 나라에서 처음 나라를 이끌었던 자매의 이야기는 전설의 부류가 아니냐는 말까지 은근히 나오고 있는 형편이다.

안스랜드 자매.

왕정기 켈류네온의 생존자이자 공화제기 켈류네온의 시조로 알려진 두 명의 여성이다.

남방의 츠이게 도시 연합, 중앙의 리미아 왕국, 그리고 북단의 켈류네온 공화국.

분명 평범한 귀족 생존자였던 에바와 루리아라는 두 명의 여성이 어떤 능력을 발휘하여 대국의 기틀을 마련하였는가.

어째서 저 기적을 설명하는 사료가 남지 않았고, 오직 결과만이 지금의 켈류네온을 증명하고 있는가.

애당초 두 자매는 정말 휴만이었느냐는 의문까지.

국가 중진으로서 지금껏 존재감을 드러내고 있는 안스랜드 가문은 결코 저 역사를 공개하지 않는다.

이 가문도 역시 기묘한 관습을 몇 가지 보유하고 있는 명가이다.

리미아 왕국의 리미아 왕립 아카데미, 완전 중립을 고수하는 롯츠갈드 학원, 그리고 켈류네온의 켈류네온 탐구원.

지금은 세계에서 3대 학원이라는 평가까지 받는 켈류네온 탐구원에서 가주는 대대로 모든 장서를 관리하는 사서 직분을 맡아 희귀서를 입수하는 데 매진한다.

아울러 일족 중 몇몇 인원은 반드시 요리사가 되어 실력을 연마하고, 의욕적으로 레시피를 늘려 나가며 개량에 힘쓰고 있다.

그렇게 영문을 알 수 없는 규칙을 줄곧 묵묵히 지켜오고 있다는 것도 안스랜드 가문의— 또한 켈류네온의 수수께끼 중 하나다.

어쨌거나 다민족 국가 켈류네온 공화국은 북쪽에 분명 존재한다.

세계의 확고한 대국으로서, 또한 평화를 지키는 수호자로서.

수수께끼가 많은 대국 켈류네온은 지금도 건재하다.